VEN SECRETS.
ONE KILLE DARE TO SLEEP?

SLEEP

A NOVEL

無眠之夜

C.L. TAYLOR

凱莉・泰勒 著
顏湘如 譯

紀念我的美麗友人Heidi Moore

「死去，睡去——
再也不能了；如果說藉由睡眠能終結
心痛與血肉之軀天生無法避免的
千百種打擊——那正是我們衷心期盼的
圓滿結局。」

——莎士比亞《哈姆雷特》第三幕第一場

1

如果你看到這封信了，就表示我已不在人世。過去三個月有人在跟蹤我，如果我死了，這不是意外。告訴警察去找我的前男友艾利克斯・卡特，問他在倫敦發生了什麼事。一切都是從那裡開始的。

以下這些人來到拉姆島做步行遊覽，抵達日期是六月二日星期六。我確信是他們其中之一殺了我。

—喬・阿姆斯壯
—克莉絲汀・莫余
—菲歐娜・賈迪納
—崔佛・摩根
—麥爾坎・沃德
—梅蘭妮・沃德
—凱蒂・沃德

他們的訂房與聯絡資訊可以在服務櫃檯的筆電，以及櫃檯右手邊抽屜裡的病歷檔案中找到。我把他們到達之後（與之前）發生的事都寫在夾在檔案內的紙上了。

但願你不會看到這個。但願事情最後不了了之，我也能設法逃出來。我不知道還要說些什麼。請轉告我父母說我愛他們，轉告艾利克斯說我希望他沒事，請他不要因為事情的發展而難過。真希望我從沒來過這裡。真希望我從沒答應我有好多希望，最主要還是希望能讓時間倒轉。

拉姆島灣景飯店代理經理
安娜・維里斯

P.S. 關於大衛的遭遇，我萬分遺憾。請轉告他的家人說他是個很棒的人，充滿熱忱與嘲諷式的幽默，我非常喜歡他。請他們放心，他走得很快，沒有受苦。

第一部

2 安娜

三個月前二月二十五日星期日

車上的氣氛與星期五有著天壤之別。前往布雷肯比肯斯的途中，說笑聲吵得我聽不見收音機的聲音。起初聽到我說二月某個週末要找個地方培養團隊凝聚力，大夥兒無不唉聲嘆氣，但一上了車，大多數人都立刻恢復活力。如今在回倫敦的路上，他們就顯得無精打采——除了身心俱疲，也很可能還有宿醉。坐在我旁邊副駕駛座的穆罕默德在打鼾。昨晚在餐桌上侃侃而談自己對心靈導師作家邁克爾．麥金塔的想法，讓眾人聽得津津有味的彼得，此時頭靠著車窗，大衣拉高蓋住肩膀。他旁邊的弗瑞迪．雷英，頭戴式耳機緊緊包住耳朵，閉著眼睛，兩手交抱在胸前。他恐怕不記得他昨晚說了我什麼。我知道當時他喝醉了，所有人都醉了，但也不能因此就原諒他以為我已經就寢而說的話。

「真不敢相信她想爭取行銷總監的位子。她根本沒希望。」

弗瑞迪的聲音從飯店大廳另一頭飄到櫃檯這邊來，而我正不耐地在這兒等候服務人員替我換房卡。我一聽就知道他在說我。行銷總監海倫・梅克西被挖走了，留下空缺。本來應該由我遞補，可惜促銷經理菲爾・埃寇茲也透露他有意爭取。

「她對數位行銷真的一竅不通。」弗瑞迪說：「她在那個位子實在坐太久了，根本把不到脈的人還肖想要對症下藥。」

有人發出低笑。八成是穆罕默德。我知道不會是彼得，他現年四十歲，大我八歲，向來獨來獨往。阿穆和弗瑞迪年紀較相近，二十五、六歲，上班座位也相鄰。他們倆聊天比工作的時候多，但我從來沒叫他們閉嘴。他們是專業人士，不是小孩，只要工作按時完成，沒有擾亂其他人，我也就不管。

對話中斷了片刻，接著弗瑞迪放聲大笑。

「MySpace的廣告。愛死了。對呀，她八成跟提姆說部落格是社群媒體行銷的未來趨勢。地球村部落格！」

又傳來冷酷、無情、嘲弄的笑聲。我的胃緊縮起來。我很努力才爬到現在的位子。拿到普通教育高級證書後，我一心想進大學念設計，但家裡負擔不起。媽已經兼兩份差，我也應該開始幫忙分擔家裡的經濟。感覺好像經過上百萬次的面談，又在飯店酒吧工作了兩年之後，我終於在一家電腦軟體公司找到行銷助理的工作。我的老闆薇琪非常傑出，她將我納入她的羽翼之下，把她所有的功夫全都傳授給我。那是十二年前的事，數位行銷仍在發展初期，但我十分熱愛。至今依然沒變。

「維里斯小姐，」櫃檯人員喊道，我大步走過大廳，血液在耳朵裡砰砰撞擊。「維里斯小姐，您的房卡好了。」

可以聽到一個小小的驚叫聲、運動鞋摩擦地磚的吱嘎聲與更多笑聲。等我來到交誼廳，弗瑞迪和阿穆已經走了。

阿穆睡夢中的鼾聲瞬間喚醒我，注意力重新回到擋風玻璃外那冰冷閃耀的道路。我們在早上八點剛過不久上車，那時黏附在我們頭髮與臉上的毛毛細雨，如今已成了冰霰。雨刷快速地來回擺動，每當往左邊掃就會吱嘎作響。天空一片墨黑，我只看得見前面車輛橙紅色尾燈的模糊折射。好不容易來到M25高速公路，再不久就能回到倫敦，我會讓這些男生在地鐵站下車，自己再回家。但好像不太想。

吱、唰、吱、唰。

雨刷的移動與我的脈搏同步。之前喝了太多咖啡，現在每一想起弗瑞迪昨晚說的話，心臟就會在胸腔裡怦怦跳。他離開大廳後，氣惱憤怒不已的我在飯店一樓到處找他，後來才作罷回到房間打電話給男友艾利克斯。

他並未在鈴響一聲，或是兩聲就接起來。他即便在狀況最好的時候也不喜歡講電話，但我就是想聽聽友善的聲音。我需要有人告訴我說我不是壞人，說我工作表現不差，一切都會沒事。我於是傳了簡訊。

今晚心情爛透了。我們不必聊很久。我只是想聽聽你的聲音。

兩三秒後，簡訊傳來，叮的一聲。

抱歉，上床了。可以明天再聊。

他訊息中簡短草率的語氣，劃破了我僅剩的自信。我們已逐漸疏遠，我感受到有一陣子了，只是太過害怕不敢說破，因為現在沒有精力修補已經破裂的關係，腦子裡也沒有空間可以處理分手。我轉而全心投入工作。有時候我會加班到很晚，因為回家後和艾利克斯一起坐在沙發上，兩人各自縮在一側的扶手邊，即使忽視我們之間的空間卻也感覺得到它的重量，龐大又真實得有如坐了另一個人，一想到這個我就無法承受。

也許我不該爭取行銷總監的職位。也許我應該辭職，離開艾利克斯，搬到鄉下去。我可以自由接案，買間小房子，養隻狗，在戶外長時間散步，為我的肺挹注新鮮空氣。在某些上班日我會覺得呼吸困難，不只是因為空氣汙染。愈往階梯高處爬空氣愈稀薄，我發現自己緊緊巴著梯子，深恐跌落。若真是跌下來，弗瑞迪會很高興。

吱、唰、吱、唰。

回、家、回、家。

此時冰霰愈下愈大，從擋風玻璃彈落後滾下引擎蓋。有個睡著的人發出打呼聲，嚇了我一跳，隨即又安靜下來。我已經跟在前面那輛車後面開了三五公里，而且我們雙方都穩定保持在時速一百一十公里。超車太危險，再者，以安全的距離跟隨在那紅色霧燈後面，有一種令人安心的感覺。

吱、唰、吱、唰。

回、家、回、家。

我聽見一聲響亮、誇張的呵欠。是弗瑞迪，他兩隻手臂往頭上伸，並在位子上動了動身體。

「安娜？能不能去一下休息站？我要上廁所。」

「就快到倫敦了。」

「暖氣能不能關小一點？我都滿身大汗了。」他接著又說，我則從後照鏡瞄了一眼路況。

「不行，擋風玻璃的暖氣壞了，玻璃一直起霧。」

「那我要來開窗。」

「弗瑞迪，不要！」

他在座位上扭轉身體，伸手去按按鍵，我頓時生起一把無名火。

「弗瑞迪，**別按**！」

一轉眼間就出事了。前一刻，前面有輛車，紅色尾燈發出溫暖、撫慰人心的光；下一刻，車子不見了，只剩一團模糊的燈光與喇叭嗚響——瘋狂又拚命——接著車子側傾，我被甩向左邊，耳中只聽到金屬尖聲摩擦、玻璃破碎、人聲尖叫，然後就什麼都沒了。

3

事故發生後十二個小時

房裡有人。我眼睛閉著，卻知道我不是一個人。我可以感覺到他目光的重量，皮膚彷彿有蟲子在鑽動。他在等什麼？等我睜開眼嗎？我想不予理會，繼續睡覺，卻無法不理會肚子裡胃液翻攪與皮膚緊繃的感覺。他想傷害我。惡意宛如被毯將我牢牢縛在床上，我得醒來，我得起身逃跑。

但我無法動彈，胸口壓著一塊重物，把我固定在床上。

「安娜？安娜，妳聽得到嗎？」

有個聲音飄進我的意識，隨後又飄走。

「聽得到！」但我的聲音只存在腦中，我動不了嘴唇，也無法讓聲音在喉嚨裡迴盪。我全身唯一能動的只有眼睛。

有人朝我走來，一雙冰冷的藍眼珠盯著我看。看不出鼻子和嘴巴的起伏，只有一片光滑延展、緊繃的皮膚。

「別害怕。」

他慢慢靠近——動作一頓一頓的，好像以定格畫面組成的影片——動、停、動、停。愈來愈近，愈來愈近。我死命地閉著雙眼。這不是真的，這是夢，我必須醒來。

「對了，安娜。閉上眼睛繼續睡，不要抗拒，放手讓痛苦與愧疚與傷痛走吧。」

我在作夢。一定是。可是太逼真了。我看見床周圍的白色框架上掛著藍色布簾，看見一條白毯和我的腳如小丘般隆起。

不！不！不要！

我大聲尖叫，但那聲音並未離開我的大腦。我無法動彈，當手腕被抓住，我只能狂亂地眨眼——無聲的求救訊號。他要傷害我，而我全然無力阻止。

「睜開眼睛，安娜。我知道妳聽得見。安娜，睜開眼睛！」

艾利克斯？

他在我身邊，臉因為擔憂而揪成一團，眼睛圍繞著黑眼圈，鬍碴布滿嘴唇四周並往顎骨延伸。

「安娜？」

我的手背上有根針。艾利克斯用拇指壓著，一面在我的皮膚上輕輕畫圈。我整條手臂頓時一陣劇痛。

不要。這兩個字並未從我的思緒傳達到嘴唇。我為什麼不能說話？一陣恐慌竄遍我的全身。

「放輕鬆，放輕鬆。」艾利克斯一手搭在我的肩膀，將我壓回床上。

艾利克斯？我在哪裡？

有一條藍色隔簾，從床邊的滑軌懸掛下來，還有一條白色毯子，拉得很緊，將我牢牢固定在床單上。床尾有我隆起的雙腳。我還在夢裡嗎？但眼前並不是一個五官不明的陌生人抓握住我的手腕，而是艾利克斯。我把注意力集中在我那癱軟無力地擱在他手上的手，前臂的肌肉使勁用力。手指抽搐了一下，接著有了感覺，可以感覺到指尖碰觸到他柔細的皮膚。我不是在作夢，我是清醒的。

「沒事了。」艾利克斯誤將我鬆了口氣的眼神當成害怕。他小心地靠著床沿坐，避開我的腳。「不要試著想說話。妳出了車禍，現在人在漢普斯特的王室慈善醫院。妳有一部分內出血，已經動過手術。他們……」他摸摸喉嚨。「……他們必須採取一些措施幫助妳呼吸，他們說妳的喉嚨可能會痛個幾天，不過會好起來的。這真他媽的是個奇蹟，妳竟然能……」他嚥了口口水別開頭去。

能活下來？

記憶瞬間回來了，宛如一輛大貨車衝進我的意識。我閉上眼試圖阻擋，但它沒有消失。我當時在車上，正在開車，外面下著冰霰，雨刷來回移動著，然後——

貨車從側面撞上來的時候，我猛地舉起雙手抱住頭，臉埋在手臂間。我整個人往前甩，安全帶深深嵌進我的鎖骨與胸部，接著我的身體開始轉動、打旋、扭曲，頭隨之撞上方向盤、頭靠、窗戶，兩隻手臂快速地胡亂揮舞，手想要抓住點什麼，什麼都好，以便能有個依靠，能做好準備迎接衝撞，但什麼也沒有，什麼也抓不到。每個人都在尖叫，而我能做的只有祈禱。

「安娜，拜託妳。」

我隱約意識到有人在拉我的手臂，抓住我的手肘，想把它從我臉上移開。

「安娜，別這樣。拜託，拜託，別再叫了。」

「安娜？安娜，我是蓓卡，妳的護士。」

有人碰觸我牢牢纏在髮間的手指，讓我把頭抱得更緊。我不能放手，我不會放手。

「是我的錯嗎？」艾利克斯的聲音在我的意識裡嗡嗡嗚響進進出出。「我不該提起車禍的事。該死。她會停下來吧？這真的是……我沒辦法……我不知道……」

「沒事的，沒關係，她是一時混亂。有另一個護士說她手術後醒來，反應非常激烈。」又有人在拉我的手臂。我聞到了咖啡味。「安娜，親愛的。妳很痛苦嗎？妳能不能為我睜開眼睛，求求妳？」

「她為什麼會尖叫？妳不能做點什麼……」

「請你按一下呼叫鈴好嗎？」

「呼叫鈴？為什麼？有什麼……」

「只是需要有個醫生來看看她。就麻煩你按……」

「她不會有事吧？她在看著我，她想說話。我覺得……」

「安娜，安娜，妳能不能睜開眼睛？我叫蓓卡．波特，我是妳的護士。妳現在在醫院。妳有什麼地方覺得痛嗎？」

「抱歉，不好意思，能不能請你到拉簾外面等一下。我是諾威克醫師。謝謝，好極了。好啦，這位是？」

「安娜．維里斯。道路車禍事故。脾臟破裂。手術後有清醒，生命跡象穩定。過去一個小時左右她都在睡覺，幾分鐘前我聽到尖叫聲就……」

「好。安娜，我現在要看一下妳的肚子，好嗎？按這裡會不會痛？」

不會。痛的不是那裡，是這裡，這裡面，我的頭裡面。

我知道有護士分布在各個地方——可以聽到鞋子踩在亞麻地板上輕輕的吱嘎聲、一聲低咳和竊竊私語聲——但是看不見任何人。我瞪大眼睛張望著病房，感覺已經過了好久好久。其他病患多半要不是睡了，就是靜靜地在看書或是用iPad看影片。只有對面那名年輕女子也醒著，而且躁動不安。她比我年輕，頂多將近三十歲，臉龐細長，深色頭髮在頭頂上胡亂紮了個髻。我們第一次四目相交時，兩人都露出微笑，並禮貌性地點點頭，才又轉移開視線，只不過我們一再地對上眼，漸漸變得尷尬起來。我的喉嚨還很痛，只能小小聲地說話，若要與她交談就得提高嗓門。但我還是覺得應該道歉。她很可能是在昨晚，我的尖叫聲把這裡吵得不得安寧的時候住進來的。她一定嚇壞了。我想大夥兒都是吧。在護士蓓卡叫醒我量血壓並問我覺得怎麼樣之前，我甚至不知道發生了什麼事。他們替我打了鎮靜劑後，急忙推我去做掃描，擔心是手術出了問題，我又再度出血。我記憶有些模糊了，只記得白色的天花板，點綴的燈光，隨著我被推過走廊，燈光快速飛掠而過，然後就聽到MRI的機器低低的嗡鳴聲。艾利克斯好像在醫院待到掃描過後，確認我沒有危險了，才聽從護士的建議回家睡個覺。

我向照顧我的蓓卡道謝，並為我只隱約記得的尖叫道歉。她自始至終臉上都帶著愉快的笑容，但一聽到我問及同事，便微微變了臉色。

「我也不確定，」她說：「我知道貨車司機被送到另一間醫院，可是妳的朋友我不知道。不過我能替妳問問。」

我沒有再見到她。下一次來量血壓的是另一個護士。她說蓓卡下班了，要到明天才會進來。我又問了她同樣問題，問她知不知道車上其他人的狀況。她看起來是真的不知道，但也說會去問問看。第二天早上再見到她時，她說很抱歉，她抽不出時間，不過醫生就快來了，他一定能回答我的問題。這時我開始心慌。弗瑞迪、彼得和阿穆在哪？被送到不同的病房嗎？除非他們不像我傷得這麼重。也許他們毫髮無傷地逃過一劫，到醫院很快地做完檢查後就直接回家了。可是……我疼痛的胃皺縮起來，因為想起艾利克斯說我的復原是個「奇蹟」。

聽見車輪咿咿呀呀輾過亞麻地板的聲音，我轉過頭去。有個護士出現在門口，推了一張推床。「不好意思，護士小姐。」我抬起手揮了揮，但她連瞄都沒有瞄我一眼，我聲音太輕了。我絕望地看著她左轉，往病房另一頭走去。

「不好意思，護士小姐！」對面病床的女子扯開嗓門高喊，惹得所有人都回頭看她，也包括那個護士在內。護士走了過來（依然推著推床），女病患朝我擺手說：「那邊那個女病人想叫妳。」

我感激地微微一笑，趁護士過來的時候想坐起身子，不料我的腹部肌肉好像被砍傷，頂多就只能微微拉長脖子。

「一切都還好嗎？」就近一看，我才發現原來是昨天對我親切有加的蓓卡。

「拜託妳，」我哀求道：「我在這裡都快瘋了。我需要知道我的組員……就是……和我一起在車上的人怎麼樣了。我需要知道他們都沒事。」

她注視我的雙眼蒙上一層陰影。彷彿窗子拉上了百葉窗；她不想讓我看出她的感受。她低頭瞄一眼掛在制服上的錶。

「妳的伴侶大約再過半小時就會來了。最好還是讓他……」

「拜託，」我懇求著：「拜託妳就告訴我吧。是壞消息，對吧？妳可以告訴我，我承受得了。」

她看著我，似乎不十分相信我可以，接著嘆了口氣又淺淺吸一口氣。

「妳的一位同事狀況很糟，」她輕輕地說：「他背部有好幾處斷裂。」

我用一隻手摀住嘴巴，卻掩不住倒吸氣的聲音。

「不過他狀況穩定，」蓓卡接著又說：「應該撐得過去。」

「是誰？」

她皺起臉來，好像已經後悔跟我說這個。也或許這是不能透露的訊息。

「拜託，拜託告訴我那是誰。」

「穆罕默德．坎。」

「那其他人呢？彼得．柯洛斯呢？弗瑞迪．雷英呢？」

見她垂下眼簾，我眼中充滿淚水。不，不，拜託，拜託別讓他們……拜託……

她拉起我的手緊緊握住。「我真的很遺憾，安娜。我們盡力了。」

4
穆罕默德

穆罕默德覺得大腦一片模糊混沌，就好像在他大小血管裡流動的不是止痛藥，而是陰暗的濃霧。他喜歡這片霧，因為它不僅麻醉他四肢的疼痛，也麻痺了他的大腦。每當他試圖連結某種情緒——氣憤、懊悔、恐懼——那情緒就會隨著一陣煙霧旋繞開來。青少年時期，拚了命對付荷爾蒙與考試壓力的穆罕莫德，曾滿心羨慕地看著蜷縮在書桌旁地上的愛犬索尼克，暗自希望能與牠對調。他很好奇：變成狗的話，只在基本行為——食物、玩耍、熱情——中享樂，不會因為思考未來、死亡、無垠宇宙的本質、全球暖化、戰爭與疾病，讓大腦負荷過度，那會是什麼樣的感覺？讓狗快樂很簡單——在戶外跑來跑去、接球、搔搔耳後。那什麼會讓他快樂呢？和朋友鬼混、熬夜、看電影、玩他的PlayStation。狗會活在當下，但他不然。他要讀書應付考試，因為考試的結果將形塑他的未來。

現在的他倒覺得有點像索尼克，無所事事地躺著，沒想什麼，只是等待，至於在等什麼，他也不十分確定。由於眼角餘光瞥見有動靜，他便轉過頭去。只見一名身材矮小、穿著西裝的中年男子站在病房門口，穆罕默德不認得他，卻隱約意識到站在那兒掃視著一個個仰躺在床上的軀體的他，眉頭緊蹙露出沮喪神情。他顯然是來探病的，正在找尋他心愛的人。醫生們進病房時看起來自信得多。穆罕莫德的思緒迷霧中出現了兩種新情緒，但這回沒有消失，反而是纏繞在一起，向下流入他的胸腔，包覆住他的心。那是失望與後悔。

他轉頭背向房門後閉上眼睛，半傾聽著皮革鞋底踩在病房地板上的啪嗒、喀啦聲，和護士穿的軟底鞋的聲音迴然不同。那聲音愈來愈大聲，接著是輕輕一咳。

「穆罕默德？」

他睜開眼睛。身穿西裝的矮小中年男子就站在他的床尾，雙手插在口袋裡，臉上帶著焦慮但堅定的表情。他鼻子高挺、下巴稜角分明、眼窩深，不知為何隱隱覺得面熟，但穆罕默德太累了懶得多想。

便只是說：「是，我是穆罕默德。你是？」

「你介不介意……」男子比了比床邊的椅子，穆罕默德沒有理由說不，便點頭示意他坐下。

「史提夫，」男子說著拉拉厚布料的西裝褲，坐了下來。他體格壯碩——是結實而不是胖，穆罕默德苦澀地這麼想著的同時，眼睛不由自主地瞥向緊緊包在病床床單下自己雙腿的形狀。

「我叫史提夫．雷英，弗瑞迪的爸爸。」

穆罕默德回看著他，驚訝地睜大雙眼。有那麼一兩秒的時間，他迷失在困惑之中。他聽說弗瑞迪在車禍中喪生了。史提夫．雷英怎麼會來醫院？除非……他心裡感覺到一絲希望閃現……除非弗瑞迪不是真的死了。他們有可能弄錯嗎？或者是他？也許是他太昏沉，沒聽清楚護士說的話。也許……

他的希望消散了，在他胸中留下一個空空的裂口。沒有弄錯，他聽到消息後哭了，哭了好久。不只是為弗瑞迪和彼得，也為他自己。

「我帶了幾本雜誌來給你。」史提夫．雷英說著從袋子裡拿出一堆電影和音樂雜誌，還有一條Galaxy巧克力棒、一包綺果彩虹糖和一些水果軟糖，砰砰咚咚地放到阿默的床頭櫃上。「還有一些巧克力之類的。」

「謝謝。」

他們倆彼此對望，時間久到開始變得尷尬，史提夫才低頭看著自己的大腿，手來來回回地摩搓膝蓋。

「很高興看到你這麼……」他用力甩了甩頭，重新抬頭看著阿默。「不對，對不起，老弟。我是可以說一些好聽的屁話，說什麼你看起來很好等等的，但我不是那種人。我會實話實說，我想也已經有夠多的人說話避重就輕，叫你要正面思考之類的。」他略一停頓，但阿默還來不及回答，他便又接著說：「事實上，你的遭遇，彼得和我的弗瑞迪的遭遇，都他媽的是個荒謬的悲劇。根本就不應該發生才對，阿默。根本就他媽的不應該……」他猛地別轉過頭，眼中已湧出淚水。

「我很難過，」阿默的喉嚨收緊起來。「我是說關於弗瑞迪。他真的是個好人。」

「那還用說。」史提夫．雷英用手背擦過眼睛，又重新看著他，噘起了嘴。

「我……」穆罕默德話到舌尖卻說不出來。他想告訴弗瑞迪的爸爸說他盡量不去想他兒子，因為每當想像弗瑞迪的死與他已經走了，再也不會回來的事實，他都會覺得徹底脫離了自己的身軀，在離地上千哩的高空旋轉著，沒有任何束縛，充滿恐懼地失控旋轉。他想要這麼說，但他不會，因為這種話不能說，尤其不能對剛剛才初次見面的人說。

於是他說：「我實在無法想像你會有多難過。」

史提夫用力點了個頭，眼中的痛苦似乎減少了些。他們又回到安全的範圍，重拾社交禮儀與表面的客套。

「重點是，阿默，我來是想問你到底發生了什麼事。不用說細節，」他感覺到阿默愈來愈不自在，便趕緊補上一句。「我不是要你跟我說車禍的過程，不是的，老弟，那樣太殘忍了，我不是個殘忍的人。你已經經歷過一次，不必再來一次。除非……」他沒把話說完。

阿默的心臟在胸腔裡狂跳。「除非什麼？」

「除非你得出庭作證，不過和你父母談過以後，我想等你出院應該是來不及了。」他扮了個苦臉。「抱歉，老弟，我不是故意這麼麻木不仁。」

「你和我爸媽談過？」

「是啊，你的大老闆……提姆什麼的……幫我聯繫上他們。這沒有問題吧？」

「沒有，當然沒有。」

再次的停頓拉開了兩個男人的距離，接著史提夫清清喉嚨。

「阿默，我想大致了解一下那天的情形。我知道警察已經在調查，但這是為了我自己，為了讓我心理上能過得去。」

「當然。」

「那麼就先從安娜．維里斯說起吧。你對她有什麼想法？」

穆罕默德闔上眼睛，就一剎那，隨即又再次睜開。「你想知道關於她哪些事？」

史提夫揚起眉毛。「你知道的一切。」

5 安娜

事故發生後三週三月十四日星期三

過去半個小時內，教堂墓園已從西索塞克斯郡中心一處寧靜平和的綠洲，變成一條憂傷的通衢大道。我少說看到了七十個，也或許上百個前來送葬的人，他們個個身穿黑衣，低垂著頭，眼角和嘴角都往下彎，從墓園柵門沿著碎石路走向教堂敞開的門。我的胃咕嚕咕嚕叫得厲害，只好握拳按壓肚子讓它安靜下來。我忘記吃早餐了，又再一次。

護士告知說有兩名組員喪命後，我兩天沒吃東西。我怎麼可能若無其事地舀起麥片送進嘴裡還稀哩呼嚕地喝茶？當彼得和弗瑞迪躺在太平間，我怎麼可能和護士們說說笑笑？我倒是哭了。我哭了又哭，每當有人來探視，我便將頭轉開，緊緊閉上眼睛，不去看那些因為關心擔憂而皺起的臉，我不配。只有在諾威克醫師告訴我，我要是再不吃東西就要替我插鼻胃管，我才終於答應試著吃半片吐司。

「安娜，」艾利克斯碰碰我的肩膀。「我想我們該進去了。差不多快開始了。」

先前我花了十五分鐘離開公寓坐上車，現在車子停妥，我又不想下車了。如今凡是與開車有關的事都讓我心驚膽跳：車子的行進、其他車輛的接近、從圓環急轉而出。我能從醫院安然回家，完全是因為一整路都緊閉雙眼，艾利克斯還不斷重複播放我最喜愛的專輯。好不容易來到我們的公寓大樓外停下車，我已經因為抓安全帶抓得太用力而指尖發紅發麻。此時，我將臉頰貼靠著副駕駛座側的車窗。熱辣辣臉頰底下的玻璃感覺冰涼，卻絲毫無助於平息我翻攪疼痛的胃。

「我沒辦法進那兒去，艾利克斯。我要……我要跟他爸媽說什麼？」

「說大家平常會說的話——請節哀，等等、等等的，不然就什麼都別說。妳上星期打過電話給他們了，安娜，不必再全部重來一遍。」

我花了兩天時間才鼓起勇氣打電話給柯洛斯夫妻茉琳和阿諾。我是彼得的上司。打電話給他們完全是我該做的事。但開車翻落M25路緣害死他的人也是我。假如我當時能專心開車，假如我看了側後照鏡，而不是從車內後照鏡中怒視弗瑞迪，就會看到那輛半噸貨車從中線車道朝我們游移過來。那麼我就能採取矯正措施，將車駛離貨車的路徑。彼得也仍然活在人世。假如我讓弗瑞迪開窗，假如我沒有為他前一晚說的話氣惱分心，也就不會毀了三個人與所有愛他們的人的一生。

我打到柯洛斯家裡時，是他們的一位友人接的電話。他大聲地重複我的名字，好像在向在場的眾人公告。略一停頓後，有個女人輕聲地說：「我不想和她說話。」當一名年長男性接著說：「我來。」我幾乎害怕得就要昏倒。那是彼得的爸爸。他喂了一聲後，我有好幾秒鐘說不出話來，喉嚨繃到了極點。對不起，我說了這一句，一而再再而三地說。真的、真的對不起。我永遠沒法原諒自己。他停頓不語，沉默彷彿永無止境地延伸，我做好了迎接他的怒火的準備。這是我應得的。不料他只說：「我們很想他。」淚水靜靜地流下我的臉頰。他接著又說：「我們倆都是。每次電話鈴響，我們就覺得是他打來問問看茱琳的坐骨神經痛有沒有好一點，或是問我一些園藝的技巧。有時候我們……」他的聲音微微顫抖，他於是咳了一聲，然後大聲地吸鼻子。「聽說衝撞你們的貨車司機開車的時候睡著了。沒有酒精或毒品反應。他們認為，只是打了個盹，還不到三十秒。妳告訴我彼得沒有受苦，」他懇求道：「只要告訴我這個就好。」

「安娜，」艾利克斯用手肘輕輕碰我一下。「妳有沒有聽到我說什麼？」

「沒有，抱歉，我在……」

「他們沒有怪罪妳，安娜。沒有人怪妳。」

「弗瑞迪的爸爸就有。」

「他是生氣。他剛剛死了兒子。抱歉，」他見我猛然轉頭便連忙道歉。「我知道，我知道。」

和彼得的爸爸談過後，我無法再應付另一通電話，因此等到隔天才打給史提夫．雷英。拿起電話時，我的手還在抖，但已經沒有前一天那種盲目的恐慌。我知道會面臨什麼狀況——痛苦、哀傷、悲痛與難以置信——因此我決定這回要傳達多一點安慰。我會告訴他弗瑞迪在組上的人緣有多好，會聊聊他的成就，並耐心地回答史提夫．雷英可能想問我的任何問題。

然而他和阿諾．柯洛斯截然不同。當我表明身分後，他立刻在電話裡對我大發雷霆。他還在哀悼兒子的死，我竟敢打電話給他？他兒子會死，完全是因為我的疏忽——我和我們公司的疏忽。我有沒有小孩？我知不知道白髮人送黑髮人的感覺有多煎熬？我試圖要道歉，但被他的叫嚷聲壓過了。我以前有沒有在這麼危險的狀況下開過車？我的駕照有沒有被記過點？我有沒有超速被抓過或是申請過保險理賠？我只能恐懼地呆呆瞪視著眼前那面白牆，任由他憤怒咆哮，將滿腔怒氣與悲傷發洩在我身上。

我沒有打給阿默或是他的雙親。還在住院的時候，我問過護士能不能坐輪椅去看看他，但護士說他不想見任何人。兩三天後我又問一次，聽到的回答卻是阿默不想見我，我最好就別再提出要求了。

「檢察官沒有對妳提起告訴，」此時艾利克斯說道：「他們要追究的是那個貨車司機。」

「不過也許史提夫．雷英說得對。我沒有在結冰那麼嚴重的高速公路上開過車，而且……」

「我們回家，」艾利克斯發動引擎。「來這裡就是個錯誤。」

「不要！」我一手放在方向盤上。「我需要這麼做。」

只有站立的空間，我們在教堂後方與一群陌生人擠在一起。艾利克斯緊貼著我的右肩，一個高大的禿頭男子則不斷撞我的左肩。雖然長椅座位兩端散布著液化瓦斯暖爐，教堂前方那些人還是被帽子、大衣與圍巾緊緊包裹著。我老闆提姆坐在靠後側的長椅上，但讓我始終無法移開視線的是坐在最前面的那個女人。我只能看到她後腦勺的灰髮，但從她將頭枕在身邊男子的肩上看來，那只可能是彼得的母親。我再次感覺到一波撕心裂肺的愧疚。要不是我，現在我們誰也不必到這裡來，彼得也……

一道陰影落在我臉上，我肺裡的空氣立刻全部灌了出來。棺木出現在教堂入口，由六個一臉嚴肅的男人高抬在肩上。眾人的低語聲瞬間停止，就好像有人將聲量調節鈕一下子轉到最左邊，艾利克斯把我的手握得更緊，拉著我和他一起退後一步讓出路來。我想看著他，看著我的鞋子，看哪裡都好，除了那具從我身旁經過的閃亮木箱之外，但我還是揚著下巴，目光直視不動。我必須面對我所造成的災難現實。這是我欠彼得的。但我的勇氣沒有持續太久。棺木一轉進通道，我便支撐不住往艾利克斯身上靠。

「我得出去，」我啜泣著低聲說道：「我需要一點空氣。」

「我跟妳去。」

「不用。」我摸摸他的手臂說：「我不會太久。只是需要獨處幾分鐘。」

我從他身旁走開，穿過弔喪群眾時，可以感覺到他凝視的重量，但他還是讓我走了。

來到外頭三月的清新空氣中，我脫去讓我感到窒息的帽子、大衣和圍巾，深深吸氣，將冷空氣吸入肺內，排出教堂那潮濕憂傷的氣味。我的胃劇烈收縮，膽汁湧上舌根，有一度我驚慌地以為自己要吐了。我強壓下那個感覺，淺淺地呼吸，兩眼注視著灰色無雲的天空，直到安然度過後，才開始起步走。我在一座座墓碑間信步走著，讀著墓誌銘，看著日期，留意著擺放的花——或是沒有擺放。想藉此分散注意力，但並未全然奏效。每當經過某個年輕早逝者的墓，我總會覺得迷失在憂傷與懊悔的霧中。其中有一座墳格外讓我心煩意亂。同一塊墓碑上並列著一男一女的名字：約翰與伊莉莎白．歐克斯。男子死於一八七六年，得年五十九歲。女的在二十年後，七十六歲時去世。底下列出了他們子女的名字：亞伯特、艾蜜莉、夏綠蒂、愛德華、瑪莎與湯瑪士。六個孩子，沒有一個活過五歲。墳墓老舊，無人照料，孩子們的名字上長滿青苔，墓碑頂上的天使多處缺損，臉部更因為年久而風化剝落。我環顧墳墓四周的冷硬地面，想找一些雛菊或蒲公英，可以用草葉纏成花束。目光卻被某棵樹下一簇低垂的雪花蓮所吸引。

我在花叢邊蹲下來，伸手捏住一根花莖，正要折斷時忽地住手。有人在看我。我可以感覺到停留在我身上的目光，有如一樣重物壓在我兩側的肩胛骨上。我倏地轉頭，以為會看到有人拿著相機躲在一塊墓碑後面，或是看到一個身穿黑衣、帶著偽裝的憂傷神情的記者。自從出院後，地方報社的記者就不斷纏著我要採訪。

但不管是誰在看我，顯然都沒興趣交談。我瞥見一件黑色大衣或外套消失在教堂的轉角，然後便不見蹤影。我留下那簇鮮豔的雪花蓮——想到摘下了花讓它在墓碑上凋萎枯死，忽然覺得不太對——走回教堂。快到滿布落葉的門廊時，教堂的門開了，艾利克斯悄悄步出，也同時傳出管風琴演奏的〈美麗光明物〉的前奏。

「還好嗎？」他打量著我的臉。

「不太好。」

「妳想再進去嗎？」

我瞄向教堂側面，那個黑衣人影消失的地方。現在那裡沒人了，只剩一排又一排的灰色墓碑，有些舊、有些新，還有——這是我第一次注意到，不禁一口氣卡在喉嚨——地上一個大洞，四周圍放著類似布袋材質的綠色東西。是彼得的墓地。艾利克斯轉頭循著我的視線看去，兩手在身側抽動了一下。我一度以為他要朝我伸手，結果他把手插進口袋，打了個哆嗦。

「這外面好冷。要不要走了？」他的頭往車子方向偏斜。

我最後又看了墓地長長的一眼，才默默地點頭，但艾利克斯已經走下步道。

我伸手去拉副駕駛座車門把時，男友已坐在駕駛座低頭看手機。到處濺滿了泥巴，整個車子的側面都是。回到倫敦，我會出錢讓他去洗車。這是我能做到的最低限度……

實在太小了，我差點沒發現。

睡吧

就寫在前輪輪弧正上方，像是有人弄濕食指，在泥巴上刻出這個字。

「艾利克斯。」我敲著車窗喊他，他抬起頭來，臉上的表情從驚訝轉為氣惱。我向他揮手，另一手則指向輪弧。「有奇怪的東西。」

他無聲地嘆一口氣，打開車門。

「什麼？」他下車後問道。

「有人在車上寫字。」

「什麼！」他的氣惱頓時化為憤怒。

「車子沒刮傷。只是很奇怪。你看。」

他來到我身邊看向我指的地方。

「**睡吧**？」他顯得不知所措。

「你不覺得奇怪嗎？」

「有一點。」

「你覺得這是什麼意思？」

他聳聳肩。「某個無聊的青少年吧？總之，這比清洗我有創意。」

「但又不好笑，也不俏皮，就……什麼都不是。」我回頭瞅了教堂一眼——我就是非常強烈地感覺到有人在看著我們——但墓園依然空無一人。

「就是啊。沒什麼好擔心的。」艾利克斯晃回車子另一邊，伸手拉門把。我們倆從車頂上方四目相交，他微微一笑。「反正我是不會因為這個擔心到睡不著。」他笑著說：「睡不著，懂了嗎？」

「懂。」回家的一整路，我都緊閉雙眼，想著「**睡吧**」和它可能代表的意思。

6 安娜

事故發生後八週四月二十六日星期四

我彷彿一顆繫著繩子的氣球，飄浮在人行道上方。艾利克斯緊緊拉握著我的手，我的肌膚卻感覺不到他手指的力道。我什麼都感覺不到，無論是腳下的人行道、吹在臉頰上的風，甚或是喉嚨裡費力吞吐的氣息。東尼，我的繼父，走在前面，他的白髮在風的撩撥下左右擺盪。由於黑西裝肩膀部分太窄，他不時會去拉扯一下褶邊。這時候他沒拉衣服，而是回頭瞄我。

「還好嗎？」他用嘴型問道。

我點點頭，儘管覺得他的目光穿透過我，在和路上更遠處的某人說話。今早照鏡子時，我幾乎認不出鏡中回望著我的女人。她在鏡子前穿上家人替她擺放在床上的白上衣、灰色套裝與黑色高跟鞋。我知道鏡子裡的人是我，卻好像在看自己小時候的一張照片，看得出眼睛、嘴唇與姿勢的相似處，可是有種斷離的感覺。我，與非我，同時存在。昨晚我幾乎徹夜未眠。當艾利克斯在身旁縮起身子、抱著枕頭輕輕打呼，我仰躺瞪著黑黑的天花板。三點過後不知什麼時候睡著了，也沒睡多久。五點時猛然醒來，一邊喘氣尖叫，一邊摳抓被子。我又作了醫院裡的那個夢，夢見一個無臉人在注視我。

「不會有事的，親愛的。」此時媽媽說道，她快步走在我旁邊，臉頰泛紅，薄薄的眼皮布滿憂慮的皺紋。下車後，她拉起我的右手，艾利克斯拉左手，我自覺像個隨時要被往上晃的小孩，只不過腹中感覺到的是恐懼而不是歡欣。媽媽想必不知在何時鬆開了手，因為她現在雙手垂在身側緊握成拳。

「安娜，」媽媽戴著手套的手拂過我大衣的衣袖。「這和妳無關，親愛的。受審的人不是妳，妳是證人，只要在法庭上說出事情的經過就好了。」

只是上法庭：法官、陪審團、貨車司機、民眾、記者，還有我同事的家人朋友。我必須站在這許多人面前，重新經歷八週前的事。若非我麻木無感，我一定嚇壞了。

「安娜！」

「這邊！」

「安娜！」

「雷英先生！」

「坎先生！」

身體受到猛烈推擠前，我就先被鬧哄哄的噪音驚呆了。放眼望去到處都是人，伸長了脖子，雙臂高舉在空中——有人拿著麥克風，有人拿著相機——全都大聲叫喊著。繼父摟住我的肩膀將我拉近。

「給她一點空間！」他抬起手臂將剛剛堵到我面前的相機揮開。「讓開！給我讓開，你們這些白痴。」

東尼設法讓我脫離人群之際，我拚命地尋找媽媽和艾利克斯，但他們仍被困在法院入口旁的人潮之中。

「安娜！安娜！」一名四十多歲、身穿粉紅上衣與黑色羽絨背心的金髮女子擠上前來，伸出一台數位錄音機幾乎抵住我的下巴。「妳對判決結果滿意嗎？兩年徒刑，而妳有兩個同事喪命？」

我瞪著她看，驚嚇到說不出話，但她將我的轉頭視為關注之舉，便繼續問話。

「妳還會回旋風媒體上班嗎？跟妳在一起的人是妳男朋友嗎？」

「妳睡不著覺，對不對？」有另一個聲音問道。

我扭轉頭去看是誰問的，但我們身後整個階梯上人山人海——數十個西裝筆挺的男人、穿著牛仔褲和短風衣的攝影師、一名深色頭髮身穿鮮豔紅外套的女子、一名年紀較大頂著白色捲髮的女子、我母親（臉頰泛紅、憂心忡忡），以及與她分散開來，身處於另一群人當中，我男友細瘦焦慮的身影。

我右手邊的金髮女子用手肘頂了頂我。「安娜，妳覺得自己有沒有任何需要負責的地方？」

「什麼？」儘管人聲鼎沸，東尼多少還是聽到了她的問題。當繼父驟然止步，我身後有個人撞上了我。「妳在說什麼鬼話？」

好像電影一樣，畫面定格，四周圍的群眾忽然安靜下來不再有動作。

那名金髮女子勉強對東尼微微一笑。「是維里斯先生嗎？」

「其實我姓費丁，妳是哪位？」

「《旗幟晚報》的亞娜貝兒．錢思。我剛剛在問令嬡她會不會覺得自己對事故的發生有任何責任。」

繼父白襯衫衣領上方的頸子漲紅起來。「妳在開什麼玩笑？」他盯著周圍的群眾問：「她真的能說這種話嗎？」

「我只是提問，費丁先生。安娜，」——她試著遞名片給我——「妳要是想聊聊就打……」

他撞開她的手。「妳一不小心就會越線了。好了，別再擋路，趁我還沒動手。」

媽媽和艾利克斯像盾牌似的將我們包圍起來，艾利克斯在我旁邊，媽媽在東尼旁邊，我們一起匆匆脫離法庭的嘈雜與混亂。

「妳有面紙嗎，親愛的？」來到停車處時媽媽問道。「妳臉上全是暈開的睫毛膏。」

我摸摸臉頰，赫然發現臉上濕濕的。

「有，我……」我伸手進套裝口袋，摸到一包軟軟扁扁的面紙。但旁邊還有一樣東西，硬硬的，有尖角，我不記得早上準備出門時有放這麼一樣東西在口袋裡。是一張明信片。藍色背景上，白色字體組合成一把匕首，靠近刀尖處，字體變紅，一滴鮮血滴落在書名《馬克白的悲劇》上。

「那是什麼？」我將卡片翻面時，媽媽問道。

我搖搖頭。「不知道。」

背面以大大的草書字母寫了三個字：

給安娜

我從媽媽看向爸爸，再看向艾利克斯。「你們有誰把這個放進我口袋嗎？」

見他們全部搖頭，我又把卡片翻過來讀上面的引句：

我好似聽見一個聲音高喊：「沒得睡了！馬克白確確實實殺害了睡眠」——那無辜的睡眠，將亂如絲的心修補好的睡眠，那每日生活的死亡，百般辛勞後的沐浴，受傷心靈的油膏，大自然的第二道菜，生命盛宴中的主要滋養。

中學讀過《馬克白》，所以我知道這段文字。這是馬克白在告訴馬克白夫人關於他殺害鄧肯國王後所發生的可怕事情。

「安娜？」艾利克斯說：「妳沒事吧？妳臉色好蒼白。」

我往後瞄一眼法院與那群有如無頭蒼蠅般的無臉人。

「有人把這個放進我口袋。」

「該不是那個該死的記者吧？」東尼說：「必要的話我會打電話去找她的主編。我不許她這樣騷擾妳。」

「讓我看看。」艾利克斯靠上前，越過我的肩膀看著卡片。「是莎士比亞的句子嗎？」

「這是馬克白告訴馬克白夫人說他聽到一個聲音，跟他說他永遠再也不能睡覺了。」

「好可怕啊。」媽媽上下摩搓著兩條手臂。「誰會給妳這種東西？」

「來，給我。」東尼從我手上取過卡片，撕得粉碎，然後丟進排水溝。「好啦，沒了。想都別再去想了，親愛的。」

回家的路上誰也沒再提起，但那些字句宛如秤砣般壓在我的腦子裡。

7

史提夫

四月二十八日星期六

史提夫·雷英蹲在兒子墳墓旁，低頭畫了個十字。他不是天主教徒，但他覺得應該這麼做，以示尊重。他觸摸墓碑，食指順著兒子名字的冰冷雕刻劃過，胸中燃燒著悲憤之火。他仍然不太能相信，兒子的屍體已深埋土裡，在他腳下將近兩米深處。感覺很不真實。怎麼可能呢？弗瑞迪還年輕、健壯，每星期會上三次健身房，每星期六會去打壁球。小時候他出過水痘，溜滑梯時跌斷過胳臂，但他不像公園裡那些嘴唇上面掛著鼻涕的小孩。他很健康，上學幾乎沒缺過課。只有一次史提夫不得不將他送急診，是因為他去一個朋友家參加他的十五歲生日派對，竟然生氣到撞上玻璃門暈了過去。他甦醒後聲稱有人在他飲料裡加了烈酒。史提夫從他嘴唇抽動的模樣看得出他在撒謊，但還是佩服他的機智。弗瑞迪或許是個說話不經大腦的小渾蛋，老是說一堆話想讓自己脫困。他也很吵。家裡不時都能聽到他的大嗓門和他笨手笨腳弄出的噪音。他經常三更半夜和朋友喝完酒回來，打開洗碗機一陣乒乒乓乓，要不就是拿出一堆鍋碗瓢盆給自己做點消夜，史提夫都記不清自己喊過多少次「給我小聲一點」了。但他從未生過他的氣，沒有真的生氣。茱麗葉死後，他也只剩弗瑞迪了。該死的癌症，在孩子十一歲生日的五天前奪走了他媽媽。如果癌症是個人，史提夫會把他打到屁滾尿流，會把他的臉打成肉醬。

現在家裡很安靜，安靜得要命，讓他很想打開屋裡的所有音響，並扯開喉嚨放聲吶喊。那是死亡最令人難以忍受的——它所留下的靜默。但史提夫的腦子裡卻不然，那裡沒有平靜。有些天他覺得自己好像快瘋了，無數的念頭在腦中嗡嗡作響，有如一群黃蜂。他讓它們安靜了一陣子——籌辦喪禮並為開庭做準備——但事後聲音又響了起來，而且更加響亮、劇烈。是那種無力感讓他難以承受。他無法救活弗瑞迪，他無法握住手術刀，將手伸入兒子的胸腔，按摩他的心臟直到它恢復跳動。他無法加速警方的辦案。他無法找檢察官談，而且除了事先準備好的陳述書之外，他也無法找法官或陪審團談。他被奪走了一個兒子，他卻他媽的什麼也做不了。「相信我們，」警察這麼對他說：「就讓我們做我們該做的吧。」但他們沒有，不是嗎？沒有真的盡責。他們沒有，檢察官沒有，該死的法官也沒有。

他的手指劃過兒子的出生與死亡日期。二十四歲。才二十四歲。喪禮上，牧師說了一句「長眠」什麼的，徹底激怒了他。死亡和睡眠不同，它不會讓人放鬆，你不會作夢也醒不過來。當最後一位弔喪者離開弗瑞迪的墳墓，絕望的烏雲隨之籠罩而下。對他們大多數人而言，以後恐怕不會再來到這座墳前。他們會想念他，當然會，但他們也會回歸自己的生活，而史提夫則覺得自己的人生就此停頓了。

是好友吉姆丟了一條救生索給他。「老兄，你要是覺得正義沒有得到伸張，也許你就應該自己出手懲罰她。你要是知道她人在哪裡，我可以叫人過去。她甚至想都想不到。如果你想要的話。」

史提夫也不確定。他向來自詡是個紳士，從未對女人動過手。可是如果這女人是殺人犯就另當別論了，對吧？去傷害米拉·韓德麗或蘿絲·韋斯特這些殺人魔，他不會感到內疚。而這個女人就跟她們一樣，不是嗎？殺人者。她害得兩個年輕人喪命、一個終生殘廢。在法庭上，她沒有正視過他，甚至好像把他當空氣。不過她會知道的，她會知道史提夫·雷英是什麼人物，也會記得他兒子。他會確保這一點。

8
安娜

五月二日星期三

我們的公寓在清晨四點的時候很不一樣。空氣涼爽、靜定（這在倫敦並不常見），臥室包覆在陰影中，只偶爾有街燈的光從窗簾縫溜進來切斷黑暗。艾利克斯熟睡著，側身蜷曲擁著被子。

昨晚他下班回到家，看見我裹著毯子坐在沙發上，兩眼無神直瞪著電視。他站在門口，看著我，等候我有所反應。

「嗨，」我打了聲招呼，目光旋即又轉回電視。光是瞄上一眼就足以評估他的心情：姿勢僵硬、下巴緊繃、眼神冰冷。他在準備要吵架。再一次。

「這什麼？」他從茶几拿起一只空馬克杯。

「馬克杯。」

「這個呢？」他拿起一只盤子。

我看著他說：「你在幹嘛？」

「妳才在幹嘛？」

他拿著杯盤，氣沖沖地走出客廳。我聽見杯盤摔進洗碗槽，接著冰箱門打開、關上，和短短一聲去你媽的。

「安娜，」他又回到門口。「家裡都沒東西吃了。妳說妳會去超市的。」

「我去了。」

「然後呢？」

「有人在跟蹤我。」

「不會吧，又來了。」他將頭靠在塗了亮光漆的白色木門框。「安娜，妳必須要放下。史提夫·雷英沒有要找妳麻煩。該負責的人——那個貨車司機，不是妳——已經被判刑入獄。死因裁判法庭也駁回這個案子。到此為止了，結束了。」

他不明白。他怎能明白？我沒有絲毫證據可以證明有人跟蹤我。我沒有和他們當面對質過，或是拍下他們的照片，甚至不知道他們長什麼樣子，但我感覺得到他們在監視我。我出門的時候還好好的，一路直到特易購都沒有一種可怕的扎刺感從顱底沿著脊椎往下竄。陽光燦爛，我覺得心情很好，因為剛剛連續看了三集《大禍臨頭》。心裡一次都沒有想到史提夫·雷英，接著事情就發生了，當我彎腰從架上拿起一條吐司，百分之百確定有人站在我後面看著我。一回頭，只見通道上有另外五個人——一個穿西裝的男人、一個年長婦女、一個與我年紀相當的女人，和另一個年紀比我稍長的女人推著一輛嬰兒車。那孩子直愣愣地看著我，藍色眼睛睜得大大的透著焦慮。他母親低頭看看他，又看看我，然後就推著嬰兒車走到通道底端轉彎後消失不見。我氣自己反應過度，便直接提著籃子去結帳。回到家以後才發現，艾利克斯要我買的東西有一大半都忘了買。

「妳今天打電話給提姆了嗎？」他又起手來問道。

「打了。」

「然後呢？」

「我辭職了。」

他眼睛往天花板一翻。「我付帳單已經付得很辛苦，如果這種情形要長久下去……」他重重嘆了口氣。「我真的覺得我應付不了，安娜。我知道妳暫時會有點……情緒低落……但我沒辦法過這種日子。都因為妳老是睡不著在床上翻來覆去，還穿著運動褲整天坐在沙發上看《六人行》的重播。再說了，妳今天有洗澡嗎？」

若是在另一段人生，在我的世界崩塌粉碎前的那個人生，我會忿忿地反駁艾利克斯，說他是不是應該更有同情心一點。但此時我只是看著他說：「走不下去了，對不對？我是說我們？」

「這……」他俯視破舊的米色地毯，搖搖頭說：「對，走不下去了。」

事故發生後，這段對話已在我腦中上演上百次，但真正說出來卻覺得不真實。我以為自己會眼淚潰堤或是胸口劇痛，不料竟有種超然的感覺，好像在旁觀另外兩人分手的場面。我們早已漸行漸遠，早在車禍發生前，但在對方最需要你的時候丟下他，這非得是個冷血的王八蛋才做得出來。我們並沒有不喜歡彼此，也沒有激烈爭吵或和其他人上床或做出冷酷的事，但我們的確各過各的，甚至不再同床共枕，可以這麼說吧。我們或許會有一兩個小時——在我失眠與艾利克斯起床上班之間——躺在同一條床單上，只是幾乎不碰對方。我已經不記得他上一次與我親吻道別或說晦是什麼時候的事了。而我最真實的心聲是：我並不十分在意。

「你想怎麼做？」我問道：「你想留下房子嗎？」

他一臉震驚。原以為下班回來會吵上一架吧。這或許是他私心裡期望的結果，只是沒料到會在這個時候展開這段對話。

「我很樂意讓給你，」我說：「我會回雷丁去和我媽和東尼住一陣子。」

他抬起頭與我四目相交，但我無法解讀他的眼神。「這件事妳已經想了好一陣子了，對吧？我們的分手。」

「你沒有嗎？」

我們之間的空氣忽然凝結不動，帶著沉重的哀傷。

「妳今天就要搬出去嗎？」他瞄向敞開的房門與門內的臥室，搜尋行李或是我已經開始打包的跡象。

我看了看廚房時鐘，七點多。「不知道，八成太晚了。」

「很好。」

「很好？」

「幸好妳今晚會留下過夜。妳要是就這麼起身走人，我不確定能不能受得了。我覺得有點……」

「嚇到？」

「嗯。」

「我明白你的意思。」我頓了一下，忽然不知道自己是否誤判了情勢。「你是希望這樣的對吧，艾利克斯？」

「對，對，我是。但就是……很怪。我覺得……」他猶豫著。「我覺得好像應該給妳一個擁抱什麼的。」

「好啊，沒問題。」我說好純粹是因為拒絕似乎更難。

我將腿上的毯子與書挪到一邊，準備從沙發上起身，艾利克斯也同時穿過客廳。我們在中途相會，他俯身、我雙手上舉，一個姿勢怪異的擁抱，身體之間隔出一個大大的空間。彷彿擁抱一個陌生人。

「對不起，」他拉開身子時說道：「我好像讓妳失望了。」

「你沒有讓誰失望。我不是以前的我，我覺得你也不是以前的你。我們都變了。不是誰的錯。」

他定定地看著我沒說話。他不需要說什麼。

晚餐吃烤豆吐司，我們坐在沙發上，把盤子放在腿上，假裝在看一部影片。這樣總比在廚房餐桌前對坐，默默地把食物塞進嘴裡一面想著該說什麼來得好。我們在同一時間上床，自然而然便拿起自己的書來。那感覺像在演一齣怪異的短劇：一對男女剛剛離異，卻表現得一副若無其事。

「妳有什麼計畫嗎？我是說除了搬去和妳父母同住之外？」艾利克斯將書放下，目光與身體卻仍面向正前方。頓時一股憂傷漫過我全身。是真的，我們要分手了。我們不再像拼圖的拼片那麼契合。時間改變了我們，讓我們扭曲變形互不相容。

「我在想要搬去蘇格蘭。」

「蘇格蘭？」

「是啊，也許是其中一座島上。我……」我丟下書，側轉過身，將被子拉高蓋住肩膀。看著艾利克斯的側面輪廓，腦中忽然閃過第一次見到他的景象——他的長鼻子、濃密眉毛與微微後縮的下巴。

他好奇地看著我。「妳是從什麼時候開始想去住蘇格蘭的？」

「你也知道，我想離開倫敦已經有一段時間了。我們剛認識的時候我就告訴過你。」

「妳說妳想搬去科茲窩或是諾福克，沒說蘇格蘭。」

「前兩天電視上有個節目，我本來也沒怎麼專心看，但一下子就被吸引住了。蘇格蘭群島……看起來好美，又荒蕪又偏僻。」

「而且很冷，很常下雨，很淒涼。」

我搖搖頭。「不，不會淒涼。」

「妳交不到朋友的。」

「那很好，我不喜歡人群。」

他笑起來。「我想那裡也沒有蓬勃發展的行銷市場。」

「我不想再做行銷了。」

「那妳要做什麼？去捕魚？」

「也許會找茶館或餐廳之類的工作。不然也許可以打掃，當清潔工。」

「打掃？」他的一邊眉毛往上一聳，露出不敢置信的表情。

「有何不可？我不想做我現在做的事情了，艾利克斯。我不想要有壓力或是……責任。」

他面色凝重了片刻，慢慢消化我說的話。

「這是悲傷的某種奇怪展現，對吧？做出魯莽的決定。我在網路上看過。」

「不，不是的。我是經過深思熟慮。」

「可是……」他目不轉睛看著我。「妳是我所認識最不會整理東西的人了，有誰會請妳去打掃啊？」

這時我們倆都笑了。

「我只希望妳快樂。」艾利克斯說完轉身關掉他那邊的床頭燈。

「我也希望你快樂。」

他沒有回應，只是將被子拉高蓋住肩膀，頭埋進枕頭中，扭動身子想找個舒服的姿勢。我端詳他的頭型與肩膀曲線，聽著他的呼吸逐漸變慢、變深沉。然後，當我確定他已睡著，便悄悄下床。

我靠在椅背上，伸展雙臂高舉過頭。清晨五點零四分。我鮮少在四點以前入睡。我試過催眠app、薰衣草、Night Nurse藥水和Kalms助眠劑，都沒效。

我剛剛花了兩三個小時找蘇格蘭群島的工作機會。比我預料的多，尤其在奧克尼，但我想住的地方，我看BBC紀錄片後愛上的那個小島，是拉姆。居民三十一人，遠遠少於在荒蕪、崎嶇土地上恣意飛奔的野生動物——鹿、鷹與小馬。但缺人的工作只有一個——灣景飯店的「雜務幫手」。工作內容包括櫃檯、清潔、網站更新。薪水少得可憐，工作時間卻長得可怕。恐怕連休息的時間都沒有，更遑論胡思亂想了。這正是我想要的。

正如艾利克斯所說，我幾乎不夠格當清潔工，但我畢業後曾在一家旅館酒吧工作過兩年，而且網站的玩意對我來說易如反掌。我注視著筆電螢幕，將申請書重讀一遍，檢查有無錯字或其他錯誤後，便抓住滑鼠點下「傳送」。

我忍住呵欠，闔上筆電起身。太陽就快出來了，一道細細的亮光從兩片窗簾中間的縫隙溜進來。蓋著一層灰雲的天空布滿一條條橘色與紅色光紋，對面建築物之間隱約可以看出一輪白日的彎弧，還有……

從眼角餘光瞥見的動靜讓我轉過頭去。有個人彎身躲到道路盡頭對街的一輛車子後面。我一手扶在玻璃上，瞇起眼睛凝視遠方。只見我車子的雨刷下面有張紙在翻飛。

「艾利克斯？」我低聲喊他的名字，然後穿過臥室進入走廊，並反手將門關上。我打開走廊的燈，穿上外套，套上鞋子，抓起鑰匙。不到兩分鐘後，我已經走下公用樓梯打開大門。我在門口駐足，掃視街道。沒有其他人，只有我和一隻肥胖的虎斑貓，從隔著幾戶人家的一面矮牆上，一臉淡漠地注視著我。我關了門沒上鎖，隨即衝出去。驚慌之下，只邁了十二大步便從前門來到停車處。我一把抓起雨刷底下的白紙後，匆匆回到屋裡，關上身後的門，上了鎖，打開紙張。只見正中央印了四個字。

妳會入睡。

追悼

追悼

愛蜜莉與伊娃．蓋波

愛蜜莉．蓋波，盡心盡力的妻子兼母親。於二〇一五年二月十三日辭世，與我們心愛的女兒伊娃．蓋波合葬。知道妳們倆在一起是我唯一的安慰。我美麗的妻女，記憶永存。永遠愛妳們也懷念妳們……

我向來以有識人之明為傲；能解讀他們的肢體語言、抑揚頓挫與細微表情。這與其說是天賦倒不如說是求生技能，是我從小打造的一座盔甲寶庫——要面對像我母親那樣情緒發展不全的母親，這是必備條件。

以妳為例吧，安娜．維里斯。妳坐在窗前，被筆電的光線照亮，接著套上一件太大的開襟羊毛衫，手抓在腰處把衣服裹緊，在人行道上狂奔。這回或許距離太遠看不清妳的臉，但我曾經離得更近。我曾經近到足以端詳妳蒼白的臉皮、瞪大後眨也不眨的瞳孔、髮際線處冒出的汗珠、一再地清喉嚨以及扭絞雙手的模樣。妳的焦慮與痛苦明亮宛如烽火，但只有妳最親近最心愛的人看得見，可愛的安娜。當然了，還有我。

我就要退休了。我要拋下這種生活，追求新目標。但他想讓妳消失，我無法說不。我從來無法向他說不。

我原以為我會想快點送妳走的，安娜，速戰速決。但這將會是我最後一次做這件事，可以說是最後一擊吧，我希望能有個完美的結尾。等時機成熟，我會幫忙讓妳睡去。

9 安娜

艾利克斯走進廚房，身穿西裝，散發著洗髮精與鬍後水的味道。他伸出一手說：「紙條給我看看。」

我拿著在雨刷底下發現的紙條飛奔上樓後，曾試著喚醒他，但他把我揮開，叫我再回去睡覺。六點半他鬧鐘響時，我又試了一次，但他透過迷濛睡眼瞪著紙條看，然後搖搖頭說他需要去上廁所。我拿著紙條，隨他走到浴室，後來聽見淋浴的聲音便退回廚房。

「有人把這個放在我車上。」我再告訴他一次。

艾利克斯看了紙條一眼，翻過去看著空白的背面，然後將它揉成一團丟進垃圾桶。「我覺得像在加油打氣。也許有人在街上注意到妳整夜沒睡覺。」

「可是『會』底下畫了線，有種威脅的感覺。」

「說不定是那個纏著要採訪妳的記者。讓我採訪一次，妳就會睡得好一點，之類的意思。有沒有附名片？」

「沒有，什麼都沒有。」我略一停頓。「我覺得是史提夫·雷英。」

艾利克斯皺眉。他不認得這個名字。

「弗瑞迪的爸爸。你記得判決後他說什麼嗎？他說只有部分正義得到伸張，記得嗎？我真覺得是他，艾利克斯。先是在泥巴上寫了『睡吧』，然後是明信片，現在是這個。」我從垃圾桶拾起揉皺的紙團。「會不會他以為我也開車開到睡著？或是我愧疚到睡不著？」

艾利克斯從廚房餐桌底下拿起鞋子穿上。「安娜，把紙條丟回垃圾桶。」

「但這是證物啊。」

「證明什麼？」

「就是有人……」我話說到一半。這究竟能證明什麼？有人注意到我清晨五點還醒著，所以留了一張紙條在我車上表示同情？在某人車身的泥巴上寫字也不犯法。否則，那數以百計對髒兮兮的貨車惡作劇，在車身寫下「清洗我」的人早就因毀損罪入獄了。

「還有沒有發生過什麼事妳沒告訴我？」艾利克斯起身，穿上大衣。「有沒有什麼奇怪的電話或email？」

「沒有，就只是，你知道的，只是覺得有人在監視我。」

我男友，前男友，緊咬下唇，低頭盯著我看，試著與我眼神交流時皺起了眉頭。「審判的事見報了，對不對？」

「對。」

「有提到我們的住址嗎？街道也好。」

「有。」

「那就很可能是一般民眾，某個對這個案子變得執著的怪人。也可能不是。」他發現我面露震驚，便又補上一句：「或許就像妳說的，可能和史提夫・雷英有關。無論如何，妳都不必再擔心了。不管是誰，都不會再到妳爸媽家騷擾妳。」

這是個令人安心的想法，但我若以為今天就能離開這棟公寓，無疑是自欺欺人。我東西太多了。廚房裡有鍋碗瓢盆和餐具。臥室裡有書、衣服、DVD和音樂帶。客廳有擺飾、相框與圖片。此外還有許多屬於我的家具。要打包所有東西得花上好幾天。

「艾利克斯。」我伸手想摸他的手臂，但還沒碰到就縮手了。我們已經分手，繼續摸摸蹭蹭已不恰當。

「怎麼了？」

我想叫他別去上班，留在家裡陪我，看個電影、大醉一場，或是玩個桌遊、聽聽音樂。我知道我要是獨自留下來，一有個風吹草動就會受到驚嚇，也會盯著窗外看，擔心得來回踱步，並上網搜尋有關跟蹤者的真實事件。但我不能要求艾利克斯別去上班，特別是因為他再也無須保護或安慰我了。我必須讓他繼續過他的人生。

「我的家具能不能留在這裡？」我轉而問道：「直到我安頓好以前？再加上幾箱東西？」

他聳聳肩。「可以吧，至少在我找到新住處以前。」

「謝謝。我會請貨車來載走。車子我也會留在外面。應該會賣掉，除非你想要。」

「妳要把車處理掉？」

「是啊。」他的反應讓我驚訝。他都已經見識到我連坐上副駕駛座都難如登天。我不可能再次面對開車這件事。短時間內不可能。「晚一點，等我打包好，會搭火車去媽媽和東尼家。」

這是在他們願意收留我的前提下。他們自從退休後，就有一連串失聯已久的親戚老友前來拜訪。我可能得睡沙發。

「哇。」艾利克斯面露驚愕，好像終於了解到我們現在在做什麼。「我回來的時候妳就不在了，對吧？」

「對。」我仰頭看著天花板，眨去眼淚。

「天哪。」他上下打量我，目光落在我的嘴唇、我的睡衣與我腳趾上斑駁的指甲油。「那麼就得說再見了。」

我點點頭，忽然說不出話。

「我走以前再擁抱一次？」他沒有等我回應，而是直接將我拉進懷裡，緊緊摟了一下隨即放手。這個擁抱幾乎持續不到五秒鐘。

「好好照顧自己，安娜。」他說著走出廚房進入玄關，接著打開公寓大門走了出去，頭也不回。我從未感到如此孤單過。

第二部

10 安娜

六月二日星期六暴風雨第一日

「安娜。安娜？」

我回頭露出微笑。即便已經一星期，我還是不太習慣大衛喊我名字的腔調。感覺好像被重新命名。之前在倫敦我是安娜（安—娜），現在我是阿—呢。大衛用濃重、柔軟的蘇格蘭口音喊我時，聽起來比較柔和、有暖度。剛到島上前兩天，我的肩膀始終高聳著貼近耳朵，十分緊繃、糾結、小心翼翼。但我可以感覺到肩膀逐漸放鬆，讓我向內蜷縮的那股緊張感慢慢消失了。我變得柔和，就跟名字一樣。

「是，大衛。」

「妳有客人的名單嗎？」

「有。」我從桌子下面的影印機撈起一張紙交給他。

大衛在電話上面試時，我對他持保留意見。他說話直接、粗魯又浮誇，從頭到尾都稱呼我「小姑娘」（儘管我已經三十二歲），還一再問我是否已準備好賣力工作不抱怨。我想像他是個身高、肩寬、留著鬍子的退伍軍人。當渡船在拉姆島靠岸，我走下舷梯步上碼頭，從一個矮小、圓滾滾、臉頰粉紅、身穿黃色防水夾克的男人身旁走過，直接迎向那個戴著扁平帽，身旁站了一頭身形龐大的黑色拉布拉多的大鬍子。

「安娜？」有人拍一下我的肩膀，我猛地轉頭。

「大衛？」

「是的。」他伸出手來。「旅程都還順利吧？」

他在電話中告訴我遊客不能開車上島，我便和另外同樣是徒步的十來個人一起搭上小船。他們有半數人騎單車，剩下的人都扛著大大的背包，只有我一人拖著行李箱。我將行李拖上第三層甲板，挑了一個窗邊的座位坐下。渡輪駛離馬萊格幾分鐘後，海天一色的灰。約莫四十分鐘後，埃格島從左手邊掠過，彷彿鯨魚的深色鼻頭露出海面。假如埃格是鯨魚，那麼拉姆就是蜿蜒於水上的龍背。我自以為已經做好第一眼見到它的準備——大衛在電話中答應給我三個月的試用期後，**iPlayer**上介紹小群島的節目我便一看再看了無數次——不料我依然屏住了氣息，胃也因為充滿期待而緊縮。我離開座位區來到戶外甲板上，帶著微笑任由風打在雙頰並撩起頭髮包住我的臉。海天相連綿延數哩長，讓我覺得好像要被送往另一個世界，而不是蘇格蘭西岸的一個小社區。我感覺充滿生氣與活力，精神抖擻自由自在。

這些我都沒告訴大衛。我只說：「從雷丁到拉姆真是遠，好像怎麼也到不了。不過渡輪上的美景著實令人讚嘆。」

看到我臉上的表情時，他露出大大的微笑，兩眼幾乎消失在隆起的臉頰中。「雖然這麼多年了，也還是讓我神魂顛倒。東西就這些嗎？」他指向我的行李箱，我點了點頭。

「好。」他拎起箱子。「這個，」他抬手比向周圍十來棟建築說：「我們叫它做『村子』，順便跟妳說一聲。我們則是在島的另一邊——哈瑞斯。」

我爬上他的白色荒原路華，這是我幾個月來第一次在繫好安全帶後沒有閉上眼睛。當車子爬上山坡、在石子路上劇烈震動以及急轉彎甩尾時，我仍然緊抓著扶手，但也同時暢飲著美景：灰色如象皮的山陵、草地、金雀花、一望無際的天空、大海與……

「小馬！你看！」

大衛笑道：「是啊，是有一些。也有鹿。」

灣景飯店坐落在山邊，與島上其他地方之間隔著一條淺淺的河，當我們駛過河水抵達飯店，我已陶醉在幸福感之中。

「那就是陵墓，對不對？」我指向矗立在一大片綠地上，顯得格格不入的一座褐色砂岩建築，問道。那斜斜的屋頂、粗大的石柱，其間安放著三具花崗岩石棺，看起來猶如從天而降或是從古希臘穿越時空移形換位至此。

「是的。」大衛點頭說：「那是喬治．布羅爵士家族的陵墓。他和兒子和妻子葬在那裡。」

最後一次身處墓園的記憶隨即浮現，我強忍住一陣哆嗦。

「誰住在那裡呢？」我指向河邊一棟小屋；飯店的另一個鄰居。

「戈登・布洛迪。他是徒步遊覽的導遊，也負責管理小學。兼差的。」他笑著說：「只有四個學生。」

「整個學校只有四個學生？」

「明年等蘇西・麥法蘭家的小孩滿四歲，就有五個了。別忘了，這裡只有三十一個居民。」

「他們不能去本島上學嗎？」

「中學生會，但這個時節渡輪每週只跑三趟，他們多半只能每兩個星期的週末回來一次。他們會寄宿在親戚還是誰家裡。」

我凝視著逐漸轉暗的天空。「如果有暴風雨呢？」

「那渡輪就會停駛一陣子。」他聳聳肩。「我們會將就著過。」

此時，大衛瀏覽手上的名單，一面用指甲咬得參差不齊的手指在紙面上往下劃，一面張大鼻孔。

「有七個人。那就表示要開荒原路華跑兩趟。」

他伸手越過櫃檯桌面，從牆上掛鉤取下鑰匙，用力放進我手裡。「那就交給妳嘍。」

「不行。」我捏起鑰匙，像捏著髒尿布或濕茶巾。「我沒辦法。」

「什麼叫妳沒辦法？妳在電話上說妳會開車的。」

「我會開，只是我……我幾個月前出了車禍還住院，之後就沒開過車了。」

「好吧，但妳很快就必須要開了。」他一把搶回鑰匙，搖著頭從櫃檯後面橫跨了一步。「因為我不是隨時都能去接送客人。我明明警告過妳說妳得做好份內的事……噢。」他一手扶住牆壁，以免跌倒。

「大衛，你沒事吧？」

他揮揮手。「只是……」他緊抓胸口。「只是有點消化不良。天哪，我好像要吐了。」

一滴汗珠從他的鬢邊滾下來，消失在鬍碴之間。

「大衛，你真的沒事嗎？我可以叫人來。」我的手伸向電話，準備打給埃格島的醫療診所。拉姆島上沒有醫生。每隔兩週的週四會有醫師上島看診，但今天是星期六。不過倒是有一支緊急救護團隊。最近的在金洛赫，在島的另一端，離這裡十五分鐘車程。

「不，不用。」他直起身子，手仍搓揉著胸口。「我沒事。我不在的時候，記得再次確認房間都沒問題。對了，還要去看看麵包，再過二十分鐘就得出爐了。別光站在那裡，一副閒閒沒事的樣子，姑娘。有很多工作要做呢。」

大衛打開前門走出去時，冷風跟著掃進大廳。飽含雨水的烏雲從窗外飛掠而過，樹木被風吹得前後劇烈搖擺。今早的氣象預報說有個暴風雨即將來臨。這對要來這裡散步健行、騎腳踏車、釣魚與追蹤鹿跡的客人而言不是好消息，但應該還是可以讓他們去金洛赫城堡參觀，逛逛紀念品店。如果天氣真的很糟，每個房間裡還是有電視，交誼廳也有書和雜誌。而且飯店備有充足的酒和柴火。這時手機在桌面上快速震動起來，嚇了我一大跳，連忙一把抓起。是艾利克斯傳來的簡訊：

我一直在想妳。希望妳安好快樂，也希望島上的清新空氣有助妳好眠。

11 艾利克斯

當王室慈善醫院的門滑開，一陣帶著消毒水味的暖氣撲面而來，艾利克斯將花束握得更緊一些。今天是個晴朗夏日，襯衫被汗水黏在背上。他很想脫掉外套，讓皮膚接觸一點空氣，卻又擔心露出腋下的汗漬。他瞄一眼手錶：下午兩點五十五分。他不想冒遲到的風險，因此提早到達，過去一個小時就坐在角落的肯德基啜飲可樂。他其實寧可喝咖啡，只是擔心會有口臭。

他在瑪莎百貨附近的等候區坐下，往口袋裡摸找那包薄荷糖，是他在來的路上買的。他丟了一顆進嘴裡，將花束夾在膝間，然後在牛仔褲上擦擦手心。他知道自己很荒謬，憂心忡忡地狂冒汗，活像第一次約會的十三歲少年，但就是無法讓怦怦跳的心放慢也甩不掉反胃的感覺。他從來沒有這樣過，從來不曾為一個認識不深的人如此心情激盪。不過蓓卡是喜歡他的，一定是，否則不會回覆他的臉書訊息，更甭提答應約會了。手機在口袋裡震動起來，他的胃也跟著收縮。她要取消嗎？她會不會趁他坐在醫院大廳等她下班之際，偷偷從後門溜走，那麼就不用見他了？

他看了手機螢幕，大大舒一口氣。只是安娜罷了。

你在搞笑嗎？

他皺眉不解，便重讀他稍早傳給她的簡訊。那是一則貼心的訊息，不是嗎？問她過得好不好。他環顧四周，確認蓓卡並未朝著他走來（傳訊息給前女友被逮到可不行），然後送出答覆。

沒有啊。妳在說什麼？

她立刻回覆。

關於睡眠那句話。

他倍覺尷尬。原來是那個。說實話，自她走後，對於那些訊息內容他幾乎沒有多想過。他當然會想到她，總不可能和一個人共度了兩年，在對方走出那扇門後就把她忘得一乾二淨。不過他很享受自己獨佔一張床，而且不會被睡夢中手揮腳踢的她吵醒，或是醒來時發現她在房間另一頭雙眼圓睜，驚慌地瞪著他看。然而，當他回到只剩一堆箱子，再無一件安娜物事的家中，登入臉書時，確實心懷愧疚。她睡的那一側床鋪都還沒冷，他就開始搜尋照顧她的護士。他們第一眼看見對方便受到吸引——一朵無形的火花讓他倒吸了一口氣。見她臉頰發紅，很快地別開視線，轉向安娜沒有意識的形體，他很確定她也有感覺。他試著告訴自己，是他誤解了她的友善態度，其實照顧家屬也和照顧病人一樣是她工作的一部分。但是在安娜尚未清醒，為她檢查生命跡象的時候，蓓卡似乎真的和他相談甚歡。當安娜醒來開始尖叫，可把他嚇壞了。她兩眼空洞無神，目光彷彿直接穿透了他。而那尖叫聲，他從未聽過如此可怕的聲音。蓓卡以十分專業的方法處理了當下的情況，他原可以此為理由擁抱她，但他當然沒有。不只因為這麼做太不得體，也因為安娜恢復意識讓他羞愧到極點。什麼樣的下流人渣才會在女友經歷一場可怕車禍後的復原期間對護士動歪腦筋？他若是對自己寬容一點，便會解釋說這是一種因應機制。當她繼父來電，以沙啞的聲音告知事故消息後，他瞬間墜入恐懼的深淵，之後便是藉此機制爬出深淵。

不過安娜沒有死。她在車禍與手術後活了下來，當醫師告訴他們倆說她除了一道橫越腹部的疤痕外，不會有其他永久性傷害，他立刻抬眼望向病房的白色天花板，向一個他並不相信的上帝道謝。他知道回家後他有責任照顧她，在一起兩年，他至少該為她做到這一點，可是安娜夜裡常被噩夢嚇得手腳胡亂揮踢，也擾得他大半個晚上無法入眠，早上總要費盡力氣才能勉強起床。每當回到家，他就覺得受困，高興不起來。這不是她的錯，他是知道的，但就是忍不住心生怨懟，他的耐心眼看就要像暴風雨過後的河水一樣潰堤了。

沒想到她會做出了斷。他以為她會緊巴著這段關係不放，一如既往。可是沒有，她也受夠了。她能鼓起勇氣開口，讓他感激得擁抱了她，更震驚到竟然要她多住一晚，以免還有什麼話要說。結果並沒有，最後只剩一段氣氛緊繃的對話，是關於她在車上發現的一張紙條。事後走到地鐵站途中，想到自己再也不必為安娜負責，他忍不住鬆了一口氣。也因為鬆了口氣而感到內疚。

「艾利克斯？」有人碰他肩膀一下，嚇了他一跳。

他幾乎認不出眼前這個穿著紅色雨衣、側分的褐色長髮披肩，低頭對著他倩笑的女子。她眼角的褐色眼線有些暈開，櫻桃紅的唇膏光豔照人。

「蓓卡？」他忙不迭起身，彆扭地在她臉頰上親一下。「妳好美。我差不點都認不出來了。」

「謝謝。」她笑著接過他往兩人身體中間塞進來的花束。「好香啊。」她把臉湊近白百合與玫瑰花束中說道。她抬眼看他，鼻子仍埋在花朵間，他心想那雙眼睛真美，充滿了笑意，那矢車菊藍更是令人驚嘆。

她忽然移開視線，藍色眼眸飛快轉動，掃視四周圍埋頭看雜誌、喝咖啡、滑手機，各自沉浸在自己的小世界裡的用餐客人。他的胃不由得緊縮起來。

「怎麼了嗎？」他見蓓卡平滑的眉額微微一蹙，開口問道。

「沒事。」她挺起身子，輕輕搖頭。

「真的嗎？妳好像在找人。」

她將頭髮一把攏在手裡，甩到肩後。接著她繼續纏絞髮絲，帶著疑惑注視他，艾利克斯心頭一陣暗忖：她在緊張。他幾乎按捺不住衝動，想摟住她的肩膀將她拉近。

「我只是……」她將重心從一條腿轉移到另一條腿。「你和安娜是真的結束了，對吧？她不會突然跳出來，指著鼻子罵我搶她男朋友吧？」

他被她的驚慌神色逗得笑起來。「不會，當然不會。就像我簡訊裡說的，早在她出車禍以前，我們就結束了。」

「那就好。」她挽起他的胳臂，頭輕輕撞一下他的肩膀。「那你就是我一個人的了。」

12 安娜

艾利克斯沒有回覆我的最後一則訊息，現在我很後悔對他亂發脾氣。他只不過想知道我好不好，但提到睡眠就像朝我胸口重擊一拳。我原以為來了這裡，便能將發生過的事拋到腦後，殊不知哀傷無法像外套一樣脫去，它會變成你的一部分，宛如一層隱形的膜緊緊黏附在你的皮膚上。有些日子你會感覺得到，有些日子則不然，但它始終都在。

「請進，請進，請進。」老闆領著五個客人進到大廳中央，兩男兩女和一名青少女，每個人的外套和袋子都沾滿雨水。他擠過客人群間來到服務櫃檯，站到我身邊。

「歡迎光臨灣景飯店，拉姆最好的飯店。」他邊說邊張開雙手表達歡迎。有幾位客人露出微笑，另外有一個身材細瘦、穿著紅色連帽薄雨衣並戴著相搭的絨球帽的中年女子，強自大笑一聲。灣景是拉姆島上唯一的飯店。

「這位安娜會幫各位辦理check-in，」大衛接著說：「我呢會幫忙將行李箱行李袋送到各位的房間。」他轉向站離他最近的男人——身形高大、胖瘦適中、深色頭髮，穿著淺藍色刷毛夾克、深色長褲與健走靴——伸手便要去提他背包的帶子。男子好像被什麼刺到似的猛地後退，撞到就站在他後面的那名紅衣女子。

「對不起，對不起。」他的眼珠在無框眼鏡背後驚慌地瞥來瞥去，想在這小小的大廳裡找個不會碰觸到其他人的地方，哪裡都好。「我只是……我只是……這裡面有重要的東西，所以我……我……」

「沒問題，」大衛舉起一隻手以示歉意，同時咧開嘴露出半微笑、半苦笑的表情。「你要是不想讓我搬行李，絕對沒問題。」

「你可以搬我的。」穿紅雨衣的女人擠了過來，背轉向大衛，她的背包幾乎頂住了他。「我肩膀快痛死了。」

站在她旁邊那個年紀較長、頭頂漸禿的男子舉起左手阻止，手指上有一枚閃閃發亮的結婚金戒。「我都說要幫妳揹了，梅梅，是妳自己堅持……」

女子不理他，還是對大衛點了個頭，要他幫她卸下背包。他瞄了那個丈夫一眼，僵硬地輕輕點一下頭。

「其實呢，各位女士先生，我還得回碼頭去接其他客人。如果需要我幫忙搬行李到房間，就先放在這裡，等我回來再送上去給你們。安娜會告訴你們房間的位置。都安頓好了以後，請務必下樓到交誼廳來，那裡有免費的威士忌等著各位享用。等其他客人到齊後，我再來說明這個禮拜的行程。」

他高舉起雙手，像螃蟹一樣側身橫行走出飯店，到門口時，我發現他臉上掠過鬆一口氣的表情。

大衛走後，客人們遲疑地面轉向我。最先來到櫃檯前的是那對夫妻。女方強勢地拐到丈夫前面，以便將雙手大大地攤放在檯面上。

「梅蘭妮和麥爾坎．沃德。還有……凱蒂。」她脫下絨球帽，覷向那個體型瘦小、皮膚蠟黃，看似根本不想待在這裡的少女。「也姓沃德。」她又補上一句。

女孩穿了一件太大的派克大衣和一雙粉紅色匡威布鞋，反觀梅蘭妮和麥爾坎則有如專業登山客全副武裝：名牌的防水外套、健走杖、穿舊了的健走靴和裝得鼓鼓的背包。麥爾坎抓著一張裝在塑膠套裡的地圖。梅蘭妮將鼠灰色的頭髮紮成馬尾，瀏海剛好蓋到格外濃密的眉毛與紅框眼鏡的上緣。她看起來十分靈活強壯，彷彿可以一口氣奔上拉姆庫林山。她丈夫年紀大一些，五十中旬到六十之間吧。他灰白頭髮的髮線已經往後退，露出一大片布滿老人斑的腦門。眉毛末端更是稀疏，彷彿到眼睛一半的位置便中斷，使得他隨時看起來都像在皺眉。

我將他們的個資輸入筆電，然後從掛鉤取下一串鑰匙交給梅蘭妮。「這是你們的鑰匙，你們住的是七號和八號房，面向飯店前方。走樓梯到二樓以後，房間就在正對面……」

「前方？」梅蘭妮瞥向丈夫，麥爾坎重重嘆了口氣。

「是的。」我擠出微笑，卻無助於舒緩沃德太太臉上的生氣表情。

「所以看不到海景？」

「是的，很抱歉。我們是根據旅行社提供的名單分配房間，很遺憾……」我聳肩說道：「W的順序在後面……」

「不會吧？」麥爾坎說：「房間是這樣分配的？都什麼年代了？就因為姓氏第一個字母的排序，我整個童年不管做什麼都是排在最後面。」

我瞄一眼凱蒂，她似乎恨不得有個地洞可以鑽下去。

「我們花了整整兩天才到達這裡，」梅蘭妮說：「我們是大老遠從倫敦來的。麥爾坎以為可以看到海景，興奮得不得了。對不對，麥爾坎？」

他點點頭。「『登山客之友』的葛蘿莉亞的確是這麼保證的。」

「不過你們可以看到很美的山景啊。」我瞅了一眼關閉的大門，滿心期望大衛會走進來。我剛到的時候，他信誓旦旦地對我說他是飯店的門面，他會站在第一線服務客人。我會照顧他們的每一項需求，他說完又趕緊加上一句，幾乎啦。

梅蘭妮向前倚靠著櫃檯桌面，眼鏡背後的瞳孔又小又黑。「妳不能換一下嗎？」

「真的沒辦法。所有的房間都分配好了。我們是規模很小的飯店，只有八間客……」

「我願意換。」一名年約六十五至七十歲間的婦女，跨步繞過梅蘭妮說道。她一頭白髮，兩側剪得短短的，頭頂則捲得有如羊毛。「如果我分配到海景房的話。」

我打量著她的臉，她對我露出溫暖的笑容。

「妳人真是太好了。」我也報以微笑。「請問尊姓大名？」

「克莉絲汀．莫余。」

「有諧音耶，可以吃的墨魚。」麥爾坎說道。

「是啊。」克莉絲汀勉強一笑。這話她恐怕聽了不下千次。

「謝謝妳，莫余女士。」我說道：「我查一下……」

「請叫我克莉絲汀就好。」

「好的。」我瀏覽螢幕，隨後對梅蘭妮說：「妳真幸運，克莉絲汀原本要住的一號房可以看到海景。」

梅蘭妮高興得嘻嘻笑，與丈夫對看一眼。她忽然打住，回頭瞄向凱蒂，笑容隨即消失。「妳就不會在我們隔壁了。」

凱蒂聳聳肩。真要說的話，她倒是有一點點鬆了口氣的樣子。

「她只是在走廊對面。」我說：「飯店很小，所有的房間都離得不遠。」

梅蘭妮繃起的臉鬆弛下來。「妳介不介意，凱蒂？這不只是我們的假期，也是妳的假期。」

少女又再次聳肩。「我不在乎風景。」

「妳真的確定嗎，」梅蘭妮對克莉絲汀說：「要跟我們換房間？其實妳不一定要的，妳知道吧。」

不，妳非要不可，她的臉與緊緊絞在一起的雙手是這麼說的，既然說了就不能反悔。

「我非常樂意，」克莉絲汀說：「那片風景我怎麼也看不厭。這裡實在太美了。」她回眸看著我說：「妳能住在這裡實在太幸運了。」

「是啊，」我點頭說：「我是。」

送克莉絲汀、梅蘭妮和麥爾坎回房間後，我請那位姿勢僵硬地站在門邊的最後一個客人到櫃檯前來。他走上前時迴避了眼神的交流，然後在距離櫃檯大約一呎處停下腳步。一聲轟然雷鳴打破寂靜，把我們倆都嚇一跳。兩秒鐘後，閃電劃過窗外的陰暗天空，已經滴滴答答下了一個小時左右的雨倏地傾盆而下。

我笑著說：「歡迎來到拉姆！」

這位客人始終盯著我們之間的光亮檯面。他比其他人都年輕，我猜應該是三十好幾。一頭濃密的深色捲髮，但美人尖兩側的髮線已經後移。雖然是中等身材，臉卻異常豐滿，臉頰和下巴都很有肉，鼻子又長又寬。他的眼睛在閃著光的無框眼鏡底下快速地眨動。

「崔佛・摩根。」他伸出手來，我也抬起手與他握手。

「不是。」他往檯面一拍。「鑰匙。」

「噢。」我瞄一眼筆電後，朝鑰匙架轉身。「你住的是二號房，在飯店後側。如果你從……」

「我自己會找，謝謝。」他接過我遞出去的鑰匙時，和我對上了眼。他看我的時間不會超過一秒鐘，但我胸口收束的不適感卻在他靜靜爬上樓梯後又持續了許久。

十五分鐘後，大門開了，大衛帶著一對與我年齡相仿、都揹著背包的男女大步走進來。男子人高馬大，留著長長的大鬍子，深色頭髮的兩側剃光，頭頂上留長的部分整個往後梳。女子身高約一米六五，波浪捲的金髮，體格強健，繃著一張臉。男子的表情與她迥然不同，他穿越大廳時，對我露出燦爛得不能再燦爛的笑容，厚重的靴子踩在打過蠟的木地板上發出響亮回聲。

「喬．阿姆斯壯。」他伸出一隻手來。「妳想必就是安娜。大衛跟我們說了好多關於妳的事。」

我與他握手並報以微笑。「是嗎？」

「都是好事！」正在掛起大衣的大衛喊著說：「嗯……絕大部分啦。」

「菲歐娜．賈迪納。」金髮女子擠身在喬和牆壁之間。

「很高興認識妳。」我朝她伸手，她用力地握了握。

「好的……嗯……」我敲敲鍵盤。系統顯示他們被分配到不同房間。「阿姆斯壯先生，這裡顯示你住的是六號房，可以欣賞山景。賈迪納小姐，妳是三號海景房。」我重新抬頭看著他二人。「你們可以選擇要住哪一間，我就把另一間取消，而且只要付一間的房錢就行了，看來訂房的時候出了一點差錯。」

「什麼意思？」喬．阿姆斯壯茫然地看著我。「我不太明白妳的意思。」

菲歐娜也露出同樣困惑的表情，我感覺臉紅了起來。正要前往餐廳的大衛，開門時噗哧一笑。我做了什麼他一清二楚。

「我還以為你們是情侶。」我解釋道：「對不起。實在是因為看到你們一起走進來，我就以為……」

「天哪，當然不是！」喬開懷大笑地說，卻一眼瞧見菲歐娜受傷的表情，便連忙改口。「不是的……菲歐娜很可愛，我相信妳會是個很棒的女朋友，只不過……」他用手梳過頭髮。「我們不是情侶。我們互相不認識，是直到在船上才閒聊了一下。」

「是我的錯，抱歉。」我向菲歐娜投以歉疚的目光。「我是新來的，以前沒有做過櫃檯的工作。」

「喔。」她嘴角微微上揚，但比起微笑更像是皺臉。她伸出手來。「可不可以把鑰匙給我了？」

「當然。」我將三號房的鑰匙遞給她，六號房的鑰匙遞給喬。

「要不要我替妳拿？」喬對調整背包的菲歐娜說。

「不用了，謝謝。」她語氣緊繃地說：「我自己可以。」

他二人緩緩上樓，菲歐娜在前，喬在後，我的目光也重新回到螢幕上。當我頭頂上的客房走廊響起他們的腳步聲，大衛從餐廳門口探出頭來。

「抱歉，」他笑了一聲說道：「我原本可以糾正妳的，不過那還有什麼趣味呢？」他往樓梯頂端瞥了一眼。「這星期有幾個很有意思的客人。我想他們會讓我們隨時提高警覺。」

13 史提夫

史提夫翻起大衣衣領，一邊暗咒自己沒帶傘和手機，一邊走過倫敦南區的另一條街道，依然不見一間名叫「白公鹿」的酒吧。不過，沒有Google Maps和GPS，絕對好過另一個選項：因為殺人而入獄。到目前為止，除了他書桌抽屜裡的拋棄式手機和一段極短的通話之外，沒有證據能將他和吉姆．湯普森連結在一起，他也打算繼續保持現狀。

「到底是在……啊！」他在一條毫無特色的小僻巷口停住腳步，匆匆走了進去，推開白公鹿的店門。

走進店內時他挑起眉毛。又是一家改造成美食酒吧的老酒館，天花板上有殖民風的吊扇，木條拼接地板，一個橡木吧檯和各式各樣的精釀啤酒。他媽的這些趕時髦的嬉皮，他心裡暗罵的同時走到吧檯前點了一杯海尼根。他們喜歡假裝在打造自己的家，把垃圾桶蓋當餐桌，並拒絕接受科技，但骨子裡也和我們其他人一樣是資本主義者。

他啜一口啤酒，漫不經心地環視四周尋找吉姆。距離他們上次見面已有一段時間，但他仍一眼就認出那個獨坐在角落裡，桌上攤著一份報紙，戴著厚眼鏡、頭髮微禿的男人。當初（很久很久以前的當初），他們其實稱不上獄友，史提夫是因為詐欺進去的，吉姆則是犯了重傷害，但兩人都有同樣尖酸刻薄的幽默感、相似的背景與相同的道德標準。

「還好嗎？」他將啤酒放到吉姆的桌上，拉出椅子。

吉姆沒有立刻回答，而是仔細地折好報紙，放進包包裡，然後往椅背一靠，細細端詳史提夫。史提夫惱怒不已，不由得脈搏加快，心怦怦跳動。他沒有道理害怕吉姆。嗯，其實是有的，看吉姆過往的紀錄自然不言可明，但他們是……相識的人啊，即使稱不上朋友。而且吉姆確實是主動說要幫忙。

「好啊，呆瓜！」吉姆忽然開口。史提夫的頭一縮，可惜不夠快，沒躲過吉姆伸出的手臂，被摑了一掌的太陽穴隱隱作痛。

他搖搖頭，露出快活的笑容，脈搏隨之放慢。「我想我們都知道誰才是呆瓜。」

「隨便啦，」吉姆端起自己的啤酒。「我可以問你好不好，但我們應該不需要這麼麻煩，對吧？」

史提夫搖搖頭。

「不管怎麼樣，我還是很遺憾。聽起來弗瑞迪是個好孩子，想想你當時開口閉口都是他。」

「是啊。」史提夫直盯著對方的臉看，在他粗框眼鏡背後的那雙褐色小眼睛像彈珠似的。他不願去想在獄中時，收到六歲兒子寄來的照片與信，問他何時回家的事情。那是他一生中最大的憾事：錯失了兒子大半的童年。

「好啦。」吉姆將大拇指放在鼻翼上用力搔抓。「雖然很高興見到你，史提夫，這種事不能再有了。我是說一起喝啤酒。」他與史提夫對看的雙眼很快地瞄向正在擦拭啤酒龍頭的酒保。

外表鎮定，內心緊張，史提夫呷了一口啤酒，心中暗自琢磨著。不想再進去的人不只有我一個。

他重新放下酒杯，將手肘擱在桌上，傾身靠向前獄友說道：「距離我們上次談話已經有好一陣子，我只是想確認一切都就位了。事情真的會發生吧。」

讓他無法忍受的是無聲無息。開庭審判至今不到六星期，一開始媒體報得沸沸揚揚，親朋好友的電話與造訪不斷，事過境遷後卻好像什麼也沒發生過。好像弗瑞迪根本沒死。所有人就這樣繼續過他們的日子，好像沒有絲毫不對勁的地方。其實有件事大大地不對勁，但似乎只有史提夫一個人注意到。

「我跟你說過了，」吉姆壓低聲音說：「我已經在北邊安排好人了。」

「那麼……」史提夫覺得胃像打了結似的。他只希望速戰速決，伸張正義，好讓他能對兒子說已經還他一個公道。那麼他也才能安睡。

「他們正在建立信任，等待機會。不需要毛毛躁躁地把事情給搞砸了。他們會盡量假裝成意外或自殺。那樣的話就簡單多了。」

史提夫的胸口緊縮到幾乎說不出話來。「萬一沒辦法呢？」

吉姆聳聳肩，往後靠向椅背。「你何必管那麼多？你要她死，她就會死。」

14 安娜

六月三日星期日暴風雨第二日

昨晚我過了兩點才睡著。一閉上眼，弗瑞迪、彼得和阿穆的面容便從黑暗中躍入我的眼皮背後，一個個下巴鬆弛、兩眼凹陷。安娜，妳做了這種事怎麼還睡得著？當我睜開眼，他們的臉並未消失，而是在陰暗的房裡游移著。是妳，安娜，是妳毀了我們的生命。我翻過身，將被子拉高蓋住頭，卻覺得快要窒息。我無法呼吸。我們也一樣，安娜，在我腦中的聲音說道，我們也一樣。

我好像只睡了五分鐘就聽到敲門聲。五點半了，大衛喊道，該起床了。我強拖著身子下床，站在蓮蓬頭底下，閉著眼睛，讓熱水淋順頭髮、滲入頭皮、流過全身。淋浴後，我裹著浴巾，站在臥室窗口，凝望連綿的山丘與看似無邊無際的浩瀚蒼穹。儘管大雨乒乒乓乓打著玻璃，灰黑的天空宛如石板，仍美得令人屏息。在倫敦，我覺得自己好渺小，好像被困在迷宮裡的老鼠，在密閉擁擠的街道間奔來竄去，進入地下乘著地鐵呼嘯而過，隨即又冒出地面重回迷宮。我每天走相同路線上班，來來回回，來來回回，從未發現過脫逃路徑，因為從未想過去尋找。直到發生車禍。

「妳好。」這時，門口傳來一陣低沉的隆隆聲，讓我從椅子上驚跳起來。

「你就是戈登吧。」我起身之際，一個身形巨大的男子一路滴著水穿過大廳來到櫃檯前。他留著毛茸茸的大鬍子，身上的防水大衣將粗壯的大腿蓋住一半，頭上的亮藍色毛線帽拉得很低。

「而妳就是安娜吧。」他眨了眨眼與我握手。「有遮樣滴改變頂好，要不一大早見著大衛那張醜臉俺就想吐。」

「我好像聽到你輕柔悅耳的聲音了，戈登。」大衛從餐廳門裡探出頭來。相較於戈登濃重的蘇格蘭腔，他幾乎可以說是字正腔圓。「客人們就快吃完早餐了，你等一下，他們馬上就來。」他關上門又打了開來。「還有，我的臉完全沒問題。」

戈登笑起來，兩手在厚實的胸前交叉，向我點了個頭。「妳不一起來嗎？雨勢稍稍變小了。」

我搖頭。「我也很想去，但我得打掃房間、換床單，還要準備午餐。」

「換床單，還要準備午餐！」他用怪腔怪調的英語學我說話，說完又笑起來。「俺知道大衛為啥雇用妳了。妳替遮個破飯店添加了一點格調。」

「真的嗎？我還以為他雇用我是因為沒有其他人想做這個工作！」

「說實在滴，他對妳可是讚不絕口呢。」

聽到這個讚美，一股自豪油然而生，我不由得用手背輕觸臉頰。「你這禮拜不用去照顧學校？」

「不必。現在是學期中放假。不過遮天氣要是又變糟，」他回頭瞄向大門邊的窄窗。「俺可能就得去檢查一下校舍屋頂。」

我正要開口問他另一個問題，餐廳的門正好打開，凱蒂走了出來。她看到戈登突然止步，接著踉蹌一步跨進大廳，因為被梅蘭妮輕推了一下。

「凱蒂，妳穿過門口的時候不能走到一半忽然停下。我差點被妳絆倒！」她朝戈登點點頭，愉快地打了聲招呼，便推著凱蒂上樓。緊跟在她身後的麥爾坎大步向我們走來。

「我想你就是導遊吧。」他說著伸出手來。

「你想滴沒錯。」戈登的大手包覆住麥爾坎的手。「戈登．布洛迪。」

「麥爾坎．沃德。我想問你幾個關於今天要走的路線的問題，但應該不能問對吧？實在是因為我們有個十四歲的孩子……」

他與臉上帶著充滿興味的笑容、低頭看著他的戈登移步離開櫃檯時，菲歐娜、克莉絲汀與喬魚貫走出餐廳。他們全都面帶微笑向我點頭致意，然後緩步爬上樓梯。五分鐘後，他們再次成群下樓，手裡提著小背包，最外面套上了厚毛衣。大夥兒正在穿健行靴和防水外套時，大衛從門口探頭進來。

他數了數人頭，然後望著我皺起眉頭。「少一個人。」

「崔佛．摩根。他大概在半個小時前出去了。」

戈登揚起眉毛說：「一個人？」麥爾坎仍在他身旁。

我點點頭。

「希望他知道自己在做啥。要是對地形不熟，尤其又碰到遮種天氣，那外頭可危險了。」

麥爾坎哼了一聲。「我們才不怕這麼一點泥巴雨水呢，對不對，小姐們？」

梅蘭妮微笑搖頭。凱蒂則似乎不那麼有把握，她的毛衣袖子從雨衣袖口跑出來，遮住她的雙手。

「那就出發嘍。」戈登打開前門，一陣冷風咻地颳進大廳，讓我打了個冷顫。

當客人魚貫而出，隨手關上門後，大衛一手搭著門把，咧嘴衝著我笑。

「妳還好嗎？是不是巴不得搭上下一班渡輪離開這裡了？」

「當然不是了！」

他笑著說：「等妳看到房間的狀況，可能就會立刻改變主意！」他的頭朝餐廳往後一仰。

「我們趕快喝杯咖啡，我再告訴妳什麼東西在哪裡。」

大衛跟我說，換床單整理一個房間頂多只需二十分鐘，我卻花了將近兩倍的時間才做完第一間——喬．阿姆斯壯的房間——因為我潔癖發作，想讓每樣東西看起來都毫無瑕疵。不過，將萬用鑰匙插進他的臥室門鎖、進到他的私人空間，那種感覺的確很怪。我獨自站在他凌亂的床前，看著他的背包靠放在牆邊，髒衣服披在椅子上，私人物品散置在床頭櫃、桌子與浴室置物架上，自覺像個闖空門的竊賊。但這感覺一點一滴地消失，在我換好床單重新鋪好床之後，即使拿起床頭櫃上的書本、耳機和水瓶擦拭桌面，也絲毫不覺得內疚了。進到浴室，我一把便抓起他的盥洗包，也沒留意包包拉鍊是否拉上，結果有個東西掉出來，喀啦一聲落地，我不禁低聲咒罵自己。那是個白色小盒子，上面有「Accu-Check Mobile」的字樣，而包裝底部則寫著「羅氏Accu-Check Mobile全方位血糖機專用試紙」。我將盒子塞回盥洗包內，一心只希望沒有弄壞什麼，也希望喬的背包裡還有備份。島的另一邊有急救人員，但假如有哪個客人出現嚴重的健康問題，就得透過無線電聯絡本島請求支援。打掃完喬的房間後，我決定等他一回到飯店，就把自己笨手笨腳的事告訴他。

我隨後打掃了克莉絲汀・莫余的房間（非常整潔，所有的平面上都空無一物，只有一大瓶的波摩威士忌）。接下來，當我打開梅蘭妮和麥爾坎的房門，疲憊感如海浪般席捲而來，我不得不坐下。我昨晚頂多只睡兩三個小時，拚命清完兩個房間後，精力幾乎消耗殆盡。如今我只想拖著沉重的身子回房間，躺到床上睡一覺，但那是不可能的事，因為我還得努力讓大衛留下好印象。我嘆了口氣，奮力起身離開椅子，進浴室洗了把臉，然後丟一顆Pro Plus咖啡因錠到嘴裡。

那是二十分鐘前的事了，我還有兩個房間要整理。我跳過崔佛・摩根的房間——大衛說他要求我今天不要清他的房間——打開凱蒂的房門。等我走出菲歐娜的房間，已經腰痠背痛、頭痛且汗流浹背。我看看手錶，下午十二點半。我打掃的時候，大衛在準備午餐，但我沒時間去快速地沖個澡，客人馬上就要回來了。於是我將拖把、水桶與清潔用品塞回走廊盡頭的儲藏間後，跑回房間，在洗臉台很快地梳洗一番並換了上衣。當我匆匆下樓回到櫃檯，前門正好打開，飽受風吹雨打、渾身濕透的克莉絲汀走了進來，緊跟在後的梅蘭妮雙頰紅通通。冷風掃進這狹小空間，我冷得打哆嗦。

「走得還愉快嗎？」他們脫下外套與靴子放到掛鉤與架子上時，我開口問道。

「累死了。」克莉絲汀吐了口氣說，一面解開鞋帶。

「滑不溜丟。」麥爾坎從她身旁擠過時加了一句，只見他兩隻褲管濺滿泥巴。

他一把脫下帽子，汗濕的光頭在天花板的聚光燈下閃閃發亮。凱蒂跟在他後面進入大廳，一副憂鬱少女的模樣。「知道啦！」聽到梅蘭妮提醒她要換鞋子，她厲聲回道。

最後走進來的是喬和菲歐娜，喬愉快地向戈登高喊「明天見了，老兄！」戈登從門前台階上舉起一手回應，然後將門拉上。

喬一臉興高采烈，菲歐娜卻顯得煩躁憂心。其他人脫去濕衣物，踩著沉重步伐上樓去沖澡更衣時，她背對大門而立，身上依然穿著外套與靴子，低頭蹙眉看著手機。

「有誰準備要吃午餐了嗎？」大衛忽然出現在餐廳門口，活像《班恩先生》影集裡那個神出鬼沒的店老闆。一股溫熱、發酵的味道從他身後飄出，瀰漫了大廳。「午餐有湯、現烤麵包、焗烤馬鈴薯、起司、火腿、法式鹹派和沙拉。」

正在上樓的房客有人點頭讚許並低聲道謝。喬經過櫃檯時，我舉手招喚他，同一時間，菲歐娜也出聲呼喊大衛，並穿過大廳，朝他揮舞手機。

「是。」喬對我露出大大的微笑，順手撫了一下還濕濕的鬍子。

「剛才我去整理你的房間，」我說道：「好像有一點……」

「我訂房的時候，旅行社的人說拉姆島上收得到手機訊號。」菲歐娜對大衛說。他背對著我，但從他拱背聳肩的模樣看得出來他不喜歡她說話的口氣。

「我在清浴室的時候，」我重新看著喬說，他正耐心地等我接著說下去。「把一樣東西掉在地上。」

「我在等一通電話……」菲歐娜感覺到我的目光。只是瞬間一瞥，但已足以讓她壓低聲音不再讓我聽見。

「抱歉。」我回頭看著喬。

他搖搖頭。「整路上她幾乎都在抱怨收不到訊號。真不知道她幹嘛還帶手機來。她看手機比看風景的時間還多。」

「今天早上收得到一點訊號。」我從後褲袋掏出自己的手機，發現上面顯示「僅限緊急通話」，便又收了回去。「但現在好像不通了。」

「八成是天氣的關係，」喬說：「我們在外面的時候雨都沒停過，我現在都覺得自己像半條魚了。」

我笑起來。「不好意思，耽誤你換衣服，我趕快講重點。我不小心把你的一樣東西掉在浴室地上，好像是血糖測試劑之類的，從你的盥洗包掉出來。我擔心會不會摔壞了。」

「是儀器還是試紙？」

「是……」我絞盡腦汁回想包裝盒上寫了什麼，但疲憊讓我的大腦一片混沌。「好像是試紙。」

「那沒關係，」他皺起的眉頭鬆解開來，面露微笑。「不用擔心。」

「那就好。」

他起步正要上樓，卻停下來回頭看我。他凝視著我的雙眼許久，那眼神中有一種強烈熱度讓我的胃扭絞起來，自從在一場熱鬧擁擠的家庭派對上第一眼見到艾利克斯之後，我便再沒有過這樣的感覺。整個空間定住了。菲歐娜與大衛的聲音遠去，風聲不再呼號。雖然我想轉移目光，卻辦不到。

「我們就待會兒見嘍。」喬破除魔咒說道。

我頓時間不知自己身在何處，也不知剛才我們說了什麼。

「吃午餐時。」他比向窗戶。「不過天氣要是繼續壞下去，我們見面的時間可能會出乎意料的多。」他笑著模仿電影旁白說道：「當暴風雨來襲，誰都無路可逃……」

我原本希望所有客人稍早步行後的疲憊會持續到晚上，然後早早就回房休息。結果沒有，晚餐後，除了崔佛與凱蒂，其他人都決定到交誼廳喝幾杯。大衛今晚不值班，這表示我得負責接待，準備客人點的酒，回答詢問、處理問題，結束時早已過了十一點。午夜剛過，我清理好交誼廳，鎖好門窗，檢查一切都沒問題後，才拖著身子爬上兩層樓梯回房睡覺。我迷迷糊糊地脫去衣服換上睡衣，刷牙洗臉。然後拚著僅剩的一丁點力氣倒到床上，拉高被子蓋住肩膀，闔上眼睛。

那是將近兩小時前的事了。

我不明白，我腦子裡的思緒怎麼能從「我就快累到昏死過去了」變成「我有鎖上大門吧？」又從「得記得告訴大衛菲歐娜的燈壞了」變成「是不是我誤解了，還是喬真的對我有意思？」最後經過一個長長的、晦暗的迴旋變成「弗瑞迪和彼得都死了，妳怎麼還有心情想跟喬搞曖昧？」

愧疚著實是一種令人捉摸不定的心情。它躲在內心陰暗處，隨時伺機要竊取幸福、滿足與平靜的光環，力量不斷地增強，直到把它們全部擠下舞台。白天裡，我忙到一心只想著該做些什麼。日出後，我對車禍事故的感覺會蜷縮蟄伏，可是一旦周遭的世界變慢變安靜，這些感覺便會打呵欠伸懶腰，然後在我腦子裡蹦蹦跳跳，大聲喧鬧著要讓我聽到。

我嘆了口氣，起身下床。就算假裝睡著也沒有意義，還不如下樓做一些原本打算明天做的事。

套上睡袍時，從窗簾縫隙可以看見一記閃電亮起。隆隆雷聲已經響了好幾個小時，持續下了一整天的雨此時宛如從天上傾盆倒下。我穿越房間打開房門，輕手輕腳地，不想吵醒大衛。晚餐時，他看起來精疲力竭，如果明天我們兩人都累垮了可不行。我悄悄下樓，來到客房走廊邊的樓梯間時駐足傾聽。除了低沉的鼾聲連連，並無其他聲響。我繼續下樓前往櫃檯，手輕輕拂過上蠟的木質扶手的同時，也逐步遠離緊急出口指示燈的橘光，飯店空間愈來愈暗。我兩眼直視前方，眨著眼睛進入幽暗。到了樓梯底端，在通往交誼廳的門邊有個電燈開關……

我當下愣住，因為有一道光掃過大廳，從左到右再從右到左，然後消失不見。

「有人嗎？」我的聲音幾乎就像呢喃。

無人回應，但我聽見抽屜打開關上的細微聲響。有人坐在櫃檯後面我的位子上，用手機的手電筒照明，在翻找抽屜。

「有人嗎？」

燈光忽然朝我照來，我舉臂遮住眼睛。

「天哪，安娜。妳嚇到我了！」

「妳能不能……」我揮動另一隻手。「我看不見。」

「對不起，當然可以。」

電燈開關喀嗒一聲按下，我隨即放下手臂，只見菲歐娜站在樓梯底端，金髮披散在肩上，素著一張臉。

「怎麼了嗎？」

「對不起。」她滿懷歉意地看著我。「我被經痛痛醒了，又沒帶止痛藥。我不想吵醒其他人，就到樓下來，心想櫃檯應該會有急救箱之類的。」

「是有，但裡面沒有止痛藥。」桌上沒有弄亂什麼。假如她看過最下層抽屜裡的綠色急救箱，也已經放回去了。

「是啊，」她輕聲笑道：「我現在知道了。」

「妳應該叫醒我的。其實，」我比向樓梯。「妳想要的話，我現在就可以幫妳去拿。」

「可以嗎？」她一手按著肚子。「那就太感謝了。」

「當然沒問題。」

她一言不發，直到來到客房走廊旁的樓梯間才清清喉嚨說：「妳和喬好像很合得來。」

她隨口一句話殺得我措手不及。

「所有的客人都很好啊。」我不著邊際地說。

菲歐娜一口氣梗在喉嚨，好像還有什麼話想說，但到達我的房間之前她都沒再開口。我遞給她兩顆布洛芬。

「謝了。」她避開我的眼睛說道，隨後便轉身離開。

追悼

追悼

紀念心愛的瑪維絲·馬思考爾

1943-2014

與她最愛的「泰德」愛德華·馬思考爾合葬

親愛的名字，甜蜜的回憶，

她將永遠深留我們心底。

說也奇怪，表象是那麼地不可靠，我們卻仍然會依據眼睛所見、耳朵所聽與內心的假設來給人貼標籤。俗話是怎麼說來著？七秒鐘就能決定第一印象。我們總以為自己不會批判人，但其實是會的。當然會，每個人都會。把人清清楚楚地分門別類，生活上的困擾會少一些。

那麼我們來瞧瞧。灣景飯店的住客分別可以貼上什麼標籤呢？

—老闆

—櫃檯服務員

—夫妻

—青少年

—新潮嬉皮

—單身女子

—退休人士

—孤僻的人

妳有看到妳的標籤嗎，安娜？當然有了！妳是櫃檯服務員。恭喜了。妳把這個角色扮演得恰到好處——坐在櫃檯後面，忙著敲打筆電，對著大廳裡晃來晃去的客人露出微笑。妳彬彬有禮、打扮光鮮又熱心助人。真是令人驚訝，妳明明不是那樣的人，竟然能假扮得那麼好。

妳有沒有想過，其他人可能也都在做同樣的事？

15 安娜

六月四日星期一暴風雨第三日

當大衛走進餐廳，宣布說由於天候的關係，今天的健行取消，眾人齊聲唉嘆。麥爾坎將他的英式早餐推開，作勢便要起身。「戈登還在外面嗎？」他把頭歪向大廳。「我想跟他說兩句。」

大衛搖頭。「恐怕不在了。他得開車到學校去，校舍昨晚遭雷擊，他得去查看一下損害情形。」

我揚起眉毛，但也不能說感到驚訝。昨晚從臥室窗口看到的暴風雨景象著實驚險萬狀。閃電劃破漆黑天幕，猶如剪刀鉸開布帛，每一聲的轟然雷鳴都讓我怦然心驚。

「總之我們還是會出去，」麥爾坎這時說道：「崔佛就已經出去了。」

頻勸凱蒂吃掉最後一片吐司卻徒勞的梅蘭妮，抬頭看著丈夫。「這種天氣，我可不會帶凱蒂出去。她會被吹下懸崖。」

「那就讓她留在飯店。她只要有手機就滿足了。」

凱蒂翻了個白眼，低聲不知說了什麼。我只能從她的表情推測，應該與手機訊號有關。訊號依然沒有再現，雖然Wi-Fi信號還是很強。

「我不會讓她一個人留下，」梅蘭妮說：「她才十四歲。」

麥爾坎聳聳肩。「那好吧，我自己去，如果妳——」

「通常，」大衛插嘴道：「我會建議大家去參觀城堡或是逛紀念品店，但是剛才我接到電話說他們今天歇業，因為天氣的緣故。」

克莉絲汀往後靠向椅背，叉起手來重重嘆了口氣。「這麼說我們要被困在飯店了。」

「交誼廳有各種桌遊的選擇，」我聽得出大衛在強顏歡笑。「也可以打牌、下西洋棋、雙陸棋。我們還有各式各樣的DVD，可以讓你們借回房間去看。當然了，書也很多。」

「有人跟我說昨晚倒了一棵樹，壓壞一間庫房。」大夥兒談話時大半時間都盯著窗外看的喬，此時轉頭面向大衛。「我做過一些體力活，我很樂意幫忙。」

「是啊，」大衛點頭道：「昨天夜裡我們是遭受了一些損害，尤其是花園。也有幾片屋瓦鬆脫了。你願意幫忙是再好不過，但請務必小心。我不確定我的保險有沒有涵蓋暴風雨對客人造成的損傷。」

喬瞅我一眼。「也許安娜能帶我去看看需要做些什麼。」

「可是我要……」

「不，不。」大衛一手重重地搭在我肩上，說道：「妳帶阿姆斯壯先生去花園看看，碗盤我來洗。等妳回來再去整理房間。」

他轉身走進廚房時，嘴角勾起一抹淺笑。

步出大門時，我回頭想對喬說句話，不料風太大，幾乎連呼吸都有困難，更遑論說話。於是我只打了個手勢請他跟我來。到了牆角邊，我停下來，越過大片土地與起伏的山野指向崖頂與更遠處的大海。那海宛如連綿高山，花崗岩般的灰，從中劃過的泡沫則好似白色石英礦脈。

「太美了！」喬高喊道，同時將手舉到眼睛上方遮蔽冰霰雨。「我從來沒看過這種景色！」

「讓你覺得整個人活過來了，對不對？」

他驚愕地搖著頭。「妳竟然能住在這種地方！」

他說得的確沒錯。我能住在這裡，是一種不可思議的運氣。哪怕是像今天這種日子：幾乎連跨出一步都做不到，而每跨一步就會被風吹靠到飯店的硬磚牆上。

「大海的力量，」喬喃喃地說，整個人都呆住了。「既美麗又可怕。」

我趁他繼續眺望海景時悄悄打量他。穿著那條黑色緊身牛仔褲，雙手插在口袋裡，卡其外套的兜帽拉起來罩在頭上，被雨打濕的鬍子向外突出，活脫就像個新潮嬉皮風的動作片主角。只要手裡再端一杯啤酒，形象就徹底吻合了。我從不覺得這樣的外表特別迷人，但喬有一種我喜歡的特質。舉例來說，他不矯情。我無意中聽到過他和其他幾位客人聊天，他總是十分友善，對於交談對象與他們的生活都很感興趣。還有就是他濃密眉毛底下的那雙眼睛，性感得不可思議。

喬瞄了瞄我，好像感覺到我在看，我尷尬地別過臉。

「妳為什麼會離開？」他問道。

「什麼？」

「倫敦，妳從倫敦來的對吧？」

「嗯……我家鄉其實是雷丁，但我在倫敦住了五年。」

他等著我繼續說。他的眼神裡有種強度讓我覺得，倒也不是不舒服，只不過好像不是在看我，而是看進我心坎裡去了。

「我……嗯……我出了一場車禍，讓我重新評估自己對人生的期望。」

他揚起眉毛，不是出於驚訝，而是認可，就好像我說的話讓他心有戚戚。

「你呢？」我大膽反問。

他聳聳肩。「我只是想呼吸點新鮮空氣。」

這話讓我們倆都笑了起來，我打手勢請他跟著我到飯店後面。

「那邊！」我指向花園另一頭大喊，只見一棵柳樹橫倒在原本放園藝工具的庫房上。磚牆沒被壓壞，但屋頂幾乎全毀。

我回頭去看喬是否也看見了，不料才一轉身，他便張開雙臂撲上來，重重推了我一把。忽然一聲嘩啦巨響，好像有盤子摔到地上，我跌在濕草地上，喬往我身上壓下來，讓我一時無法呼吸。我靜靜躺著，嚇到無法言語，接著他翻滾開來，雙臂張得開開的，直瞪著天空看。

「我的老天，」他扭身側躺看著我，低聲說：「妳沒事吧？」

我愕然注視他。「搞什麼啊？你為什麼……」

他伸出手臂讓我住了嘴。只見他指向環繞飯店的小徑，路徑上滿是尖銳的碎磚瓦，數十片之多。

「它們就像斷頭台的刀片一樣落下來！」他說：「直接從屋頂上滑落。我要是站在妳旁邊就不會看到。那我們倆都會腦袋開花。」

「謝謝你。」我爬起身來，牛仔褲、雙手和側臉全沾滿厚厚的泥巴。「你……天哪……你八成是救了我一命。」

他和善地聳聳肩。「換作是妳也會這麼做的。妳還想去查看那棵樹嗎？或是想回裡面去了？」

無論是樹或庫房，我們都無計可施。樹太濕太重，抬不起來，而依喬之見，如果試圖把樹拖下來，只會讓磚牆受損更嚴重。由於無法進入庫房內搶救割草機、小型電動割草機、樹籬修剪機與其他電器設備不被雨淋濕，我們於是放棄，走回飯店。喬去向大衛報告這個壞消息，我則上樓回房沖澡。我正要走下員工用的樓梯，忽然聽見客房走廊邊的樓梯間有人在說話。麥爾坎和梅蘭妮就在我的正下方交談。我停住腳步，沒讓他們看見，不想打擾他們。

「她完全封閉自己了。」我聽見梅蘭妮說。

「可以理解。她經歷了太多事情。」

「我試著想跟她談，但每次一提到她爸爸，她就轉移話題。」

爸爸？我還以為麥爾坎是凱蒂的爸爸。

「她想念他。還是給她一點時間吧。」

「對，可是……」梅蘭妮忽然打住，因為我將重心從一腳換到另一腳，木地板發出吱嘎的抗議聲。

麥爾坎清清喉嚨。「我們去看看她人在哪裡。」

我在樓梯頂端等到他們的腳步聲逐漸遠去了，才下來到客房樓層，走向走廊盡頭的清潔工具間。我拿出拖把與水桶時告訴自己，不管梅蘭妮、麥爾坎和凱蒂之間有什麼，都與我無關。「不干我的事。」我一面提醒自己，一面打開他們夫妻的房門，環視他們放在這個小空間裡的物事。

我拖著黑色垃圾袋下樓時，大廳空無一人，卻能聽見客人在交誼廳裡說說笑笑，還能聞到大衛做的啤酒燉牛肉那溫熱濃烈的香氣瀰漫整個飯店。所有房間（除了崔佛那間）都打掃完畢並換好床單後，我將備用的萬用鑰匙掛回櫃檯後方的架子上，然後將垃圾從前門拖出去，繞到後面放垃圾桶的地方。我盡量離後牆遠遠的，兩眼直盯著屋頂。要是喬沒把我推開，會發生什麼事？想到這裡就覺得可怕。

我忍著呵欠將黑色塑膠袋丟進垃圾桶。我得多睡一點。大衛還沒發現我的疲累，但那只是遲早的事。我再不小心一點，就會開始犯錯。像今天，整理房間的時候，我竟然不記得有沒有替菲歐娜換過床單了。直到拉開羽絨被，看見床單拉得平整，邊緣都塞進床墊底下，才發覺已經換過。

我要去喝杯咖啡，午餐過後再小睡片刻，走回飯店正門時我這麼告訴自己。但才一打開門，就聽到大衛喊我，他和崔佛．摩根站在櫃檯旁邊。

「我們很快地談一下好嗎，安娜？」

「當然。」我走向櫃檯時胃緊縮起來。大衛臉上沒有笑容，崔佛也是。我比了比身上濕答答的外套。「我先把濕衣服脫掉。」

「今天早上妳去整理了房間，對不對？」大衛問這話時，我脫下外套掛到衣架上，然後脫去靴子穿上工作鞋。

「對。做完最後一間大概是……」我瞄一眼手錶。「二十分鐘前。有什麼問題嗎？」

「妳進了我房間。」崔佛說：「我明明告訴大衛不要打掃我的房間。」他的頭髮往後梳得服貼，刷毛夾克肩膀部位的藍色色調較深，好像被雨水滲透了。我沒有聽到他回來，想必是我去後面倒垃圾的時候。

我先看著崔佛，看著他眼鏡背後那雙黝黑晶亮、目光如炬的小眼睛，再看向大衛。他向我挑了挑眉毛，表達的是同情而非訝異。他覺得崔佛是在雞蛋裡挑骨頭。

「我沒有打掃你的房間。」我說：「我連進去都沒進去。」

「那毛巾是誰折的？」

「什麼？」

「有人進去我房間，把我掛在浴室毛巾架上的毛巾摺起來。」

「我不知道怎麼會這樣，但不是我。我說了，我沒進你房間。」

大衛聳聳肩，像是在說也不是他。

「我有一樣東西被妳拿走了，」崔佛朝我伸出手。「還給我。」

「你們這裡沒事吧？」克莉絲汀・莫余從交誼廳探出頭來，完全一副打探八卦的模樣。「我聽到聲音有點大，就在想是不是——」

「什麼事也沒有，克莉絲汀，謝謝妳。」大衛作勢請她回裡面去。

我們誰也沒吭聲，直到交誼廳門喀嗒一聲關上，我才重新看著崔佛。

「你房裡被拿走什麼東西？」

「我的東西。放在床頭櫃上。」

「是什麼？」

「妳知道是什麼。」

「我真的不知道。」我又望向大衛，對自己被指控偷竊惶恐不已。「我對天發誓，我沒有進你的房間也沒拿走任何東西。」

「誠如我剛才跟你說的，摩根先生，」大衛的口氣明顯比我更鎮定而有分寸。「你遺失的東西也許是從床邊掉到地上。如果你能說出是什麼東西不見了，或許我們可以幫你找找。」

崔佛狠瞪著他，眼神兇惡，圓墩墩又厚實的臉上那兩隻瞇瞇眼噴出怒火。「我不要有人進我房間。你不行，她不行，誰都不行。我只要你們把東西還給我。」

我焦慮得想吐。偷客人東西的罪行是會被解雇的，而且我三個月的觀察期還沒滿。倘若大衛聽信崔佛的話，我可能得搭下一班船打道回府。

「我都說了，」我開口道：「我沒有進你的……」

大衛的手猛然一揮制止我。見他將手指放到唇上，我只得將反駁的話嚥下去，低頭盯著地板。

「摩根先生，很遺憾你有物品丟失，」大衛以平穩的語氣說：「但我沒有理由相信安娜把我要求她別進你房間的話當耳邊風。我也不相信她拿了你的私人物品。安娜是新人，但我信任她，既然她說她沒拿你的東西，我相信她。」

胸口的緊張感一股腦兒地全部消失，我緩緩吐出一口氣。他相信我。謝天謝地。我往上覷崔佛一眼，只見他直勾勾地瞪著大衛，眼神冰冷。大衛沒有轉移目光，反而擠出微笑說：「如果還有什麼需要我幫忙的，儘管告訴我別客氣。沒有的話，我們就午餐時間餐廳見了。再過半小時就可以用餐。」

崔佛又繼續瞪了他片刻，才掉頭咚咚地上樓。

「安娜，」崔佛的腳步聲遠去後，大衛喊我一聲，而我只能極力按捺住衝動，不要張開雙臂抱住他，親吻他粗糙紅潤的臉頰。

並轉而開口說：「我真的沒進他房間。」

「我知道。」他作勢要我靠近，然後放低聲音說：「但我想可能另有其人。」

16 穆罕默德

醫生在和父母說話時，穆罕默德盯著天花板，數著面板數。這些話和兩三天前紐曼醫師跟他說的一樣，字字句句湧上心頭：T6不完全損傷，後側胸椎神經受損，住院時間需要三到九個月，但究竟要多久很難說，若要等他發揮出最大潛力，恐怕會長達兩年，有截癱的可能，也就是腰部以下出現重大功能障礙的一種癱瘓狀態。

他聽見母親痛苦地輕輕倒吸一口氣，父親則放低聲音，嘟嘟噥噥對醫生拋出一連串問題。穆罕默德的眼角淌出一滴淚水。

「沒事，親愛的。」母親對著他俯身，用她開襟羊毛衫的袖子輕輕擦他的臉。

他覺得自己又變成小孩。不對，不是小孩，小孩還可以跑開躲起來。這種感覺則像是變形蟲或是活死人。大腦被困在軀體內，不管他怎麼吶喊著發號施令，它都沒反應。

手是最糟的。不是他的手，是他們的：護士、醫生、爸媽的手。意外發生前，他向來就不喜歡與人碰觸；他會迴避擁抱，有人捏他手臂、與他握手或是拍他的背，他都會畏縮。而現在，時時刻刻都要被碰觸、擦拭、移動或撫摸，他一點辦法也沒有，只能躺在那裡默默忍受，因為看起來，他能劫後餘生就該謝天謝地了。謝天謝地？又有一滴眼淚滑落，慢慢流入他的髮際線內。他下半輩子都得坐輪椅，永遠再也無法走路、跑步、騎單車或滑雪。

「拜託你別哭，阿穆。」母親為他拭淚後，手移到他的頭髮上。她不斷、不斷地撫摸，好像當他是狗，但他沒有反抗，因為他知道至少她能從這個簡單的動作獲得撫慰。

「外婆呢？」他問道。

外婆是他出事後第一個看到的家人，是除了護士、醫生和警察之外，第一張凝視他的面孔。比那些注射進他血管、打進他肌肉內的強力藥物，她的臉帶給他更大的慰藉。外婆是他可以倚靠的磐石。她與他母親恰恰相反——堅定而不神經質，平穩而不情緒化，可以信賴而不會反覆無常。他從沒看過外婆哭，一次都沒有。爺爺死的時候沒有，她與病魔搏鬥的時候沒有，那天試著與他四目相交並問他感覺怎麼樣的時候，當然也沒有。他知道可以對外婆說實話，她不會批判他也不會退縮。

「我很生氣，」他告訴她：「我生氣到想大吼大叫一頓。」

「這很正常，」她說：「沒關係的。」

「真的嗎？」他憤怒地回嘴：「醫生跟我說弗瑞迪死掉的時候，妳知道我怎麼說嗎？我說我很羨慕，我要是也死掉就好了。」

「你現在還是這麼覺得嗎？」外婆的冷靜眼眸定定地看著他。

「沒有。」

她的臉色緩和了一點點，幾乎細不可察，原本緊緊交握在腿上的手也鬆了開來。

「外婆今天不能來，」此時母親對他說：「不過她向你問好，提姆也是。他要你好好休養，多久都沒關係。他還跟我說安娜不會回……」母親摀住嘴，掩蓋了下半句話。她說了不該說的話。

「拜託，」阿穆說：「都叫妳別提安娜了。」

為什麼每個人隨時都想要他談安娜？她好像一直在糾纏他，不，是嘲弄他。她是唯一一個毫髮無傷走出車禍事故的人。確確實實是走出來的。

理智上，他知道出車禍不是她的錯，她怎麼知道會有一輛貨車橫衝過公路，撞上她駕駛的車？但是他不想看見她走到病床邊，訴說自己有多麼難過遺憾時眼中流露的憂傷。他也不想要她的憐憫，他不想要任何人的憐憫。他想要的是閉上眼睛再次醒來時人在家裡，在自己床上，重回正常的生活。然而睡覺比醒著更折磨人。睡眠是希望，很殘酷、很殘酷的希望。他已經數不清曾多少次夢見有個醫生告訴他是他們弄錯了，他的脊椎根本沒事，他可以回家了。因此現在他抗拒睡眠，不是因為無法應付夢境，而是醒來時太過傷痛。

17 安娜

六月五日星期二暴風雨第四日

「鑰匙有著落了嗎？」和大衛抱著滿懷的碗盤餐具從廚房走進餐廳時，我這麼問他。現在是早餐時間，客人們來到拉姆島的第四天，窗玻璃外頭，閃電劃破烏黑的天空。我稍早打開前門時，差點整個人被風吸了出去。要是有人今天想出去健行，恐怕要大失所望了。

「沒有。」大衛搖頭道：「妳真的所有口袋都找過了吧？」

「我都告訴你了，我放回掛架上了。」

昨天午餐時間，崔佛咚咚咚地上樓回房後，大衛問我備用的萬用鑰匙在哪。他衝著我搖晃鑰匙圈，這個鑰匙圈串著飯店所有的萬用鑰匙，他用一條鍊子吊掛在褲耳上。至於備份鑰匙，包括我用來打開所有客房門的那把，則放在櫃檯後面。

「就在……」我指向掛架。左上角的掛鉤上沒有鑰匙。

「可是我很確定……」我連忙跑到櫃檯後方，檢查地毯、桌檯和抽屜。「我肯定放回去了，大衛。我掛好鑰匙才出去丟垃圾。」

「妳該不會不小心把它掉進垃圾桶了吧？」

「沒有，我很確定沒有。」

但我沒有十足的把握。如果我連有沒有替菲歐娜換過床單都忘了，說不定也會忘記把鑰匙放到哪去。失眠不只剝奪了我的精力，現在也玩弄起我的大腦。我在大衛的注視下，檢查了我的工作褲與外套口袋。我檢查清潔工具間與布巾收納櫃時，他就在櫃檯耐心等候，而當我穿上外出服前往放置垃圾桶的地方，他也沒有一句批評或發表任何意見。我兩手空空回來，身上還發出淡淡的食物腐敗味，他聳了聳肩。

「我相信遲早會出現的。」

「不過萬一是哪個客人拿走，跑進崔佛的房間呢？」我壓低聲音說，這時喬從交誼廳冒出來，邊向我們點頭邊穿過大廳，打開洗手間的門。

這是大衛在那天首度露出真正緊張的表情。「那麼他就能進這飯店的每個房間了。」現在的他仍然擔憂，從他肩膀高聳，每當以為我沒注意時，臉上總會掠過緊繃苦惱的表情就看得出來。我急忙轉換話題。

「你知道暴風雨會這麼強嗎？」我將懷裡的碗盤放到邊櫃上。

他也將碗盤放下時，斜瞄我一眼。「當然知道了。住在拉姆島上，就不可能不隨時注意天氣。不過生意歸生意。要是每次颳風下雨就要取消訂房，不到一年我就得把飯店賣掉滾蛋了。等他們要搭船回去的時候，風雨就會結束，運氣好的話，也許還有一兩天可以出去走走，只要不介意沾點泥巴。」

「你知道Wi-Fi沒了吧？」

他嘆一口氣。「知道。帶著太太那個客人……那個光頭……他叫什麼來著？」

「麥爾坎・沃德？」

「就是他。就在快吃早餐前，他下樓到櫃檯來告訴我了。他太太在iPlayer上看一個節目，忽然間播放中斷。」他聳聳肩。「妳等著看吧，等所有人發現沒法聯絡家人的時候，會混亂到什麼地步。」

「但還有固網不是嗎？」

「暫時。」

「你不擔心嗎？想到完全與外界隔絕。」

「來拉姆不就是為了這個？我是說大部分人。為了遠離所有的紛擾。妳不就是為了這個來的？」

「可以這麼說。」我謊稱。

「那就對了。無論如何，要是真的被困，戈登的小屋有衛星電話。不過我今天都還沒有他的消息。」他從邊櫃裡取出塑膠容器放到檯面上，見裡頭裝滿玉米片、「家樂氏」米脆片和什錦果麥，眉毛揚得老高。「妳已經裝好啦？」

「是啊，昨天晚上。」我沒說是凌晨一點，因為睡不著。

「做得好。」他讚許地點點頭，然後用拇指比了比廚房。「可別因此就自滿了，丫頭，烤箱裡還有等著出爐的麵包。」

七點整，餐廳門口出現了第一位客人。看到是崔佛，我並不訝異。他沒有和我或大衛說一句話，而是從桌位間穿梭而過，挑了一個最靠近窗戶的位子。

「妳去替他點餐。」大衛撫順肚子上的圍裙，一面笑著說：「我要去廚房，那裡是我的歸屬。」

我無視他離去後留下一陣怪異、緊張的靜默，從長圍裙裡掏出本子和筆，朝崔佛走去。

「早安。」

他沒有抬頭。

「想吃點什麼？」

「香腸、培根和煎蛋。不要豆子，不要番茄，不要黑布丁，不要吐司。」

「好。」我記了下來。「那麼想喝什麼呢？」

「咖啡。」

你說個請字會死嗎？我差點就脫口而出，但及時打住了。

「好，我馬上送過來。」

我轉身時，其他所有客人（除了凱蒂）都出現在餐廳門口。喬走向他昨天坐的位子，克莉絲汀、麥爾坎、梅蘭妮與菲歐娜則聊得熱絡。我等到他們交談的空檔，才問他們想分開坐還是一起坐。梅蘭妮回頭瞥向大廳。

「還是妳想等凱蒂？」我問道。

她搖搖頭。「她說她今天想賴床，可能十點才會下樓。」

我微微一笑，卻暗暗叫苦。大衛知道的話，不會開心的。只為了一個人，就得讓廚房繼續運作幾個小時。他已經唸了一早上，說要去地下室檢查發電機，免得停電。

「沒問題。那麼，四人同桌還是……」

克莉絲汀看著其他三人，見他們都點頭，便說：「四人同桌。」

「我看這風雨是不會停的，」他們隨我穿過餐廳時，菲歐娜說道：「Google斷線之前，氣象局報導說風雨只會愈來愈大。」

「真的？」麥爾坎說：「不知道在我完全瘋掉以前還能再玩幾輪金拉密牌？」

「真是失望。」克莉絲汀坐下後將椅子往前拉。「今天我真的很想去城堡。安娜，妳或大衛應該沒辦法開荒原路華載我們幾個去城堡吧？」

「我替妳問他看看。」

我走回廚房時，大衛正用擦碗巾擦拭一只盤子的邊緣；兩條香腸、三片培根，一顆蛋彆扭地置放在中間。

「好了。」他將盤子交給我，反手抹一下汗濕的額頭。

「你還好吧？」

他搖頭說：「這裡面像火爐一樣。我想八成是暖氣壞了，有沒有客人抱怨？」

一滴汗水從他的側臉滑落。廚房裡溫熱，向來如此，但並不會熱得超乎尋常。而且餐廳其實有點冷。

「大衛，我想你可能需要喝杯水，坐下來休息一下。這裡可以交給我。」

「不，不。」他揮手趕我。「妳得去招呼客人。我沒事。很可能是快感冒了還是什麼的。希望不是要命的流感。」

我正端著崔佛的空盤朝大衛那邊走，他剛好現身在廚房門口。早餐的第一位客人約莫在十分鐘前離開，他穿過餐廳時，其他客人高聲向他道「早安」，他只是點頭抬手致意，卻未發一語。

「大衛，」我說道：「是不是讓我……」

「等一下，」他舉起一隻手，嘴裡唸唸有詞一邊數著人頭。「少了一個。」

「凱蒂・沃德。她媽媽說她想多睡一會兒，應該會在十點下樓。」

大衛瞄一眼手錶嘟囔一聲。現在才七點三十五分。

「等她下樓，我很樂意替她做早餐。」我說：「做一份油煎餐點，我可以應付得來。」

「好，不過我得教妳怎麼用洗碗機。」他推開搖擺門，卻隨即停下抓住門框，腦門與上唇都因為流汗而閃閃發亮。

「大衛？你沒事吧？」

他一手按住胸口，雙眼圓睜驚恐地瞪著我看。「我沒法……」

「坐下來。」我從最近的餐桌抓了一張椅子，拖行過地毯，但還沒到他跟前，他就倒地了。

「大衛？大衛！」我跪下來，拉起大衛的手腕，同時隱約意識到客人們急急忙忙往我們這邊來。他閉著眼睛，胸部沒有起伏。「叫救護車！」

我聽見有人大喊一聲，大廳的木地板響起重重的腳步聲，接著眾人將我圍住並不斷往前擠，所有人都同時在說話。

「出什麼事了？」

「他暈倒了嗎？」

「是不是心臟病發作？」

「他還有呼吸嗎？」

「拜託！」我終於出聲。「拜託安靜一點。」我的手指在大衛的手腕上來回滑動，找不到脈搏，但不知道是不是因為我自己的心跳聲在耳中怦怦響，或是我做得不對……又或是確實沒有心跳。

客人在我背後爭論著誰做CPR的經驗最老到。

「室內電話不通了。」喬出現在大衛的頭側，上氣不接下氣地說，臉上滿是驚慌。「我試著撥了九，但沒有撥號音。我的手機也沒訊號。我們得找到戈登。」

「我不能丟下大衛。」

「安娜，不要緊，」麥爾坎說：「這裡有我們。」

他將我從地上拉站起來，這時克莉絲汀對著大衛動也不動的身子俯下身去，用力壓他一邊的肩膀，他隨即重重的翻身仰躺。「挪點空間！」她十指交叉高喊道：「拜託了，各位，挪點空間給我！」

我愣愣望著眼前景象，有如在作夢。感覺很不真實。

「安娜？」喬搖晃我的肩膀，凝視著我的臉。「安娜，我們得找到戈登。我們得替大衛叫救護車。馬上。」

他拖著我走過餐廳時，我只聽見克莉絲汀規律地按壓大衛胸膛的聲音。

18 崔佛

崔佛．摩根登山靴的厚重鞋底踩在地面上唏唰作響，每走一步便濺起泥巴弄髒褲子。身穿Gore-Tex厚外套的他打著哆嗦，回頭看向灣景飯店。他剛出發展開上午的徒步行程，才穿過車道，眼角餘光便瞥見餐廳裡的騷動。他在窗邊停下，旁觀著房客在廚房門口旁推來擠去。直到他們移開後，他才發現飯店老闆躺在地上，那名年紀較長的婦人跪在他身邊，兩手緊握放在他的胸口，滿頭白髮上下跳動著。

他繼續觀看，只見餐廳通往大廳的門被關上，克莉絲汀——他隱約記得她跟他說過她的名字——不再按壓飯店老闆的身體，轉而拉起他的一隻手。崔佛看不見她的臉，卻看見她彎下身子，溫柔地撥開老闆額前的頭髮。崔佛猛然轉開頭，按住眼睛的雙手在發抖。當他再次回頭，婦人已轉移身體重心，手從飯店老闆的額頭輕輕撫摸到他的鼻梁。她在替他闔上眼睛。

看來那個人死了。

崔佛正視過死亡數十次，多數是男人，但也看過死去的女人。第一次遇上時他哭了，事後喝到酩酊大醉麻痺痛苦，還連著幾天幾乎都難以入眠。第二次就輕鬆了些，但也只是稍微。而上一次看到一個男人死去時，他幾乎眨都沒眨一下眼。

不過，當克莉絲汀感覺到他在看，倏地轉頭時，他眨眼了。她緊緊盯著他看，他於是匆匆走開。

他正要從飯店外緣左轉，打算前往崖頂時，聽見碎石地上響起沙沙的腳步聲，有兩個人影，一男一女，倉促地奔過車道。他一直看著，直到他們身影變得太小看不清，又舉起望遠鏡來看。他們似乎是要去山腳下那棟小屋。他前一天就去看過了，沒人在。屋主沒有回來。如果那對奔離的男女以為救護車，或是靈車，有可能穿越大水氾濫的道路，那可就大錯特錯了。灣景飯店已經徹底與世隔絕，事實上這一點讓他開心極了。

19 安娜

「戈登？」我雙手握拳用力敲打小屋的門，喬則跑到最近的窗戶前，彎起手掌放在臉側往屋裡看。在餐廳裡目睹大衛倒地的震驚與不敢置信，已經被雨消融了，此時我只感覺到全身冰涼的恐懼。

「喂？有人在嗎？」

喬繞過小屋轉角，幾秒鐘後又出現在我身旁。他的深色頭髮平貼在額頭上，雨水從鼻尖滴落，掛在那把蓬亂的大鬍子上。我們頂多只跑了十分鐘，雨水卻已濕透我的外套、毛衣與T恤，用冷冰冰的手指拉扯我的皮膚。

喬不知說了什麼，聲音被風颳走了，我只得搖搖頭。

「這裡沒人，」他用拳頭重重敲門，一面嚷道：「燈都關著，也沒有車。」他伸直手臂指向小屋側邊那一小塊方形碎石地，上頭有一道道深色的輪胎痕。「他昨天一定沒有從學校回這裡來。」

「再試一次你的電話。」我大喊。

他搖頭說：「沒有訊號。」

「該死。」我兩隻拳頭重重打在門上，隨後將頭倚靠著潮濕木頭。我不知道該怎麼辦。我試過想利用櫃檯後面的室內電話通話，但電話線想必是被風雨破壞了。每個人也都試過自己的手機——麥爾坎甚至跑上樓叫醒凱蒂，叫她也試試她的——但沒有人收得到訊號。加上沒有網路，我們就只能借用戈登的衛星電話，偏偏他又不在。天曉得他什麼時候才會回來。

「我們得把大衛抬上荒原路華，試著開到另一頭的村子。」

喬碰碰我的肩膀，附在我耳邊高喊：「什麼？」

「開車。」我做出握著方向盤的手勢。

他搖搖頭。「河水上漲了。從這裡就能看到。」他朝小屋的反方向，指著位於山間的谷地。即使距離遙遠，仍然能看見原本的淺淺細流已變成水流湍急的河。

「還是得試一試。走吧。」我作勢要他和我一起跑回飯店，不料才跑了兩三百米，我忽然脅邊一陣劇痛，不得不停下來。我痛得彎下腰，用力吸著冰冷空氣，等在一旁的喬見狀後，一手搭在我背上。

「我們要是再在外面多待一會兒，會得肺炎的。」

當我直起身子，便瞧見梅蘭妮朝我們奔來，頭上蓋著一條看似綠色防水布的東西。

「大衛還好嗎？」她靠近後我大聲問道：「克莉絲汀有沒有……」

我沒把話說完，因為她在搖頭。

來。

我走進大廳，每一步都滴著水，沒有人開口，但克莉絲汀、凱蒂、麥爾坎與菲歐娜都抬起頭

「是真的嗎？」話才出口，我便從克莉絲汀臉上疲憊、憔悴的神情看出了是真的。

「心跳驟停，」麥爾坎說：「這可憐的傢伙根本一點機會也沒有。」

「麥爾坎！」梅蘭妮走過去打了他的前臂一下。「放尊重一點。」

我沒理會他二人。「他人呢？」

凱蒂哽咽了一聲。菲歐娜坐離她最近，身子微微一抖，卻沒有伸手安撫她。克莉絲汀慢慢從椅子上起身，穿過大廳。

「他還在餐廳，」她輕聲說：「我拿一條床單替他蓋上了。你們有沒有……」她瞄一眼我空空的雙手，旋即又瞄向喬的手。

「戈登不在，」他說道：「他的車也不在。而且房子還上鎖。」

「那麼我們開荒原路華到島的另一邊。」

我搖著頭說：「路上淹水了。」我往後退進入大廳，接著前往餐廳。還穿著拖鞋的克莉絲汀，輕輕地隨後跟來。

「要不要我跟妳一起？」她輕聲地問。

我想說不用，我自己可以，但沒說出來。我好像不知不覺又回到噩夢中，有個護士眼神哀

戚、聲音沙啞地在跟我說話的那個噩夢。

「這裡。」克莉絲汀打開門，然後側身讓我先行。

就在那光輝燦爛、充滿希望的一剎那，我眼前只看見桌椅與深綠色地毯，不由得豎耳傾聽大衛在廚房空隆匡啷地忙碌，一面用渾厚中音唱著洛・史都華的歌。但一轉眼我就看見了，他蓋著白布隆起的身軀，就在廚房門邊。

我太過害怕，不敢從大衛頭上掀開布，但還是掀開露出他的一隻手來。我試探著摸摸他的手心，心臟幾乎就在喉底怦怦跳，兩眼則盯著他平滑空白的臉部形狀。我輕撫他溫暖、粗糙的皮膚，留意著床單底下有無動靜，一個抽搐、一個顫動或一聲呻吟。他動也不動。我可以聽見自己的呼吸聲與大廳裡的話語聲：麥爾坎在說荒原路華什麼的，喬提高嗓門，克莉絲汀則叫他們倆都冷靜點。接著是腳步聲、乒乒乓乓的響聲、咒罵聲、鑰匙撞擊聲與大門砰的一聲。

然後一片靜悄。

大衛的手定定地擱在我手中，他手指扭曲，指甲剪得短而整潔，深色毛髮從白袖底下溜出來，往指節蔓延，但有點功敗垂成。

「大衛？」我將兩隻手指伸進他的衣袖，按壓理應有脈搏的地方。我懷抱希望等著他的血液在我指尖底下脈動起來。有可能是克莉絲汀搞錯了。她想必快七十歲了，急救技能或許已經生鏽。說不定大衛只是昏迷，我們卻當他死了。

「大衛！」我倏地扯掉他身上的布，觸摸他的臉頰。還有熱度，跟他的手心一樣。我將手放在他胸口，注視著他衣釦緊繃的上腹，等待細微的起伏。我的眼角餘光似乎瞥見他的眼球在閉合的眼皮下轉動。

「大衛！我是安娜。睜開眼啊。」

我向下俯身，耳朵貼近他微開的嘴唇，但我的皮膚沒有感受到他的呼吸，連一絲氣息都沒有。

「快啊，大衛！」我握起一隻拳頭放到他胸口正中央，另一手蓋住拳頭。「快點！」

大象

乃麗

捲起

鋪蓋

告別……❶

「安娜！」我持續按壓大衛身體之際，幾隻強有力的手拉住我的肩膀。「安娜，妳在幹嘛？安娜，住手。住手！他死了，安娜，他死了。」

❶ 經常用在心肺復甦術急救訓練的兒歌。

追悼

追悼

紀念勇敢奮戰到最後的

亞當·文森·佛爾柯

離去但未被遺忘

願你安息

太神奇了，真的，這麼少數、特定的一群人竟然會面臨如此的苦難與傷痛。妳有沒有注意到呢，安娜？或者妳滿腦子只關心自己而看不到外面？我覺得這間飯店裡沒有一個人不渴望睡覺。就拿可憐的大衛來說吧。妳有沒有想過要問他為什麼買下這間飯店？是哀傷引領他來到拉姆島。他的伴侶死後，他覺得失落又無依無靠，像個孤魂野鬼。妳知道要怎麼做才能讓人對妳敞開心胸嗎，安娜？妳要問問題，然後傾聽並等待。只要給的時間夠長，大多數人都會向妳打開心扉。而我們現在正好多的是時間。可以說話的時候，何必玩桌遊？大衛跟我說話了，安娜，而我也仔細聽了。多好的一個人啊。願他安息。

20

大衛死了。

我從床上猛然坐起身子，對著空空的房間大聲說：「大衛死了。」我的聲音在耳中回響著。

什麼都沒有。

我內心裡，依然什麼都沒有。沒有傷心，沒有痛苦。感覺像個在演戲的孩子，不帶情感地對一群無形的觀眾宣告。

「大衛死了。」過位到台左。

當喬從餐廳地毯抱起我，半扶半抱著我上樓時，不斷地問我還好嗎，那雙淺褐色眼眸凝視著我，等候回答。我告訴他我沒事，我自己可以走，不需要他幫忙。來到客房樓層時，我從他繞過我的背勾在我腋下的手臂中掙脫開來，說他應該回樓下去找其他人。我一點都沒事，我這麼說道，我只是想一個人待著。

他不敢置信地看著我。「是驚嚇的緣故，安娜。妳還沒能反應過來。這種時候妳真的不要一個人。」

我就是一個人，我想衝著他叫喊，你再怎麼瞪著我看也不會改變。從天外飛來一股怒氣，壓彎我的背，讓我喘不過氣。

「拜託了，」我說：「回樓下去吧，讓我一個人靜一靜。」

「要不要我請哪位女士上來？」

「為什麼要這樣？」

他注視我片刻，下唇微開，好像打算說什麼，隨後似乎改變了主意，只是點點頭。我沒有等他離開，轉身便上樓到員工區，同時可以感覺到他盯在我背上的灼熱目光。

此刻，我將腿晃下床沿，穿過房間，走進樓梯平台，伸手轉動大衛房間的門把。鎖住了。當然上鎖了。我於是回自己房間，坐在梳妝台前的椅凳上。鏡中的影像回瞪著我。我每天早上都在這裡化妝，但現在瞪著我看的這張臉既沒有睡壓痕也不浮腫，而是神形枯槁，幾近素顏——妝已被雨水和汗水洗去——而眼睛下方少了遮瑕膏，黑眼圈又紫又深。

「大衛死了。」我對著鏡中女子輕聲說道。

我與他並不熟識。我們一起工作還不到兩星期，但我喜歡他。生活中有他在似乎便無比穩固、可以預測，讓我覺得安全。他怎麼可能走了？前一分鐘他還在廚房和我閒聊，下一分鐘就倒在地上了。這麼棒的一個人生命怎會結束得如此快速？明天早上他不會來敲我的門，喊我起床。我無精打采地下樓時，他不會在廚房裡忙東忙西。當我不經意做出讓他覺得有趣的事，他也不會再發出特有的開朗笑聲。他不會隔著廳房與我四目相交，揚起眉毛。他不會……

鏡中女子的臉頰淌下一滴淚水。

「他死了。」我又小聲地說。

她熱淚盈眶，淚水閃閃爍爍，沿著睫毛線積聚成淺淺的水窪。

「死了。」

淚水溢出滑落，蜿蜒繞過鼻翼，流到嘴唇，然後從下巴滴落。

我的胃糾結，胸口發疼，脫口發出一聲哽咽。我兩手摀著嘴，從鏡子前轉開頭，彎下身，痛楚有如刀刃刺穿了我讓我失去行動能力。

這不是演戲。這不是虛構的。

我顫抖著雙腿從椅凳上起身，往床跨出一步。接著又跨出一步，再跨出一步，然後摔倒在床墊上，屈起膝蓋抱在胸前，發出痛苦的哀號。

有另一個人死了。

我被一個輕輕的拍打聲吵醒，眼睛倏地睜開。

「安娜？」一個溫柔的聲音喊道。

房間另一頭的木門慢慢地呀然打開，門縫中出現一張臉。

「很抱歉吵醒妳了，」梅蘭妮說，在她那剛硬紅框眼鏡底下的眼睛顯得柔和。「妳還好嗎？」

我在腦子裡搜尋正確的答案。疲倦？崩毀了？心碎了？

「我沒事。」我卻這麼說。

我的回答顯然為她壯了膽，梅蘭妮隨即推開門走進來，但沒敢走太遠。她背靠著牆站，心形小臉上的每一條皺紋都鏤刻著不確定感。「我知道妳很可能不願意想這個……而我們也沒有人……我們並不想提起這個，只是……」

「沒關係。」我說。無論是什麼讓她感到不安，對我也起了同樣作用。

「大衛……他還躺在廚房門口。」她說著抖了一下。「如果門往餐廳打開就會看到。當然，他身上還蓋著布，可是凱蒂……」

「她覺得不舒服。」

「是的。」她感激地點點頭。「我們在想，在救援抵達前，能不能把他……大衛……搬開。我們覺得也許……」她往他的房間覷一眼。

「當然。」我用手肘撐起身子。「當然了。」

「妳不必起來，」梅蘭妮急忙說道：「如果妳還需要獨處一下，我們自己應付得來，完全沒問題。」

「不，」我坐起來，抹了把臉。「我應該去的。等我一下，我馬上下樓。」

看著喬和麥爾坎費力地將大衛拖上樓，感覺好可怕。我們被人從車子殘骸中拉出來時，我並無意識，但大衛癱軟軀體的重量與他鬆垂的頭，讓我想到弗瑞迪與彼得，想到他們會是什麼模樣。喬與麥爾坎從餐廳地上抬起大衛的那一刻，我唯一能做的就是不要跑開躲起來，而是強迫自己留下。麥爾坎搬腳，重量多半都落在喬身上，較為年輕力壯的他兩隻手臂伸到大衛的腋下，小心翼翼地倒退著上樓梯。蓋布一再滑落，有絆倒麥爾坎的危險，因此我擠身到他們旁邊，小心地將布移除。

「他只是在睡覺。」我目光掠過大衛那張土灰色、沒有表情的臉時，這麼告訴自己。也只有這樣，我才不至於回頭飛奔下樓。

「小心點。」快到通往員工寢區的第二層樓梯頂端時，我開口說道：「有一塊木板鬆了，別絆到。」

我到的第一天，大衛將我的行李搬進房間後就告訴我這件事。這是他的「待辦」事項之一，他向我保證。麻煩就麻煩在不斷有新的項目加入，這事就一再順延到很後面了。

隨後，喬和麥爾坎巧妙地閃過那塊危險的木板，在我從大衛口袋取出萬用鑰匙打開他的房門後，他們小心地轉彎進房，然後輕輕將他放到床上。

「謝謝你們。」我的手輕搭在他們的肩胛骨上，感覺到手心底下的衣服都濕了。「要是沒有你們就難辦了。」

「舉手之勞而已。」麥爾坎說著退出房間。

喬留下沒走。

「妳還好嗎？」他這時問道。

「不太好。」我抬起大衛的手臂，將它彎起放在他胸前。手臂又重又僵，當我繞到床的另一邊以同樣方式處置另一隻手臂時，有一種奇怪的脫節感。雖然知道他死了，卻無法接受這種定局。我老覺得他會睜開眼睛，問我在搞什麼鬼。

喬從門口看著，他雙臂交抱，手放在肩上，臉色蒼白而不安。「我以前沒看過死人。」

「我也是。」我的目光避開大衛的臉。每次一看著他，我就想哭。

「他是個好人，我真的很喜歡他。」

「我也是。」我抖開床單重新替大衛蓋上時，忽然想到等風雨結束，電話線一通，我就得通知他的家屬。回想起我打電話給弗瑞迪與彼得雙親的情景，胸腔內的心便擰了起來。真不敢相信還要再來一次。

「安娜，」喬見我背轉向床反手擦拭眼睛，喊了我一聲。雨仍猛打著老虎窗，天色灰暗到近乎全黑。「萬一我們過不了河怎麼辦？」

「大概就只能等了吧。冰箱裡有食物，而且只要有電有暖氣，我們就不會有事。」

我聽到他輕笑一聲。「安娜，話別說得太早，免得反而招來厄運。」

招來厄運？一塊冰冰冷冷的東西沉落在我的胃底。我認識的人在今年去世的，大衛是第三個了。而且事發時，我都在場。

21 史提夫

史提夫．雷英在辦公桌前將椅子往後退，起身走過辦公室，來到佔滿一整面牆的巨大觀景窗前站定。他眺望倫敦，看著那些高樓大廈、現代建物與歷史建築，頭往後一仰深吸了口氣。方才一整個小時他都盯著電腦看，試圖弄清昨晚會計師傳給他的數字，卻是徒勞。不是他對數字沒概念——若是如此，他也不會有一個價值百萬英鎊的事業——但他的注意力就是無法集中。自從與吉姆碰面後，他就有如一條裸露在外的神經，坐立不安也睡不著覺。每當手機畫面一亮，他便立刻抓起來，確信是吉姆傳來了訊息。每當有人敲門，他就以為是警察。在家的時候，他會不斷在新聞台之間轉來轉去，尋找她的面容，但始終沒找到。工作時也一樣，只不過換成了新聞網站，他不斷跳離所有需要處理的文件去查看有無最新消息。只要螢幕上跳出「命案」二字，他的胃就會一陣絞痛。但不是她，從來都不是她。

一無所知是最糟的。他不知道事情什麼時候會發生，如何發生。他一再反覆地拿出抽屜裡的拋棄式手機，想傳訊息給吉姆，打完後又刪掉。他不能顯露出自己有多緊張，要是他媽的不能冷靜下來照規矩來，吉姆有可能會嚇著而將整件事作廢。

史提夫雙臂往上舉，打開拳頭，手心朝向天花板。「求求你了，」他對著空空的辦公室說：「求老天保佑，讓事情做個了結。讓它早點了結吧。」

22 安娜

當我和喬重新下樓，菲歐娜．賈迪納與麥爾坎．沃德正坐在大廳裡，兩人都已穿上外套大衣與登山靴，麥爾坎臉上還帶著嚴肅堅定的表情。

「妳怎麼樣？」他問道。

「還好。」我謊稱。我走到櫃檯後面，取下荒原路華的鑰匙交給他。

麥爾坎面露惑色。「妳不開？」

喬也一臉茫然，隨後才漸漸恍然大悟。他想起了我們曾經談過我出車禍的事。

「我還是不要的好。」我說。

「緊張型的駕駛，哦？」麥爾坎微笑點頭道：「梅蘭妮也是，除非逼不得已，否則絕不上高速公路。」

「有什麼特別原因嗎？」菲歐娜挑起一邊眉毛問道：「為什麼妳把鑰匙給麥爾坎而不是給我？因為他是男人嗎？」

「不是。我把鑰匙給他是因為他離得比較近。」她還沒來得及回答，我便又加了一句：「只有你們兩個要試著過河嗎？」

「對。」她勉強露出微笑，但眼中並無笑意。「克莉絲汀去小睡片刻，梅蘭妮要照顧凱蒂，崔佛到外面去了，天曉得在哪裡。」她隨手往大門揮了一下。「而喬……」她的目光停留在站在我身邊的這個男人身上。「他好像要照顧妳。」

不知怎地，我不是很喜歡她的語氣。她聲音聽起來倒是挺親切的，只不過有不認同與嘲弄的弦外之音。我沒有做出強烈反應。她不會是第一個不喜歡我的人。

「那好吧。」麥爾坎將鑰匙放進口袋。「運氣好的話，我們大概會在一個小時後帶支援回來。」

二十分鐘後，他們回來了，毫無所獲垂頭喪氣地拖著腳走進交誼廳。

「沒辦法，」麥爾坎重重坐到椅子上，兩手抹了一下光頭。「引擎會進水。」

我看著站在窗邊，神情落寞地凝視窗外暴風雨的菲歐娜，她忽然轉過身，彷彿感覺到我在看她。

「所以戈登才沒有回來。我們和島的另一邊隔絕了。」

「我們被困在這裡了？」凱蒂驚恐地瞪大一雙碧眼說道：「我們本來再四天就要回去了。萬一錯過船班怎麼辦？」

「我們不會錯過船班的。」梅蘭妮與她並肩坐在沙發上，一手搭著她的手臂。「到那時候風雨就會停了，對不對，安娜？」

她直視著我，眼神中想表達的意思再清楚不過，我於是點點頭，儘管我毫無頭緒。

「是啊，」我微笑著安撫凱蒂。「星期六你們全都能回家。」

廳裡安靜下來，我不知道其他人在想什麼——大概是溫暖乾爽的家與心愛的人吧——但我想的是大衛，獨自躺在樓上房裡的大衛。我們所有人坐在樓下這裡喝茶聊天，感覺不對。還是覺得很不真實。每一聽到聲響，我便會不由自主地去傾聽他沉重的腳步聲或是他雷鳴般的宏亮嗓音。

我瞄一眼手錶，十二點。通常這個時間他會喊著要我去擺餐具準備用餐，或是去幫忙備餐。

「我去準備午餐。」我開口道，說得略嫌大聲了點。

梅蘭妮抬起頭。「需要幫忙嗎？」

「不用，我可以，但還是謝謝妳的提議。」

我都還沒進廚房就哭了，奔過餐廳時硬是強忍住啜泣。一進入廚房，我便猛趴在備餐檯上，頭埋在雙臂之間。我覺得死神從倫敦一路尾隨我來到拉姆，將愧疚、痛苦與悔恨拋向我，撼動我腳下的土地，等著我倒下。如今這世上有三處空缺、三個陰影，是弗瑞迪、彼得與大衛一度佔據過的地方。三條生命一眨眼便煙消雲散。他們留下的空間該怎麼辦呢？我們無法填補，誰也沒辦法，而我在這廚房裡做午餐是不對的。這是大衛的廚房，他收集的圍裙掛在冰箱旁的掛鉤上，他的刀架，他最喜愛的炒鍋。他就是這間飯店。他是飯店的核心與靈魂。如今這裡只是一棟建物，有一群躲避風雨的人在裡面晃蕩，等著我告訴他們該怎麼辦。我不想承擔這種責任，但我若是不接管就會崩潰瓦解。

我兩手一推退離料理檯，用茶巾擦了擦眼睛和臉。

「妳最好記得把那個拿去洗。」我腦後響起大衛的聲音。

我會把它放進洗衣機的，大衛，我回答道，你要是運氣夠好，我準備蔬菜以前說不定也會洗手。

將近一小時後，蔬菜濃湯在爐子上滾著，我則將碗拿進餐廳，擺到餐墊上。大衛最喜歡端著鍋子來上菜，我也要這麼做。

我一手放在大廳門的門把上，深吸一口氣讓自己平靜下來。客人們需要我來穩住局面，尤其是凱蒂，方才麥爾坎說他們沒能過河時，她似乎嚇壞了。

我看看手錶之後打開門。就快一點半，大夥兒想必都餓壞了。除了濃湯，還有早餐剩下的現做麵包正在烤箱裡放涼，也有大量的起司和火腿……

我驀地僵住。

大門兩側的窄窗上都凝結了水氣，而正對著櫃檯的窗上寫了字。只見水氣間彎彎曲曲地寫了四個字。

死去，睡去。

我直瞪著窗子，驚愕到無法動彈，然後才用袖子擦拭玻璃，頓時怒火中燒。大衛才死幾個小時，是誰寫出這麼白痴的東西？想到有人覺得這麼做很好玩，我就噁心。

我衝進交誼廳時，客人們都轉頭看我。

「是誰寫的？」我指向開著的門，手在發抖。

沒有人吭聲，我看著一張張困惑的臉，胃跟著糾結起來。克莉絲汀和崔佛不在，但其他五人都茫然地瞪著我。

最後是喬開口：「出什麼事了，安娜？」

「有人寫……」我連連搖頭，對於有人竟如此冷血感到憎惡。「有人在大廳的窗子上寫了『死去，睡去。』」

「什麼？」菲歐娜跳起來凝視門外，隨即又不解地看著我。「沒有東西啊。」

「我擦掉了。」

我再次看著住客。他們當中會有人告訴我是我搞錯了，寫在窗上的是個玩笑話，因為他們累了，想睡覺。

「是妳嗎，凱蒂？」我看著年紀最輕的客人，她盤腿坐在沙發上，手裡拿著任天堂DS遊戲機。

她回瞪著我。

「當然不是凱蒂。」梅蘭妮傾身靠向她說：「她絕不會在私人產物上塗鴉。」

「那不是塗鴉，是在凝結的水氣上寫字。凱蒂，妳是不是……妳是不是寫來當作……」我在腦中搜尋恰當的字眼。「……當作在向大衛致意？」

「沒有。」她皺起鼻子。「我幹嘛要這樣？」

梅蘭妮看我的表情像在說，我就說吧。我的目光從她轉向她丈夫——他坐在火邊的扶手椅，出奇地安靜——接著又轉向喬與菲歐娜。

「有沒有人要坦白說是他寫的？」

「安娜，」喬說：「這個廳裡沒有人寫了什麼。」

「你怎麼知道？」

「因為自從妳去做午餐以後，我們就都沒有離開過。」

「也沒有人去大廳上洗手間？」

麥爾坎、菲歐娜和梅蘭妮都在座位上挪動了一下身子。

「這就表示有了。」

「說不定是克莉絲汀，」麥爾坎說：「或是崔佛。」

「克莉絲汀怎麼了？」聲音從我背後傳來。年紀最大的客人張著惺忪睡眼微笑看著我。「我錯過什麼了嗎？」

「安娜在獵巫。」麥爾坎說著不動聲色地從我身旁走過。「好像有哪個客人在窗子上寫了不恰當的字……」

「獵巫？」菲歐娜似乎被惹怒了。「她很生氣呀，麥爾坎，你卻不當一回事。」

「你們可不可以全都閉嘴！我快被你們煩死了。」凱蒂的尖叫聲在廳內回響。

剎那間無人反應，接著梅蘭妮才不敢置信地搖頭。

「凱蒂，妳不能這樣大吼大叫。」

「不要妳管。」她翻身從沙發站起，踩著重步朝我走來。

「凱蒂，妳現在馬上回來。」

「少管我。妳又不是我媽。」

「凱蒂！」她擠過我身旁奔向樓梯時，梅蘭妮跳起來追了上去。「凱蒂！等一下。」

麥爾坎重嘆一口氣後從椅子上起身，也隨後而去。當門在他身後喀嗒一聲關上，剩下的三名客人面面相覷，接著揚起眉毛看著我。

「有人想喝杯茶嗎？」克莉絲汀拿起麥爾坎喝過的杯子問道。

23

交誼廳內有種奇怪的氛圍，彷彿瀰漫著一片灰色濃霧，將我們一個個包圍起來，封鎖在我們各自的小世界裡。克莉絲汀在窗邊，一邊啜茶一邊看著外面的雨。喬隨手翻閱著雜誌。菲歐娜則把骨牌堆成金字塔。沒有人試圖交談，四下安靜得令人感到壓力沉重。又或者這只是我的詮釋。發現那幾個字後暴衝的腎上腺素此時已退散，我腦中逐漸浮現一個不祥的念頭：「死去，睡去」的訊息會不會不是因應大衛的死而寫的？會不會是在倫敦給我留下「入睡」字條的人跟著我來到拉姆，而且還是飯店的客人？他會不會就在這個廳裡？

想到這裡我害怕得想吐。在倫敦收到的紙條令人不安，但感覺像是為了讓我對車禍事故自責。這次的訊息則是首次具有威脅感。

死去，睡去。這是出自《哈姆雷特》。寫這個的人認為我想自殺，或者認為我至少在考慮。又或者……儘管有火的熱氣，我仍不由得打了個寒噤……他認為我應該這麼做。

我的目光從喬移向克莉絲汀再移向菲歐娜。無論對哪個客人，我真正了解的有多少？克莉絲汀是退休的小學教師，菲歐娜是客服中心經理，麥爾坎是半退休的心理學教授，但我不知道喬、崔佛或梅蘭妮從事什麼工作。除了他們選擇與我分享的事之外，我對他們的生活一無所知，應該可以這麼說。而他們分享的也並不太多。我原以為麥爾坎和梅蘭妮是凱蒂的爸媽，但我錯了。我猜他們是她的叔嬸吧。直覺告訴我所有的客人都是好人，只有崔佛除外，第一次見到他我就感到不自在。

假設。猜測。直覺。

假如這間飯店裡的某個人從倫敦跟蹤我來此，這些都不可靠，我得找出那人是誰。

晚餐吃燉羊肉，由於肉質較硬，本該用慢火再煮個兩小時。崔佛最早到，獨自坐在窗邊。麥爾坎、梅蘭妮與克莉絲汀隨後到來。麥爾坎和克莉絲汀對面而坐，梅蘭妮卻沒坐下，而是慢步走過餐廳，臉上帶著平靜而果斷的神情。

「妳好，安娜。」她勉強擠出笑容。「請問我能不能端兩碗肉湯上樓。凱蒂不太舒服，我也不想強迫她和人應酬。」

自從稍早凱蒂發過脾氣後，沃德一家便一直躲在樓上。

「不瞞妳說，安娜。」梅蘭妮將眼鏡架往鼻子上壓了壓，抬起濃密瀏海底下的眼睛看著我。「我不知道她腦子裡都在想些什麼。我試著想讓她敞開心胸，但她不肯跟我談。」她重重嘆一口氣。「我們原以為她會很享受這次的假期，誰知道她就像緊繃的彈簧。」

我同情地點點頭，並等著她繼續說下去。

但她只是揚起眉毛說：「所以可以嗎？把晚餐拿到樓上吃？」

我將餐點交給她，對她說若是還需要什麼就喊我一聲。她點頭道謝後往回走進餐廳，經過麥爾坎的桌位時與他互看了一眼。他沒說什麼，只是繼續將濃湯舀進嘴裡。他對面的克莉絲汀發現我在看，很快地對我微微一笑，隨後又繼續用餐。

克莉絲汀、麥爾坎和崔佛吃飽後，菲歐娜和喬才進餐廳。菲歐娜走在前面，手裡拿著一本破舊的平裝書，找了一個靠門邊的位子坐下。兩三秒後換喬進來，菲歐娜從書本抬起眼，向他挑了挑眉，示意他前來同坐，但他直接從旁邊走過去，坐到另一張單人桌。菲歐娜的笑容立刻消失，又重新低頭看書。

我端來食物時，她往上瞄我一眼說了聲謝謝，可是當我問她還想不想要些什麼，她只是無言地搖搖頭。喬就大不相同了。當我端著熱騰騰的濃湯來到他桌邊，他對我微微一笑。

「還撐得住嗎？」我將餐點放到他面前時，他問道：「妳看起來很累。」

「是不太好。」

他瞥向廚房門。「雖然是我幫忙把大衛搬上樓，我還是老覺得他會走進來。」

他將湯匙插入湯中攪動，冒起一陣蒸氣。「妳有沒有再試一次室內電話和Wi-Fi？」

「大概一個小時前。」

「結果呢？」

「老樣子。」

他嘆一口氣。「在島的另一邊肯定有人正在試著解決吧。」我還沒說出但願如此，他便又接著說：「手機到處都收不到訊號。剛才我到外面去試，可是……」他聳聳肩。「毫無反應。其他人也沒有誰運氣好一點。」

我才轉頭去看外面的天氣，燈忽然閃爍起來，克莉絲汀輕輕驚呼一聲。我望著燈泡，暗自祈禱可別連電都沒了，幸好幾秒鐘後燈不再閃爍，而且依然亮著。餐廳裡的眾人一齊鬆了口氣。

「有發電機可以用嗎？」麥爾坎從座位上扭轉身子問道：「如果停電的話。」

「有，在地下室。」我對他露出但願是能令人安心的微笑，但事實上我根本不知道如何操作發電機。大衛跟我說過機器在地下室，卻還沒有機會向我示範使用方法。大衛啊。客人們一一繼續用餐之際，我再度察覺自己有多麼孤單。

凌晨十二點十五分，我已幾乎睜不開眼。

用餐過後，崔佛直接上樓回房，其他客人則去了交誼廳。我正要進廚房清理，麥爾坎卻隨後跟來，堅持要我去跟他們喝一杯。我試著婉拒。我需要一點時間獨處，好好想想，但他不容我拒絕。他說，他們要為大衛乾一杯，碗盤可以等等再洗。

一杯威士忌很快就變成三杯，酒精讓我的血液變暖，緩和了我敏感的神經。十一點過後不久，我勉強從座位上起身，去廚房煮咖啡。一有了醉意，菲歐娜和克莉絲汀便打著呵欠道晚安，上樓去了。喬又多待了一會兒，堅持要幫我清理。我一直說不用，他才終於放棄，也上樓去。

麥爾坎就沒這麼好打發了。他堅決要在「睡覺前再喝一杯」，直到剛剛身影才消失在樓梯間。他的腳步聲在頭頂上回響，還在一樓的我逐一檢視各個廳房，看看是否一切都整理就位，一面心不在焉地想著明天需要做什麼。如果大衛還活著，看到廚房這副模樣——備餐檯上滿是殘羹碎屑，地板上多處汙漬——他會瘋掉，但我現在實在沒力氣清。我走進洗衣間，望著裡頭還放著衣物的洗衣機嘆息。衣服今晚若是不烘乾就會發臭，到時又得整桶重洗一次。我打開一部機器，將濕衣拉出放入衣籃。當我抱著衣籃走向烘衣機，眼角忽然瞥見有動靜，我立刻猛地轉身。

「哈囉？」我往廚房看去。「有人在那裡嗎？」

無人回應。

「哈囉？」我放下衣籃，經由廚房走進餐廳。想必是某個客人下樓來拿什麼東西。「哈囉，有什麼需要我幫忙的嗎？」

我探頭進交誼廳的門。

是空的。

我搓了搓頸背。又回來了，在倫敦有過的那種感覺：一陣電流竄下脊背的刺麻感告訴我有人在看著我。我站在樓梯底端，豎起耳朵傾聽木地板的吱嘎聲，但飯店裡靜悄悄。

我嚇到不敢獨自回廚房，便緩緩上樓回臥室，來到二樓樓梯間時暫停了一下。四下黑漆漆，只有緊急逃生門指示燈射出一團詭異的橘色燈光。有人在哭。某個房間傳出隱約模糊的啜泣聲。我走向凱蒂的門口，但她房內沒有聲音。那麼是菲歐娜嗎？我橫越走廊後，啜泣變得較大聲。果然是菲歐娜。我舉起拳頭打算敲門，旋即又放下來。我不該插手。

我又逗留了幾秒鐘，發現哭聲愈來愈輕，最後完全停止，才放心地沿著走廊往回走，回到樓上的房間。我輕手輕腳地進房，反手將門鎖上，實在累得無力更衣，便和衣爬上床去。

房裡有人。我眼睛閉著，卻知道我不是一個人。我可以感覺到他目光的重量，皮膚彷彿有蟲子在鑽動。他在等什麼？等我睜開眼嗎？我想不予理會，繼續睡覺，卻無法不理會肚子裡胃液翻攪與皮膚緊繃的感覺。他想傷害我。惡意宛如被毯將我牢牢縛在床上。我得醒來。我得起身逃跑。

但我無法動彈，胸口壓著一塊重物，把我固定在床上。

「嗨，安娜。」

有個聲音飄進我的意識，隨後又飄走。

「救我！」但我的聲音只存在腦中。我動不了嘴唇，也無法讓聲音在喉嚨裡迴盪。我全身唯一能動的只有眼睛。

有人朝我走來，一雙冰冷的藍眼珠盯著我看。

「別害怕。」

他慢慢靠近——動作一頓一頓的，好像以定格畫面組成的影片——動、停、動、停。愈來愈近，愈來愈近。我死命地閉著雙眼。這不是真的。這是夢。我必須醒來。

「對了，安娜。閉上眼睛繼續睡，不要抗拒。放手讓痛苦與愧疚與傷痛走吧。」

不！不！不要！

我大聲尖叫，但那聲音並未離開我的大腦。我無法動彈，當手腕被抓住，我只能狂亂地眨眼——無聲的求救訊號。他要傷害我，而我全然無力阻止。

24 艾利克斯

艾利克斯屏住呼吸將手從蓓卡的手中剝離開來，當他翻轉身子，兩人赤裸的身體分開時，他聽見輕輕的格吱一聲。他們才約會三次就上床了。這出乎他意外，尤其是她下班後兩人碰面時，她情緒似乎有些奇怪。倒不是他與她熟稔到足以判讀她的情緒，其實他們倆相識不深，但她待他確實不盡相同。初次約會時臉頰泛紅的興奮之情沒了不說，甚至連口紅都沒擦。她面帶微笑從走廊另一頭走向他，他試圖拉她的手時，她也沒有退縮，但一直到進了餐廳，嘴唇碰到酒杯之前，她始終顯得憂心忡忡。

「今天很不順嗎？」他們離開醫院後，他已經問過她一次，後來上了地鐵，被一大群外國學生擠到車廂角落時又問過一次。她兩次都點點頭，便隨即轉移話題。直覺告訴他就別再提了，但他向來有話藏不住，更何況此時困擾她的事情就快把他們的約會搞砸了。他並未因她的焦慮而樂得分心，反而思索起自己的憂慮來。稍早，安娜的媽媽黛比來電問他最近有沒有安娜的消息。她說安娜的手機和飯店的電話都打不通，她傳了email和臉書訊息，安娜也都沒回。聽說蘇格蘭西部海岸風雨肆虐，黛比十分擔心。艾利克斯不得不坦承他已經有幾天沒和前女友聯絡，由於不知道還能怎麼辦，他便建議黛比打電話到渡輪公司問問看，也許他們能對目前的狀況做一點說明。

蓓卡將杯子放到桌上，嘆了口氣。「對，艾利克斯，今天過得很不順。」她注視著他，彷彿希望他再推她一把。

「是不是……呃……有人死了？」他壯膽一問。他知道這種事在重症加護病房並不罕見，他們也曾經談論過，關於哪一類死亡特別令她難受，哪一類的影響則比較不那麼深切。

「不是，」她隨口說道：「不是那麼回事。」

「那麼……」他端起自己的杯子喝了一大口。如果每次蓓卡工作不順心，他們就得像這樣苦苦掙扎，他恐怕得重新考慮是否要維持這段關係。她不願對話的態度讓他想起安娜。她為什麼就不能把心事直接說出來，非得要他猜呢？

「那麼為什麼不順呢？」現在的他就像咬住了骨頭的狗。除非她說出個究竟，否則他不會輕易鬆開。等她說出來，他會幫忙想出解決之道，然後他們便能繼續開心玩樂。

蓓卡又喝一口酒。「工作上在進行某種調查。」

「什麼樣的……」

「我不知道，所以才讓人擔心。主管們在病房裡走來走去，還聚在角落竊竊私語。誰也不知道是怎麼回事。」

艾利克斯聳聳肩。「妳幹嘛這麼煩惱？妳有做錯什麼嗎？」

她用一種你竟然問這種話的神情直盯著他看，然後眼睛往天花板上翻，粗粗的眼線上方露出眼白，賞了他一個白眼。

「妳有沒有問他們發生了什麼事？」艾利克斯壯膽問道。

「沒有，但護士長去問了。她說我們很快就會知道。」

「她會擔心嗎？」

「顯然會。如果我們在工作上出了什麼紕漏，對她都有不好的影響。拜託，艾利克斯，你是本來就這麼遲鈍還是天生沒有同理心啊？」

她的兇惡語氣讓他瞠目結舌。這是他前所未見。

「對不起。」她伸手越過桌面拉起他的手。「我心情不好的時候很可怕。我知道其實應該取消今晚的約會，但我真的很想見你。」她的口氣軟化了。「我平常不會這麼討人厭的，我保證。」

「不，不，」艾利克斯撒謊道：「沒關係。」

其實不然。疑慮有如芒刺卡進他的心裡，整頓飯下來，刺始終都在。不知為何，蓓卡讓他感到不自在。他們第二次約會時，就在昨天，蓓卡幾乎整晚都在問他安娜的事：他們在一起多久？是怎麼認識的？為什麼分手？他是什麼時候發覺不想再跟她在一起？接著她又進一步問他對她的感覺：他第一次發覺對她有好感是什麼時候？是制服誘發的慾望嗎？現在在醫院外面相處過後，他對她有不一樣的感覺嗎？她這種缺乏自信的模樣有點無趣，他一向不太喜歡老愛博取關注的人，不過他還是試著拔除那根不安的刺。也許她是努力地想找話題。又或許是緊張的緣故。

但現在呢，這性格中暴躁的一面是她先前未曾顯露過的。也許他得重新思考該如何看待她，也許她畢竟不是當女朋友的料。但她實在太迷人，那麼美麗可愛的臀部還有……用餐時，他遐想紛紛，不斷想像著她褪去細窄的藍色牛仔褲與低胸上衣後的赤裸模樣。即使蓓卡留意到了他態度的轉變，也沒表露出來。酒喝得愈多，她也變得愈輕鬆歡愉，到了深夜時分，他們在餐廳外逗留時，是蓓卡主動傾身獻上一吻，並低聲說：「你知道嗎？我不一定要回家。」

艾利克斯抹一下額頭後，悄悄溜下昔日與安娜共用的床，輕手輕腳走出臥室去倒水喝。當他走到門邊，蓓卡忽然發出聲響，他不禁回頭去看。

「沒有，」她喃喃說著夢話。「沒有，我發誓。我沒有做錯什麼。」

妳可能沒有，艾利克斯伸手進櫥櫃拿杯子時暗想著。但我有。

25
安娜

凱蒂？

她就站在我房間門口，一邊臉上罩著黑影，另一邊被緊急逃生門指示燈的橘光照亮。我一時喘不過氣，在床上爬著倒退，腳跟在床單上滑了一下，之後整個人猛撞上床頭板。在門口的她看起來好小，過於寬大的睡衣讓她顯得無比瘦弱。她睜著眼睛，但臉上毫無表情，皮膚鬆弛，嘴唇微張。

「凱蒂？」我的聲音有如沙啞的呢喃。「妳還好嗎？」

她沒有回應，卻持續用那怪異、空洞的雙眼盯著我看。她的手在身體兩側握起、放開，不知不覺中，嘴角慢慢露出一抹微笑。

「凱蒂，妳聽得到我說話嗎？」我移身下床走過房間。凱蒂沒有動作，幾乎連眼睛都沒眨。我接近後，她的目光穿透了我。她在夢遊。

我琢磨著：是要留她在這裡，我去找梅蘭妮，還是要幫忙她回房間去？若是留下她，結果她到處晃盪跌下樓梯，我永遠不會原諒自己，但該怎麼讓她下樓，我毫無頭緒。不能去碰夢遊的人，對吧？大衛——文風不動默默待在我隔壁房間的大衛——閃過我的腦海。他會知道該怎麼做，不會站在這裡躊躇、乾著急。

「凱蒂，」我下了決心說道：「我是安娜。我現在要幫忙讓妳回自己的床上。」

她的目光仍持續穿透我，但嘴角鬆垂，笑容消失了。

「我現在要碰妳的手臂，凱蒂。然後扶著妳下樓。」

我試探著用指尖拂過她裸露的臂膀，見她並未退縮或尖叫，便勾住她的手臂。

「可以嗎？」我吸一口氣。「我們現在要下樓嘍。讓妳回床上去。」

我敲了梅蘭妮和麥爾坎的房門好幾下，才聽見低低的嘟噥聲和床的吱嘎聲。門開出一條小縫，梅蘭妮往外看著我，她的頭髮睡得亂糟糟，沒戴眼鏡的雙眼瞇得小小的。

「現在幾點？」她聲音沙啞。

「三點剛過。對不起吵醒妳了，不過凱蒂剛才夢遊進我的房間。」

「什麼？」她眨了眨眼，反手揉揉眼睛。

「凱蒂。她進了我房間。我設法讓她回床上去了，她現在好像已經睡著，但我覺得應該跟妳說一聲。」

「真的嗎？我的天哪！我都不知道她會這樣。謝謝妳。我會去看看她。」

當梅蘭妮走向凱蒂的房間，有另一扇門打開來，喬朝我舉起一隻手。

「沒什麼事吧？」我走近後，他問道：「我聽到說話聲……」

「凱蒂在夢遊，」我壓低聲音說：「跑到我房間來了。」

「樓上？」

「對。」

「不會吧。」他揚起眉毛。「她還好嗎？」

「沒事，現在躺回床上了。」

「那就好。晚安嘍，安娜。」他正要關門忽然又停下。「妳也都還好吧？妳怎麼沒穿睡衣？」

「我直接就昏睡過去了。」我瞄一眼手錶：清晨三點二十一分。要是現在回床上去，大概還能睡兩個小時。「我們早餐見。晚安，喬。」

我再一次拖著疲軟的腿爬上樓梯到員工寢區，進入自己房間後又走出去，有股隱隱然的不安擾動著我的胃。我房門外側的鎖匙孔上插著一把鑰匙。但不是我的鑰匙。

「喬？」我輕敲他的門，滿心期望他還沒去睡回籠覺。「喬，你還醒著嗎？」

門開了，他詫異地注視著我。

「抱歉，」我說：「又來打擾你。」

「不會，不會，沒關係的。我在看書……」他沒把話說完，眉頭卻蹙了起來。「怎麼了嗎？」

我回頭一瞥。所有客房門都關著，但這並不意味著沒有人在偷聽。「你介不介意我們進你房間談？」

「當然不介意，進來吧。」他退進房內，一面為凌亂的環境道歉，然後從扶手椅上撈起一堆衣服，作勢請我坐。「怎麼回事？」他貼著床尾的邊緣坐下後問道。

「我在我的門上發現這個。」我將鑰匙遞給他。

他看了一眼，聳聳肩。

「這是備用的萬用鑰匙，可以打開飯店裡所有的房間。昨天忽然不見了。」

「我……」他搖著頭說：「我聽不懂，抱歉。」

「昨晚我睡覺前給房間門上鎖了。後來醒來的時候，凱蒂就站在門口。她之所以進得去，只可能是用了這個。」我比比他手上的鑰匙。

「妳覺得是她偷的？」

「這樣就能解釋她是怎麼進到我房間，不過夢遊的時候有可能開鎖嗎？」

他聳聳肩。「有什麼不可能的？我小時候會夢遊下樓，我媽說我手裡拿著垃圾桶，她問我在幹嘛，我還跟她說要去倒垃圾。她就看著我走進廚房，倒完垃圾桶以後又上樓回房間去。」

「而你自己不記得了？」

「不記得。」他輕笑一聲。「而且我可沒有潔癖。」

「但如果是凱蒂拿走鑰匙，那也表示她跑進崔佛的房間偷了一樣東西。」

喬挑起眉毛。「她偷了什麼？」

「不知道。崔佛不肯說。」

「哇。」他兩手往頭上伸直，忍住了呵欠並向我道歉。「不好意思。我想妳應該去找梅蘭妮和麥爾坎談談。」

「但我又不想給凱蒂惹麻煩。她看起來都已經夠不快樂了。」

「這我也注意到了。」他聳了聳肩。「也許可以先跟她談？看看她怎麼說。」

「對。」我站起來。「我想你說得對。總之，我就不打擾你睡覺了。」

「謝了，安娜。」

「那麼再次跟你說晚安嘍。」我打開房門正要跨進走廊，喬忽然碰了一下我的手臂後側。我猛然轉身，恰巧與他撞個滿懷。

「小心。」他按著我的肩膀穩住我，卻沒有拉開身子。他低頭看著我，凝神注視，腹部壓靠著我的胸部，隨著呼吸起伏不定。氣氛改變了，瞬間充滿了期待與張力。他張開嘴唇，他打算要吻我。

「別忘了妳的鑰匙。」他將鑰匙塞進我手裡。「晚安，安娜。祝好眠。」

追悼

追悼

「捲毛」史蒂芬・莫里斯

捲毛，你已經過世一年了。每當酒吧裡有其他人坐在「你的椅凳」上，感覺還是不對。今晚我們會為你乾一杯輕啤。祝福你，「狗和鴨」屋主約翰敬上。

我給妳留了張小紙條，安娜。我知道妳看見了，但我現在卻在想自己是否太空泛了些，也許我應該把那段話寫完整而不只是摘錄一小段。

「死去，睡去。睡去，或許還會作夢。嗯，這正是麻煩之所在，在這死亡的睡眠裡會作些什麼夢……」

妳是個聰明的女生。妳知道這是摘錄自《哈姆雷特》，他在自問與其面對困擾，乾脆放棄並死去會不會比較好。他在害怕呀，親愛的安娜，就跟妳一樣，他怕死了以後會作夢，永遠無法脫離塵世紛擾獲得平靜。

你們倆其實不用擔心。死亡是無夢的睡眠，是痛苦的終點。

我恐怕不能再這麼隱晦，那些小暗示似乎不夠。我給妳留了一樣禮物，安娜，讓妳做個決定。很像《愛麗絲夢遊仙境》，我最喜歡的一本童書。只不過妳不會縮小或變大，只會死。

26 安娜

六月六日星期三，暴風雨第五日

我被輕輕的敲門聲吵醒，一度以為是大衛，但隨著一個輕柔的女聲喊我的名字，事實才宛如大石般落定在我心頭。

「等一下，克莉絲汀。」我兩腿晃下床沿，看到時間後立刻跳下床。都快八點了，我幾個小時前就該起床的。

我開門後，克莉絲汀瞅了我的臉一眼，笑起來。「安娜啊，妳不必這麼驚慌。我只是想告訴妳早餐準備好了。」

「早餐？」

「是的。因為妳沒下樓，我們就決定最起碼可以讓妳晚點起床。有一份培根三明治和一杯咖啡上面標了妳的名字，妳準備好就來吃吧。麥爾坎可是大展一番身手。」

「麥爾坎做的早餐？」

她輕笑道：「他霸佔了廚房，連看都不讓我們看一眼。」

一小時後，我帶著裝滿溫熱食物的胃從餐桌前起身，準備開始整理客房。正要往門口走去，梅蘭妮忽然從廚房冒出來，穿著大衛最喜愛的圍裙之一，手上還戴著橡膠手套。

「希望妳沒打算做任何工作。」

「什麼？」

「房間啊。妳起床前我們交換了一點意見，結果沒有誰的房間需要打掃整理。原來的床單毛巾再用兩天無所謂。」

「可是……」我強忍住一個呵欠。

「安娜，」她表情轉為柔和。「昨天因為……因為大衛的事，已經夠妳受的，我們希望妳今天放輕鬆點。我知道妳是負責人，我們是房客，但我們都是血肉之軀，妳需要一點時間傷心，還有睡覺。」

她語氣中的溫柔體貼讓我感動莫名，眼眶隨即淚水滿盈。

「安娜……」她朝我跨出一步，雙臂大張，我準備好迎接一個擁抱，不料她忽然打住，看著自己戴了橡膠手套的手。「妳八成不想要這個在妳的毛衣上到處摸，對吧？」

我搖搖頭，仍然感動得說不出話。

「去休息吧，」梅蘭妮說：「吃午餐的時候我們會叫妳。」

我一走進大廳，凱蒂正好從洗手間出來，她很明顯嚇了一跳，隨後低下頭，似乎有些畏縮。我愣了一下才意識到她尷尬的原因，但緊接著又領悟到：梅蘭妮想必已跟她說她昨晚做了什麼。

「凱蒂，」我向她走去，但解讀出她的肢體語言後立即止步。「妳沒惹上麻煩，我只是想跟妳聊聊，看看妳好不好。」

「我很好。」她低垂著頭說，深色長髮掉下來蓋住一隻眼睛，好像海盜的眼罩。

「我們可以談談嗎？」我比向大廳，但她搖頭。

「麥爾坎在那裡。」

我猜想她八成也不想在餐廳談，因為梅蘭妮聽得見，便問她要不要到門廊上去聊。

「在下雨耶。」她喃喃地說。

「可以穿上外套和靴子。在門廊上不會淋濕，只是有點冷。」

她聳聳肩，我當她是答應了。將外套遞給她時，她穿了上去並套上靴子，隨我走出大門。

我們站在門廊上，凱蒂緊貼著木板牆，盡可能與我保持距離，雙眼則直瞪著外頭的雨。有隻海鷗隨風飛旋，她看了眼睛為之一亮。

「很神奇吧，」我說道：「牠們竟然能這樣乘風飛翔。」

她聳聳肩，轉而凝視大海，就好像我的話掃了她的興。閒聊就到此為止吧。我於是切入正題。

「關於昨晚妳記得多少，凱蒂？」

她又聳肩。「完全不記得。」她細小的聲音幾乎被風吹散。

「妳經常夢遊嗎？」

她略一停頓才說：「有時候，壓力大的時候。」

現在和我站在屋外的她，看起來壓力就很大。她全身硬邦邦，頭上簡直就像有塊閃爍的霓虹燈牌顯示著：「隨便哪裡都好，我就是不想在這裡。」

「我猜妳應該很心煩意亂，看到大衛……看到他發生的事。」她沒應聲，我便又接著說：「昨天在交誼廳要是讓妳覺得不舒服，我向妳道歉。我不是在指責妳什麼，我只是想了解怎麼會有人在窗子上寫字。」

她的頭略略轉動，好像本來打算轉過來看我，後來似乎又改變主意，重新望著大海。

「梅蘭妮是妳伯母，對吧？」我試著問道：「而麥爾坎是妳伯父。」

「對。」

我想起客人們入住的第三天，我在樓梯上無意間聽到的對話：梅蘭妮與麥爾坎低聲談論對她的憂心。

「妳爸爸不在了嗎？」

她重嘆一口氣，但看不出是因為沮喪或傷心。我感覺得到再這樣問下去幫助不大，於是改變策略。

「凱蒂，妳有沒有從櫃檯拿走萬用鑰匙？」

她整個人轉過來面向我，覆在派克大衣兜帽陰影下的眼睛小而陰沉。

「昨晚妳打開我房門以後，把鑰匙留在鑰匙孔內了。」

「什麼？」

「妳夢遊的時候開了我的門鎖。」

「我沒有。」

「妳沒有開我的門鎖？」

「我沒有拿鑰匙。」她以挑釁的眼神瞪著我。「我幹嘛要拿？我有自己的鑰匙。」

「所以妳沒有自己跑進崔佛的房間？」

「什麼？！」她跨出門廊進到滂沱大雨中，臉上露出不敢置信的表情。「是誰說的？是誰跟妳說我做了這種事？」

「沒有誰。只是鑰匙不見了，凱蒂，直到昨天晚上才又出現。」

「反正我沒拿！真不敢相信妳又要把我沒做的事賴在我頭上！」

「我沒有賴妳什麼。我只是想弄清楚到底怎麼回事。」

我想要相信她。她的反應似乎不是裝的，否則她演技也未免太好了。可是我不知道該相信什麼。崔佛不肯說他丟了什麼東西，所以這方面毫無線索。而如果鑰匙不是她拿的，最後怎麼會出現在我的門上？

「凱蒂，」我的語氣放軟。「妳不會有麻煩的，我只是需要知道真相。妳有沒有拿走鑰匙？」

「沒有。拜託！」她咬牙切齒地對著我吐出這幾個字後，用肩膀撞開我，衝回飯店內。

我隨後進入，但並未跟著她飛奔上樓，而是脫下外套和靴子，走到櫃檯區，只見菲歐娜在桌檯後面彎著身子。

「沒什麼事吧？」

「有事。」她摸了一把暖氣底部。「我覺得鍋爐可能出問題了。沒有一台暖氣在運轉。」

「我去看看。」

她隨我穿過餐廳進入廚房，然後停留在洗衣間門口看著我打開鍋爐櫃。

「怎麼樣？」她上下搓著手臂。此時我沒穿外套，也覺得冷。空氣中確實有一種刺骨的感覺。「妳覺得妳有辦法讓它重新運作嗎？」

她剛到飯店的時候，我以為她和喬還有我年齡相仿，但其實她年長一些。或許是三十好幾，由於眉心有條皺褶，即使不皺眉的時候也顯得嚴厲。她有一頭及肩的金色波浪捲髮——自從抵達後，她的肩膀似乎始終沒挺直過。我一面查看鍋爐的顯示表，一面從眼角瞄她。我發現窗上的訊息時，菲歐娜人在交誼廳。在告訴其他人說要去上洗手間後，她很輕易便能寫下「死去，睡去」。

「我也沒把握。」我關上櫃門。「我想油可能會用光。大衛跟我說每個月會從大陸本土送一次油過來，如果在那之前就用光……」

「我們就完了。」

「是啊，可以這麼說。我得去花園看看儲存槽。」我剛碰到插在後門上的鑰匙，想起她的一件事便停下手來。「昨晚我聽到妳在哭。妳沒事吧？」

「我沒哭。」她傲然地注視我，彷彿想看看我敢不敢反駁她。「妳有沒有失去過心愛的人，安娜？」

突然間轉移話題，加上她問題背後摻雜的情緒，讓我驚愕到一時說不出話。接著弗瑞迪、彼得與大衛的面容開始在我腦海游進游出。

「我失去過一些人。」我頓了一下接著說：「我在乎的人。」

「男朋友呢？失去過嗎？」她臉上出現一種奇怪的表情：傷痛與挑釁並存。她到此之後，似乎一直在各種情緒間擺盪。一下子溫暖友善，一下子又防衛心很強，好像渾身長刺。

「失去男朋友……」我拉長聲音重複她的話，大腦也同時咻咻快轉，試圖忖度她有何用意。她試著想告訴我些什麼，卻又隱隱晦晦不肯直說。一陣刺刺麻麻的冰冷感覺直竄下我的背脊。難道菲歐娜的男友死了？她在暗示這個嗎？「我……我搬到這裡來的幾個禮拜前剛和人分手。」

她不屑地笑了笑。「妳無所謂。」

「什麼意思？」我惱怒之情油然而生。

「像妳這樣的女人根本不必擔心一段關係的結束，因為隨時都有另一個男人在旁邊等著候補。」

「我不知道妳在說什麼。」

「喬。」

「我和喬並沒有在一起。」

「還沒有。我敢說只要妳點頭，他就會採取行動。」

我的手一鬆，從門把上落下。「妳為什麼這麼在意我和喬有沒有在一起？」

「我沒有。」

「那妳說這麼多是什麼意思？妳為什麼這麼生氣？」

「妳說呢？之前我和一個人共同生活了兩年，我以為他愛我，沒想到他從來沒有，就算有也不像我愛他那麼深。」

「天哪，實在很遺憾。真的沒想到。」

她苦澀地扭著嘴。「他就這樣結束了一切。他說他知道他永遠不會和我結婚，再繼續耽誤我對我不公平，還說以後各走各的對我們倆都好。我想跟他談，想設法挽救這段關係，但他不肯聽，只是一再地說一切都結束了。」

她嘆了口氣，兩手摸摸臀部。「他喊分手以後，我瘦了約莫六公斤。我吃不下、睡不著，跟別人在一起只會討人厭。我以為自己離開一下就能忘了他，沒想到我連他的幽靈一起打包帶來了。」

「我很遺憾，」我再說一次。「聽起來妳這段時間過得很辛苦。」她肯定很心痛，從眼神就看得出來。但我不知道自己是否相信她的說詞，不完全吧。

「現在還有這種感覺實在讓我很氣，妳明白嗎？哪怕是一點小事都讓我很難受。」

「比方說？」

「妳和喬打情罵俏。梅蘭妮和麥爾坎的婚姻假象。」

「他們的婚姻？」

「別說妳沒注意到。『梅梅做這個，梅梅做那個』的，說話也老是比她大聲。聽了就煩。」

「不過她好像很快樂啊，妳不覺得嗎？而且必要的時候，她也會挺身反抗，就像前兩天麥爾坎想出去走走，但她不想。」

「真的嗎？」她笑著說：「妳覺得她快樂？她是在扮演知足妻子的角色啊，安娜。全都是演出來的。她大可以一次又一次地告訴自己說她很快樂，但那是謊言。她知道他們夫妻關係的真實情況，卻不願面對。天曉得為什麼，很可能是害怕孤單吧。」

而妳不怕，我心裡暗想但沒說出來。客人們還隱藏了其他哪些我看不透的祕密？我原以為自己很善於評斷人，現在卻沒那麼自信了。

我轉動後門的鑰匙時，菲歐娜指著底下的貓門說：「我怎麼不知道飯店有養貓。」

「沒有啊。」貓門髒兮兮的，到處沾滿泥巴，可是當我用靴尖輕輕一踢，門板就晃開了。

「以前的屋主想必有養，」我說著將門打開，後退一步。「現在沒有貓了……」隨著雨水打入小小空間，我的話尾也被風所吞沒。

「妳先請，」菲歐娜打手勢請我先走進花園。

我向前一步，旋即改變主意。「不，不。妳先請。」

27 史提夫

史提夫．雷英將椅子從辦公桌前往後退，雙手高舉過頭，大聲地打了個呵欠。辦公室玻璃窗另一邊，他的特助維綺．傅萊敦正在穿上外套。她拿起包包，背帶從頭上套下，將包包轉向擱在左臀上。她發現史提夫在看她，勉強露出微笑。八成是擔心我要叫她做什麼，史提夫心中暗想，同時將目光轉向弗瑞迪畢業典禮當天拍的照片。除了弗瑞迪幼兒時期，一張滿頭滿臉都是烘豆的照片之外，他最愛的就是兒子這張照片。整個人歡天喜地的：畢業袍歪斜到一邊，右手高舉過頭，被拋飛的黑色帽子一團模糊。那是兒子最讓他感到自豪的一天：雷英家第一個上大學還拿到文憑的人。而且不只有文憑，還是行銷系第一名呢。

「我要先走嘍，史提夫。」維綺從他辦公室門口探頭進來說。她是在提問而非告知，他聽得出她沒有說出口但祈禱能獲得自由的心聲。

「那好吧，維綺。祝妳有個愉快的晚上。明天見。」

她微微一笑，這回是真心的笑了，並舉手揮別。「你也是，別工作到太晚。」

「不會的。」他等到聽見電梯叮的一聲，才打開辦公桌最上層抽屜，拿出手機。他將手機放在光亮的桃花心木桌上，接著取過弗瑞迪的照片放到手機旁。

「你覺得怎麼樣，兒子？」

史提夫又打了個呵欠，這次也懶得用手遮嘴掩蓋聲音了。他已記不得上一次好好睡上一夜是什麼時候的事。好幾個月來，他都靠五六個小時的睡眠支撐，但最近兩星期可能都只睡兩三個小時，不知有多少次他就在椅子上睡著，直到維綺搖他肩膀，提醒他有電話或要開會才醒來。是悲傷的緣故，他告訴自己。想到弗瑞迪他就睡不著。的確如此，尤其是一開始。然而最近刻印在他閉合的眼皮上的並不是兒子的面容，而是其他人。是一個女人。那個女人。她縈繞在他腦海，揮之不去。

他試圖不去理會那些夢，試圖阻斷從清醒到睡眠都不斷擾亂他的思緒，但就是趕不走。他試著向兒子求助。我該怎麼辦，弗瑞迪？我做得對嗎？只不過他愈是盯著已故兒子的相片，內心就愈不安。史提夫．雷英大半輩子都將自己的情緒掌控得當，對他而言，弗瑞迪的死是情緒上一個始料未及的沉重打擊，殺得他措手不及。他哀悼兒子所經歷的前幾個階段——震驚、否定、痛苦與愧疚——一直很消沉喪志，後來怒氣爆發才勉強又振作起來。起初他氣的是弗瑞迪，接著是上帝，最後是她。他無法對弗瑞迪洩憤（其實他也不會），上帝則刻意無視他，於是她便成了首當其衝的出氣口。吉姆主動表示願意提供幫助，他答應了之後鬆了口氣，很高興正義將得以伸張。

可是畢業照裡的弗瑞迪似乎不再對他報以笑容。他光滑的額頭出現了皺紋，微笑消失了。

我不想這樣，他無言地呢喃道。爸，我從來不想。

史提夫抓起手機又再次放下。不能用自己的手機打，他或許迫不及待，卻並不笨。他往西裝外套的口袋摸找一陣，改而掏出拋棄式手機。裡頭只有一個聯絡人，他用粗短的食指按了下去。

響三聲後，吉姆接起電話。「喂？」

他沒說自己的名字，也沒喊史提夫，但史提夫聽得出他聲音中的訝異。吉姆沒想到會再接到他的電話。事實上，在酒吧碰面後，他已經說得十分明白，除了任務完成後一則確認的簡訊外，他們不會再聯繫。

「我……」史提夫躊躇著。他必須小心，因為不知道可能會有誰偷聽他們的對話。「我得取消訂單。」

吉姆沒有答腔。

「你聽到了嗎？」史提夫說：「我得取消……」

「太遲了。」

「可是……」

「別讓我再說一遍。你的訂單已經處理好了。」

「不能終止嗎？」史提夫聽到自己絕望的語氣，不由感到畏縮。這不是他。他不是這樣建立起一個價值百萬英鎊的事業。他不會懇求或哀求。

「不行。手機聯絡不上。你的訂單將會在二十四小時內送出。」

「不！我已經改變……」

史提夫瞪著兒子憂心的雙眼，對話結束，電話線斷了。

28 安娜

我拉開油槽側邊的塞子，發現測流管裡似乎沒有油了，不禁與菲歐娜對看一眼。

「情況不妙，對不對？」她高喊道，風吹得她滿臉散髮。我們倆走進花園前都懶得再回去拿外套，此時已渾身濕透。

「空的！」我喊著回答。

「怎麼辦？」

「沒辦法！我們回屋裡去吧。」

我們開始往回跑，快速繞過遮蔽油槽的樹林灌木，沿著小路跑向洗衣間的門時，風迎面猛烈吹來。快到的時候我停下腳步，因為看見一名矮小女子全身包覆在一件男子防水夾克底下，從建物另一頭現身。

「安娜！」克莉絲汀朝我們小跑步而來，一面高喊。「總算找到妳了！很抱歉要來麻煩妳，不過樓下廁所出了點狀況。」

「我不喜歡指責人，」我們隨克莉絲汀穿過廚房與餐廳回到大廳時，她這麼說道：「但我相當確定最後一個使用的人是崔佛。我也很確定他喝醉了。」她壓低聲音又補上一句。

我踏進廁所隔間時嘩啦一聲，只見水從馬桶邊緣溢流出來，馬桶內一團髒兮兮的水、捲筒衛生紙還有……噁……我轉過頭以手掩口。怎麼會有人沖了馬桶後就任由它這樣？

我退出廁間，匆匆穿過大廳，從櫃檯抓起紙筆。我在廁所門上貼了「故障」的告示之後，克莉絲汀見情況得到控制，便滿意地準備回廚房繼續做午餐。她示意菲歐娜一起前去，但見我起步準備隨同，卻舉手制止。

「今天嚴格規定妳要休息。」她以命令的口氣說：「妳已經做太多了。」

門在她們身後關上後，我逗留在大廳，不知該做些什麼。昨天發生了那種事，我不可能坐下來輕鬆地看書。我本能地瞥向之前被寫上「死去，睡去」的窗子，但儘管玻璃又再度起霧，水氣中並沒有寫字。我拿起櫃檯的電話——沒有撥號音——然後蹲到桌檯後面重設路由器。三十秒過去了，接著是一分鐘。我一屁股坐到椅子上，啟動筆電，然後雙眼望向天花板默默祈禱能連上Wi-Fi。沒有反應。該死。

當我將輪子椅退離桌檯，樓上傳來高音量的聲音。客房走廊好像出了什麼事。

梅蘭妮站在凱蒂的房間外面，兩手扠腰，臉上表情緊繃。我走近時，她瞄了我一眼並抬起一隻手，警告我不要再靠近。

「怎麼回事？」我用嘴型問道。

她搖搖頭，回頭看著客房。「對不起，凱蒂，但讓一個陌生男人待在妳房裡，我真的覺得不恰當。」

「崔佛又不是陌生人。」她姪女反嗆道：「而且我們只是在聊天。」

「崔佛，」梅蘭妮用食指招喚他。「別這樣，你明知道這樣不對。」

我無視她的建議，上前繞過她，以便能看見房裡的情形。凱蒂坐在床上，太大的套頭羊毛衫蓋住了膝蓋。而坐在最靠近門的椅子上，手裡拿著一瓶波摩威士忌，閉著雙眼頭靠椅背的正是崔佛。他睜開一隻疲憊、布滿血絲的眼睛看了看我，隨後又重新閉上。

「只有她願意跟我說話。」他嘟噥著說。

「不是這樣的，」梅蘭妮說：「我想如果你不要老是一個人閒晃，而是認真和我們相處過，就會發現所有人都願意跟你說話。」

他無力地抬起一隻手指向我。「她偷我東西。」

「我偷了什麼，崔佛？」

他輕蔑地盯著我，然後又再次閉眼。

「妳還指控我偷東西！」凱蒂衝著我搖動食指說道，臉上一副得意欣喜的表情。「真是虛偽到極點。」

梅蘭妮惱怒地看著我。「缺少父親管教的孩子就是這樣，」她氣呼呼地低聲說道：「一點分寸都沒有。」

「好啦，崔佛。」她這回說得較大聲：「你就回你房間去吧，在那裡你大可以喝個痛快。」

「妳不能使喚他，」凱蒂說：「他是大人了，他又沒做錯什麼。」

從她叛逆的眼神看得出來，她根本不是想和崔佛聊天，完全是為了掌控權。青春期的我也一樣，總想宣示對自己人生的主權，只不過我是為了整理房間的事與媽媽抗爭。那是我在家裡的私人空間，為什麼不能依我自己的意思維持？如果關著房門，她管我房裡亂不亂。

「好了，凱蒂，」梅蘭妮極力保持溫和的語氣，但我可以聽出她聲音中的張力。「妳和崔佛可以待會兒再聊，我們先下樓喝點東西吧。我可以替妳沖一杯熱巧克力。」

「我看起來像十歲小孩嗎？」

「不，不是的。妳……」這時崔佛歪歪斜斜地從椅子上起身，她不禁驚叫一聲。「崔佛，能不能拜託你坐下，讓凱蒂離開房間？」

「你們樓上在吵什麼？」麥爾坎的聲音如雷鳴般從樓梯傳來。

「一切都在我的掌控中，麥爾。」梅蘭妮大聲回應。「崔佛就要回自己房間了，對不對，崔佛？」

「他在凱蒂的房裡做什麼？」麥爾坎像鬥牛似的往前衝過走廊，站在門口的梅蘭妮僵住不動。崔佛急忙逃跑，一把推開擋路的梅蘭妮，衝出房間。她往後踉蹌，兩臂胡亂揮動了幾下後跌坐在地，同一時間崔佛也飛奔進房，砰地關上門。

麥爾坎搶在我之前趕到妻子身旁。

「梅梅，」他抱起她癱軟的身子。「梅蘭妮，妳沒事吧？」

「妳看到了嗎？」麥爾坎扶妻子起身時怒目瞪著我說：「妳看到那個禽獸攻擊我太太了嗎？我知道他很狡猾，我就是知道。打從我第一眼看到他就知道了。」

「拜託，麥爾。」梅蘭妮摸摸自己的臉頰。她因為摩擦到地毯，顴骨處擦破了一塊皮，紅紅的，約莫五十便士硬幣大小。「我覺得他不是故意害我受傷的，是你大聲嚷嚷把他嚇著了。」

「我？」他扶著她手肘的手垂落下來，以一種完全不敢置信的神情看著她。「妳是在怪我？」

「我只是……我只是說……」

「梅蘭妮，」我見她身體在原地搖搖晃晃，便伸手攬住她的腰。「妳能走到走廊對面回妳房間嗎？」

「我只是上樓來上廁所，卻聽到凱蒂的房間裡有聲音。我沒想到會看見崔佛……」她無力地嘆一口氣，將頭枕在我肩上。

「我扶妳到床上躺著。」

麥爾坎往崔佛的房間跨前一步。「我不會這麼輕易饒過他。」

我伸手去阻止他時，梅蘭妮兩腿一軟，整個人滑出我的懷抱跌在地毯上。她用深色、茫然的眼睛瞪視著我，我渾身不寒而慄，頓時感覺毛骨悚然。

29 達妮

達妮．米勒直挺挺地坐在她的床鋪上，背靠著牆，腳懸在床邊，兩眼直瞪著對面牆上的照片，直到照片逐漸模糊成一片萬花筒般的色彩。達妮與囚友不同，沒有用牙膏將任何照片黏在牆上。她不想讓任何人知道她的弱點，也不想讓隨便哪個賤貨看到她女兒的長相，萬一她們說了什麼話踩到她的地雷，她沒把握自己不會有所反應。她想像她三歲女兒的臉就在那團髒髒糊糊的色彩中，全神貫注地直視，直到能清楚看見她的金色捲髮、圓滾滾的褐色眼睛、松鼠似的小鼻子和柔嫩得不可思議的肌膚。她想像著她媽（深褐色頭髮已露出白色髮根），朝美琪的粉紅色公主床彎下身子，一把抱起孩子摟摟親親。她最好別叫美琪喊她媽咪或媽媽之類的。她可以說她是奶奶或阿婆或阿嬤，但媽咪不行。達妮才是美琪的媽咪，這一點永遠不會改變。

所以她才要做這件事。不是因為她是變態，不過她很樂意讓其他女人覺得她是，這樣能保障她的安全，誰也不敢來招惹她。她這輩子是沒指望了，這句話她已經聽得夠多遍。青少年時期的她每回聽到總是立刻火冒三丈，但現在長了歲數……怎麼說呢……有時候改變不了的事就不能強求。但美琪不會這樣，美琪不一樣，她聰明又天生麗質。不過還是需要錢，才能有成功的人生，等她滿十八歲，將會得到大把的鈔票，只要她那個混蛋老爸沒把錢搶走。達妮入獄後便再也沒聽說阿戴的消息，八成是另外找到人替他行竊，好讓他能一天嗑四次藥。唉，她到底在想什麼？竟然相信「她是他唯一的女人」這種鬼話。如今她戒了毒，所有事情也看得透徹了。

她站起身，回頭瞄一眼，確認沒有人會經過她的牢房後，伸手從她在薄床墊挖出的縫隙裡取出牙刷。她用拇指摸了一下牙刷尖端，燒過的塑膠變得粗糙。這把刀不是她變造的，而是那個問她想不想賺點錢的胖女人給的。她將刀子藏進胸罩下圍，穿上寬鬆運動服，然後抬頭挺胸跨出囚室。這只是一份差事，她穿過走廊時這麼告訴自己。只是一份差事，一條結束的門路。

達妮走進另一間囚室關上門時，裡頭的囚犯大吃一驚，正在看的書從手中掉落，整個人往後靠到牆上，雙眼圓睜充滿恐懼。達妮胃裡糾結的硬塊鬆動了些。害怕是好事。這個女人不會反抗，不會對她造成任何傷害，只要她動作快一點。但重點是不能讓她發出聲音。

「妳是唐娜？」她問道。

女人點頭。她是個大肥婆，一對巨乳垂落在同樣巨大的肚子上，逐漸稀疏的頭髮往後紮成馬尾，根本沒有脖子可言。她看起來就像那種屁股整天釘在椅子上，往嘴裡猛塞香腸捲的人。

「唐娜．法洛？」達妮問道。

女人又點頭。她兩手舉到臉旁邊，手指敲打著肥嘟嘟的臉頰。「他媽的救救我！」的摩斯密碼吧，達妮暗想的同時忍不住微微一笑。達妮的笑容退去，說道：「妳害死了兩個人。」

「我……我……」標的的眼睛飛快地從達妮瞥向門口。達妮可以感覺到她的恐慌升高，也可以嗅到體味混合甜食那令人作嘔的氣味底下潛藏著懼怕。她的動作要快，要趕在唐娜終於能發出聲音，或是能站起來之前。

「妳本來也可能害死一個孩子，」她說：「妳本來可能害死我的孩子。」

這不是真的。美琪從未離開過克勞利，但這麼說讓達妮覺得比較好過、比較堅強、比較正當。

「兩年，」她複述自己聽來的話。「我都不止兩年，而且我沒傷害任何人。真噁心，對不？這樣不對。」

「不要，」另一個女人見達妮從胸罩抽出刀來緊緊握住，開口說道：「不要，不要，別這樣。」

達妮暗自斟酌。如果她衝上前就地刺殺唐娜——她像個脂肪球緊縮在床的一角——另一個女人也許來得及抓住她，甚至可能拽開她手裡的刀。她得設法讓唐娜站起來，露出巨乳下方的柔弱部位——她還得要能從那一大片鬆弛贅肉底下找到她的腹部才行。

「站起來，」她吼道：「從床上下來。」

唐娜照她的話做，拖著身子挪到床邊，然後使勁地站了起來。她面轉向達妮，嘴唇微張，深吸一口氣的同時胸部擴展開來，但尖叫聲並未離開她的喉嚨，先是被達妮用手擋住，隨後則是被劃破她衣服與肌膚、深深刺入她腹部的塑膠長刀給平息下來。

達妮的手始終緊緊摀著唐娜的嘴巴，將她的頭按在牆上，直到她雙腿癱軟跌落在地上。

「這無關私人恩怨。」達妮說著將刀子從唐娜的肚子抽出來，並連忙往後跳，血從唐娜的腹部湧出聚積在她雙腿之間。

她脫去濺滿血漬的運動衫，包起自製武器，然後從架上拿了一件唐娜的運動服穿上。她整個人陷在衣服裡面，但她仍滿意地點點頭，轉身準備離開牢房。「有時候該做的還是要做。」

30 史提夫

史提夫．雷英獨自在電視機前吃晚餐，放在沙發旁茶几上的某支電話震動起來。他勉強將目光從螢幕上轉移開來（那是《黑道家族》影集中他最喜歡的場景之一：夜裡，東尼拿著槍坐在祖宅外面，對抗一頭熊以保護家人），將原本正在吃的那片義式臘腸披薩放回盒中。他舔舔指頭後用餐巾紙擦乾淨，才伸手去拿手機。

一定是其中一個小夥子，他拿起手機時心裡這麼想。不料螢幕上沒有顯示新訊息。他頓時喉嚨緊縮，拿起另一支電話，油膩難消化的披薩在他胃裡翻攪起來。

只是一則八個字的簡訊，卻讓他頻頻作嘔，滿嘴都是沒消化的披薩與膽汁。

訂單已依要求送出。

結束了。正義已獲得伸張。唐娜．法洛，那個開車開到睡著而害死他兒子的貨車司機，死了。

第三部

31 安娜

梅蘭妮癱倒後，我和麥爾坎扶她進他們房間躺到床上。她蒼白、安靜又虛弱地躺在那裡時，我盡可能不要慌張。經過大衛的事後，我好怕萬一她生了重病，恐怕也會離我們而去。凱蒂站在門口，表情也同樣害怕。她一再地道歉，說不該讓崔佛進她房間，說到最後還哭起來。麥爾坎安撫她之際，我拿了水和我在一只背包的最上面找到的一條巧克力給梅蘭妮。我之前就注意到她用餐時會挑食，以為她很講究飲食，但握著她的手時，卻發現她的手腕好瘦好細。過了五到十分鐘後，她臉頰開始恢復紅潤，見她厲聲斥責想替她多蓋一條毯子的麥爾坎，要他別小題大作，我便知道她沒事了。

「妳還好嗎，安娜？」此時麥爾坎說道：「妳看起來好疲倦。」

「我還好。」我雖這麼說，卻忍不住打了個呵欠而露了餡。

「去睡一下吧。」梅蘭妮用手肘撐起身子。「今天本來是想讓妳輕鬆一點的。」

我瞄一眼手錶。「可是午餐時間快到了。」

「我們會替妳留一點。」

「很可能只有湯。我這不是在抱怨。」麥爾坎急忙補上一句。

「好吧。」我的目光從他二人轉向凱蒂，她正蜷縮在門邊的扶手椅上，眼眶紅紅的，但已不哭了。

「你不會再去找崔佛理論之類的吧，麥爾坎？」我從床尾起身，同時說道：「剛才的事只是意外。」

梅蘭妮揚起眉毛。「他不敢。」

回到房間後，我也懶得換衣服了。鎖上門，直接和衣倒到床上，然後側轉身面向房門。大衛去世還不到一天，我已經身心俱疲，卻根本睡不著。我等著看門把轉動，看我臥室的房門倏地打開。照理說，我知道這完全不可能發生。門上鎖了，而且大衛的萬用鑰匙在我這裡，備用鑰匙也在我的褲袋裡。可是昨晚有人擅自進入，我可以肯定就是在大廳窗戶上寫「死去，睡去」的那個人。凱蒂說不是她，我很想相信，卻又想不出還可能會是誰。除非有人在她上樓前已經打開我房門的鎖。但為什麼呢？為了站在門口看我睡覺？想到這裡我不禁心裡發毛，便將羽絨被拉高到肩膀，緊緊包覆住身體。

無論是誰，都是打定主意要讓我為我所做的事受苦。

對不起！我想放聲大喊。對不起，我害死了他們。對不起，他們死了。要是可以，我會讓他們死而復生。我會讓時間倒轉。我什麼都會做。我會……

這念頭戛然而止，因為有個新念頭插了進來。

他不是想要我受苦，不是想要我說對不起，他想要我死。留那些訊息給我的人是想要我自殺。唯有如此才能讓他停手。

我將臉埋在枕頭裡，但弗瑞迪與彼得的面容在我腦海飄進飄出。

妳做了那種事怎麼還睡得著啊，安娜？

我緊緊摀住耳朵。

是妳做的，安娜，妳毀了我們的人生。

我搖頭。對不起。發生這些事，都不是我故意的。我並沒有要你們死。

但我們還是死了……

我將枕頭按在臉上，用柔細的白棉布壓住嘴巴，以遏止我驚恐至極的啜泣聲。我只希望那聲音能停止。求求你，求求你，就別再出聲了。

我哭到喉嚨發疼，覺得好像每次吸氣都吸不到空氣，接著我把枕頭丟到房間另一端，用力搥打床墊，直到整個人崩潰、麻痺、體無完膚的疼痛、精疲力竭。我縮成一團靜靜躺著，氣息粗喘不順，胸腔裡的心怦怦跳。我睜著眼睛卻沒有真的看到什麼，我沒有看著什麼，只是呆呆盯著我和衣櫥之間的距離，我和世界之間的空間。

我就這樣躺了許久，什麼都不做、不看，直到右肩開始抽搐發疼。我盡量不去理它，想永遠躺在這裡，不要有感覺，不要移動。但痛感加劇，折磨著我的肌肉與神經，我大腦背後的聲音也愈來愈大聲。妳非動不可，妳得轉身。

我從眼角瞥見放在床頭櫃上的手機，綠光亮起。我一把抓起，撞翻一杯水，杯子掉落在硬木地板上。但不是訊息也不是未接來電，而只是三星健康app通知我這一週沒有達成活動目標。手機右上角沒有訊號，也沒有Wi-Fi的符號。我打開床頭櫃抽屜，把手機丟進去，眼不見為淨，卻看見一樣我上次打開抽屜時沒看見的東西。這東西肯定不是我的。

喬朝馬桶座彎低身子，戴著橡膠手套的一隻手拿著吸把，另一手拿著一個拉直的衣架。地板上的水擦乾了，但阻塞似乎仍未排除。他回頭看我，大大搖了搖頭。

「妳可能要等這些都弄好以後再來。」

「我不是要用廁所。你有空聊一下嗎？」

他露出苦笑。「能不能等一等？」

「不太能等。」

「好吧。」他嘆氣直起身子。「等我梳洗一下。」

我指向大廳另一邊。「我去那裡等。」

五分鐘後，喬悠哉地走進交誼廳，衣袖依然捲到手肘高度，但手上的橡膠手套已脫除。

「怎麼了？」他在我對面的扶手椅坐下來，手肘支撐著身體往前傾。

「這是你的嗎？」我張開手掌。

我手心裡有一張紙，上面放了一個加蓋的塑膠物品，他低頭一看說道：「這是針筒。」

「我知道。而且根據說明書，裡面有胰島素。」

「胰島素？」他抽走針筒底下捲起的紙，讀著讀著，臉上的困惑轉為擔憂。

「妳看到這個了嗎？」他轉向我，指出一個特別以鮮黃色螢光筆標示的句子。

可能致死。

我當然看到了。當下還倒抽一口氣，砰地關上床頭櫃抽屜。我的折磨者再次送來訊息，再次提醒我他想要我死。

「妳從哪裡拿到的？」喬問道。

「是你的嗎？」

「什麼？不是。」他真真切切一臉困惑地看著我。「我用的是卡管式的胰島素。妳整理我房間的時候看到包裝盒了，記得嗎？」

「我知道，但我以為你可能也用針筒注射。」

「沒有。」他搖頭說：「從來沒有。妳在哪裡發現這個的？」

「在我房間，床頭櫃的抽屜裡。針筒用說明書包起來。」

他摸了把鬍子，同時輕輕拉扯雜亂的毛髮。「本來不在那裡嗎？」

「沒有，肯定沒有。」我指著他手上的紙。「那樣正常嗎？像這樣特別標示出一個句子？」

「依我的經驗，是不尋常。」他又看著紙。「這不是印刷，而是用筆畫的。妳看，墨水都滲到背面去了。我不明白為什麼要這麼做，除非……這不是凱蒂的吧？」

「為什麼這麼說？」

「我猜，青少年有可能做這種事，以確保自己別忘了胰島素使用過量有多危險。以前我父母老是對我耳提面命，讓我知道測血糖的重要性，我參加學校戶外教學時，他們也會讓我隨身帶一條瑪氏巧克力棒。」

我試著解讀他的反應。他對我的發現似乎確實感到驚訝，但住客當中只有他的房裡有糖尿病的藥——至少，就我所發現。

「我想，如果是凱蒂的就說得通了。」我說：「除了我以外，只有她進過我房間。」

就我所知，我心裡這麼想但沒說出來。

「妳是說她昨晚夢遊的時候？」

「對。但假如是她的，就表示她自行進到我房間，把她的胰島素和說明書放進我的抽屜，然後又走回門口。」

「有可能。」他聳聳肩。「還記得我那個關於垃圾桶的夢遊故事嗎？」

我記得很清楚，但這麼做感覺還是很奇怪。

「那妳想怎麼做？」喬問道：「妳打算找她談談嗎？」

稍早問她有關夢遊的事，並不十分順利。

「不，」我搖著頭說：「先不要。我要先去看看病歷問卷。」

喬跟著我進大廳，我在抽屜裡翻找房客的資料時，他便在櫃檯旁徘徊逗留。他們預訂行程時，倫敦的旅行社讓每個人都填了一份病歷問卷，然後轉寄給我們。大衛跟我說，他比較喜歡保留紙本，因為Wi-Fi不可靠。這點他說對了。

我找到資料夾翻閱表格。最上面是崔佛的，所有重大疾病他都勾否——氣喘、高血壓、糖尿病、心臟病等等——並將「是否罹患過以上未列出的嚴重疾病？」的問題劃掉。讓你列出醫囑藥物的空格也是空白。下一個是麥爾坎，他勾了高血壓，克莉絲汀在「目前狀況」的欄位勾了甲狀腺疾病，並在「病史」欄位勾了癌症，梅蘭妮勾了貧血（難怪她剛才會暈倒），喬勾了糖尿病，凱蒂與菲歐娜則都沒有什麼重大疾病也沒有用藥。

「怎麼樣？」喬越過櫃檯問道。

我沒有應聲，而是重新翻閱一次問卷。確實只有他勾了糖尿病，但他為何要謊稱針筒不是他的？除非……我一口氣卡在喉嚨，全身不寒而慄。

「怎麼樣？」喬又問一遍。他兩手已從口袋伸出來，交抱在胸前。他眼中透出一種幾秒鐘前還沒有的強烈眼神。

我強迫自己直視著他。「是凱蒂的，」我撒謊。「你說得對，她也有糖尿病。」

32
穆罕默德

在脊椎復健中心最好的就是不用再看著其他病患的探視者而備受折磨，隨著愉快的說話聲從走廊飄進房裡，穆罕默德生出這苦澀的念頭。因為掃視那些人的臉，尋找女友——半希望她來看他，又半希望她別來——有如身處煉獄。起初，他請父母轉達要她別來，後來有了手機，便自己傳簡訊。

他花了一會兒工夫擬訂要說些什麼（現在他多的是時間），最後選定的內容是：

請別來看我。我想了很久，領悟到我們沒有未來。妳不是能和我結婚的那種女孩。對不起，但我的感覺沒有變。

寫如此尖刻的話令他心痛，但他必須殘忍地攻擊她的弱點，好讓她放手。她立刻便回覆了：

我知道你不是那個意思。你只是因為車禍才說這種話。就算你不能走路，我也不在乎。我愛你，我想和你在一起。

他看了掉下淚來，但他抹去淚水回信給她：

可是我不愛妳了。我有了別人，是工作上認識的。我們已經曖昧了一陣子，妳要是到病房來會碰見她。

這當然是謊言，而女友也不斷反擊，堅持要來看他。最後他告訴她，她要是來探視，他會把她趕出去，還說他已不是她當初愛上的那個人，她得試著接受這個事實（至少這一點是真的）。她終於答應，她說她感覺得到他很痛苦，她會等候他改變心意。他看了又再次掉淚。

33 安娜

麥爾坎的預言沒錯，午餐吃的是湯和麵包。雖然出奇美味，我卻只吃了兩三口。克莉絲汀從門口探頭出來說可以吃午餐時，我仍坐在櫃檯後面。我叫喬先去，他卻堅持要等我將病歷問卷表鎖進抽屜，鑰匙收進口袋。現在他就坐在我旁邊，和坐對面的梅蘭妮聊個沒完，似乎渾然不覺每當他的手肘擦碰到我，我都會抖一下。我很想信任他，但根據病歷資料，他是唯一的糖尿病患。倘若其他人沒有這種病，又怎麼會有裝著胰島素的注射器呢？說不通啊。我仍然不知道那些病歷資料該作何解釋。說不定是其中某個房客撒謊，也許他有糖尿病，但選擇不據實以告。但這是為什麼？難道他來之前就知道，要送給我一管針筒和一份不祥的說明書？會不會是因為我不願相信喬是跟蹤監視我的人，而想抓住幾根稻草？我直覺他是個好人，但我又怎麼能確定？我得問問他是否認識弗瑞迪和史提夫，然後觀察他的反應。假如果真是他在背後操控這一切，當我說出他們的名字，就能從他的眼神看出來，這我有把握。我環視餐桌，除了自從逃離凱蒂房間後便未踏出自己房間的崔佛，其他每個人都各自在用餐。焦慮擰絞著我的胃。我需要答案，但我心跳得太快，幾乎已跳到喉頭上來了。

「喬。」

他幾乎是以慢動作打斷與梅蘭妮的談話，轉頭面向我。

「你認識一個叫弗瑞迪．雷英的人嗎？」

他皺起眉頭，只一剎那，我真覺得我快吐了。

「不認識，」他口氣平平地說：「沒印象。」

他回頭看梅蘭妮。「抱歉，我們剛剛……」

「那史提夫．雷英或彼得．柯洛斯呢？」我的聲調變得怪異而不平穩，餐桌另一邊有其他幾個客人轉過頭來。「你認識他們嗎？」

「不認識。」他臉上微露惱色。「怎麼了，他們是——」

這時餐廳門猛然打開，打斷了他。崔佛搖搖晃晃進門，然後踢開廚房的門，手裡仍抓著他的威士忌酒瓶。

「崔佛！」克莉絲汀站起來。「還有吃的……」

但一陣玻璃砸碎的聲響與金屬物品被丟到牆上發出低低的匡噹聲，淹沒了她的聲音。

「崔佛！」喬最先抵達廚房，但一開門立刻停住腳步。麥爾坎直接撞上他，並試圖將他推開，但喬抬起一隻手臂擋在門口阻止他進入。我踮起腳尖，從喬的另一邊肩膀看過去，只見崔佛在廚房裡奔來轉去，一面大手揮掃，使得鍋碗瓢盆在檯面上與地上滾動飛移。

「他們在哪？」他猛然打開一個碗盤櫃，挖出一堆玻璃杯。葡萄酒、白蘭地、雞尾酒與威士忌的杯子紛紛飛過廚房，撞到牆壁、烤箱與地板後碎裂開來。

我驚駭地看著他拽開餐具櫃，打翻托盤，刀叉湯匙全摔落在地。

「崔佛，住手！」喬高喊道，隨即彎身躲過一只朝我們飛來的平底鍋。我還沒完全重新站直，崔佛便拉開冰箱門，將食物掃落架子掉在地上，並使勁踩進地磚裡。

「吃的不要！」我見他兩手伸到冰箱背後開始拉扯，連忙大喊。冰箱往前傾，接著轟然倒在烤箱前面，在我們之間形成一道屏障。

「麥爾坎，幫幫我！」喬謹慎地穿梭在碎玻璃與粉碎的碗盤間，同時喊道。麥爾坎擠身向前到他身邊，兩人一起朝冰箱靠近。他們彎下膝蓋，一邊使力一邊發出嗯啊聲。

「崔佛！」我出聲喊道，因為他正朝冷凍櫃移動。「拜託！住手！我們需要食物。」

他不理我，用力打開冰櫃，嘴裡仍然嘟嘟噥噥地說要找什麼東西。喬慢慢向他靠近，一隻手舉起，掌心向外。

「崔佛，老兄。不管你丟了什麼東西，我們都可以幫你……」

他話聲未畢，崔佛便高舉右手肘，握起拳頭揮向他。下顎被拳頭擊中的喬往後踉蹌，像石頭似的重重倒下，頭先撞到冰箱才著地。

克莉絲汀、菲歐娜與梅蘭妮全都往我貼靠上來，想一探究竟，她們三人都同時嚷嚷著要崔佛住手。當我轉身想叫她們退後，麥爾坎忽然像個準備擒抱的橄欖球員似的蹲下身子，朝崔佛飛撲過去。就一個有點年紀的男人而言，他速度快得驚人，他的肩膀撞在崔佛的肚子上。這個撞擊力道讓崔佛跌跌撞撞往後退進洗衣間。他一時重心不穩，重摔在地，砰一聲倒在冰冷的石磚上。他靜靜躺著，氣喘吁吁不發一語，約莫過了一兩秒後，忽然發出怒吼側轉身體。趁他尚未起身，麥爾坎猛地關上洗衣間的門，並拴上門閂。

「麥爾坎，你不能這麼做！」我起步欲穿過一片狼藉的廚房，他卻站在我和上鎖的門中間，擋住我的去路。在他身後，喬呻吟了一聲從地上爬起來。

「麥爾坎，」我又說一遍：「你不能把他鎖在那裡面，他不是牲畜。」

「那也許他的行為就不該像牲畜。」

「他喝醉了。他不知道自己在做什麼。」

他抱起手來。「我只是給他冷靜下來的機會。」

「放他出來！」

「剛才他撞倒我老婆，而現在，」他手比向此時已重新起身，揉著下巴的喬。「他又動手打另一個客人。要是打開那扇門，他接下來要打誰？我嗎？克莉絲汀嗎？凱蒂嗎？可能會有人受重傷。」他摸了一下洗衣間的門。「妳想冒這個險嗎，安娜？想還是不想？」

我的視線從麥爾坎轉向在門口縮抱成一團的幾個女人，接著又轉向喬。他用奇怪又銳利的眼光看我一眼，輕輕搖頭。

「怎麼樣？」麥爾坎說道：「妳要不要讓我們所有人都陷入危險？」

我與他四目交接。「我不會讓任何人陷入危險。我也不會讓任何人告訴我該怎麼做。能不能請大家回交誼廳去？是的，麥爾坎，」我見他後退背靠著洗衣間門，便說道：「你也一樣。」

凱蒂、喬和菲歐娜聚在火邊的沙發上。菲歐娜正拿著一條沾了血的茶巾，輕輕擦拭喬的下巴、臉與脖子，凱蒂則是滿臉驚恐地看著。我對上她的眼。

「妳還好嗎？」我用嘴型問道。

她將原本披在肩上的毛毯拉高蓋住頭。「還好。」

其實她並不好。她臉上滿是恐懼與困惑。麥爾坎似乎滿不在乎。自從我們全數進入交誼廳後，他就不停地在窗邊踱步，無論梅蘭妮怎麼求他坐下，他都置若罔聞。

當我起身清了清喉嚨，大夥兒隨之安靜下來。整棟建築彷彿屏住呼吸一般。

「經過廚房那場事故，我只是想向你們保證我很重視各位的安全。很不幸地，某位客人的行為——」

「就直說吧，」麥爾坎厲聲打斷我。「崔佛的行為。」

「現在還被鎖在洗衣間的崔佛。」菲歐娜語氣緊繃地說。

「就到我們在此商量完為止，」我說：「然後我會去和他談談。我相信等他酒醒，知道發生了什麼事，一定嚇壞了。」

麥爾坎昂首挺胸說道：「妳真以為妳能和那個人說理？」

「為何不能？」

「因為他很危險！他揍了喬，撞倒梅梅，還糟蹋了大部分的食物。結果妳想放他出來？怎麼，好讓他把整間飯店燒掉嗎？」

「在我們得到救援以前，也許應該讓他待在洗衣間裡。」克莉絲汀說。

菲歐娜揚起雙眉。「你們覺得那還要多久？一天？兩天？你們該不會真的覺得應該把他關那麼久吧？那個人喝多了，在發酒瘋。就算進了警察局，頂多也只會關他二十四小時。」

「沒有人說要關他一個星期。」我說：「我們也不是警察。」

喬在沙發上挪動一下姿勢。「安娜，這裡的暴風雨通常會持續多久？在這個時節？」

「我其實不清楚。我十天前才來的。」

麥爾坎停止踱步。「妳在這裡工作不到兩星期，妳就沒想到要告知一聲？」

「我剛剛說了。」

「噢，拜託一下，麥爾坎，」梅蘭妮說：「你就讓她說嘛。」

「憑什麼？她顯然不知道自己在做什麼。」

「你也一樣，」菲歐娜頸子底部漲紅，說道：「你當過警察或獄警，是嗎？」

「其實呢，」麥爾坎說：「我是心理學教授，我會解讀人的心理，那個男人——」

「拜託！」我舉起雙手。「這樣是解決不了任何問題的。」

「我覺得應該投票表決。」麥爾坎說。

「投票表決？」

「關於是不是要把崔佛關到暴風雨結束。」

「不行。」我搖頭。「這件事沒得商量。」

「我很不想這麼說，不過我和麥爾坎看法相同。」克莉絲汀說：「我想我們應該表決。」

我看向喬和菲歐娜，他們卻迴避我的目光。我很快地心算一下，很險，但我認為這廳裡還是有夠多理性的人，能讓這場荒謬的爭論告一段落。我行我素不受控的不是崔佛，而是麥爾坎，除非他察覺自己屬於少數，否則不會善罷甘休。

「那好吧。我們就來表決。」我斷然說道：「有誰認為我們應該把崔佛留在洗衣間直到暴風雨過去？」

麥爾坎舉手。略一停頓後，被丈夫迅速瞥了一眼的梅蘭妮也舉手。我不敢置信地瞪著她看。若是打賭，我會賭她投反對票的。她用手肘輕輕一撞，凱蒂也跟著舉手。

菲歐娜的手舉到一半。「我不是要投票。我只是想問個問題。」

「如果是相關的問題的話。」

「是的。如果洗衣間沒有自來水，崔佛吃喝怎麼辦？又要怎麼上廁所？」

「有個貓門，」克莉絲汀提議道：「我們可以替他送吃的和喝的。」

「可是大概沒有廁所吧。」

「我們不會讓他出來上廁所的，賈迪納女士，如果妳想說的是這個。」麥爾坎插嘴道：「那裡面有個水桶，他可以用那個。」

「你不是認真的吧？」

焦慮之情啃噬著我的心口。有三名房客贊成將崔佛關起來。我會投反對，喬和菲歐娜也是。如果克莉絲汀也投反對，便能終結這個愚蠢的遊戲。我微笑看著她。「還有人要投贊成票嗎？」

她抬頭看我。儘管所有目光都落在她身上，她卻顯得無比泰然自若。

「很抱歉，」她說：「我很不願意贊同沃德先生，但為了我們的安全著想，我贊成將崔佛關在洗衣間直到暴風雨過去。」

麥爾坎舉起拳頭。「四票。少數服從多數。」

我全身的血液彷彿都沉到腳底。不能這麼做。暴風雨可能還會持續多日。基本上我們這是在監禁某人。

「還有個提議，」我很快地說：「我們再來投票決定，要不要讓崔佛轉移到小屋去。」

「戈登的小屋？」麥爾坎說。

「對。」

「上鎖了不是嗎？」

「那就破門而入。」

「妳覺得我們要怎麼讓他到那裡去？由妳牽著他去？妳認為他會乖乖照做。」

依然凝視著火的喬不知低聲說了句什麼。

「抱歉，」我說：「你說什麼，喬？」

他沒有轉頭看我，倒是提高了嗓門。「妳不能讓這種事發生，安娜。」

頓時一陣猶疑襲將上來。該怎麼做？推翻表決結果？放崔佛出來，讓他再抱著威士忌酒瓶窩在自己房裡，不知道他什麼時候會跑出來或是會做出什麼事？或者是請人替他打包行李，叫他離開，希望他能設法去到小屋？他有可能發生任何事情，這誰也不知道。他不只是我的責任，也是其他房客的責任。但假如我放他走，馬上就要面臨一場動亂。我回頭面向其他人，輪流注視那每一張帶著焦慮、有所期待的面孔。我必須假裝附和，至少在崔佛酒醒之前。然後再想個藉口放他出來。

「抱歉，喬。」我說：「這是多數決。崔佛要暫時待在洗衣間裡。」

34

跨出前門宛如步入亞洲的夏季暴雨中。雨鞭笞著我的臉，風狠狠吹打我的胸口，差點把我推回飯店內。我傾身抵著強風繞行飯店，來到洗衣間門口。建築背面的風雨比正面來得小，因為花園、樹木、灌木與庫房上升的坡度，提供了些許保護。

「崔佛？」我試探性地推推貓門，隨時準備著如果門被猛推回來就趕緊縮手。我又加大力道去推，直到門整個打開。我往裡看時，雨水滲入我牛仔褲薄薄的丹寧布，濡濕了我的膝蓋。

崔佛背靠廚房門坐著，膝蓋屈起靠在胸前，頭低低地擱在交抱的手臂上。他在輕聲呻吟。

「崔佛，我是安娜，飯店的櫃檯人員。我只是想問問你還好嗎？」

呻吟聲漸漸變大。

「事情演變成這樣我真的非常抱歉，崔佛，不過你不會一直待在裡面的。我們只是想讓你冷靜下來，醒醒酒。你不能在飯店裡到處砸東西攻擊人。」

崔佛的嘴唇在動，但我聽不清他的喃喃低語。

「你可以再說一遍嗎？大聲一點。」我把頭一偏，讓耳朵更靠近貓門。

「有人拿走我的藥。」崔佛的叫喊聲模糊不清，字句都黏在一起，不過這回我聽明白了。

「什麼藥？」

「我的藥！」他很快地爬起來衝過來。他整個人撞到門上，貓門砰一聲關上，門的鉸鍊也在晃動。「讓我出去！」他邊叫嚷邊用力上下拉動門把。「讓我出去！讓我出去！」

我往後跳開，見他持續撲撞，暗自希望門能頂得住。我想跑開，但我沒有，而是強迫自己站在那兒等著。

感覺好像等得天荒地老了，敲撞聲終於停止，只聽見雨水打在鋪路石上，排水溝裡的水嘩嘩湍流與風聲呼嘯。我從身後的灌木叢折下一根樹枝，用來推開貓門，卻不見崔佛蹤影，他已經不在門邊。我小步移向右邊往前傾身，以便看見放置洗衣機與烘衣機的室內左側，不料抵著塑膠片的樹枝打滑，貓門喀啦一聲關上。

「崔佛！」我一手伸向貓門。「你得告訴我是哪種藥。」

我敲了一下塑膠門，忽然有隻海鷗尖聲嘎叫，嚇得我驀地縮手。雨水從我的鼻子和眼睫毛滴下，牛仔褲與外套黏在我的皮膚上。

「是裝在注射筒裡嗎？」我又再次推貓門，使勁將它完全打開。但崔佛沒站在洗衣機和烘衣機旁，也不在……

他的臉突然出現在貓門裡，我不禁放聲尖叫。

「把我的藥找出來，」他說道，我則連滾帶爬離開門邊，踩在潮濕地磚上的後跟不斷打滑。

「哪一種？」

他嘟噥說了兩個字，眼睛直盯著我。

「再一次，」我說：「再說一次。」

他重重嘆息，然後深吸一口氣，緊緊閉上雙眼。

片刻後，他重新張開眼睛。

「煩寧。」他說。

除了氣味——一股混合體味與食物腐臭味，令人不舒服的氣味——崔佛的房間和我想像的截然不同。我原以為會是滿目瘡痍：東西丟得到處都是、馬桶髒兮兮、床單被褥皺巴巴、房內的固定裝置慘遭破壞。不料，房間裡乾淨整齊，床重新鋪好，羽絨被拉得平整，浴室裡除了一管體香劑、一支牙刷、一條旅行用牙膏、一瓶海倫仙度絲和一些超市自有品牌的沐浴膠之外，別無雜物。床頭櫃上空無一物，衣櫥裡或任何抽屜裡也都一樣。唯一看得出這房間裡有住人的跡象，就只有窗子下方的電暖器旁立著一只大型藍色背包。

崔佛的藥肯定就在背包裡。我掀開頂蓋，拉鬆繩扣，裡面有個塑膠袋，我猜裝的是髒衣服。袋子下面還有其他衣服，乾乾淨淨折疊整齊。我小心地將衣物放到床上，又回頭查看背包。隨後取出一副望遠鏡、一個指南針、一張蘇格蘭群島的地圖和用皮繩綁起來的一捲器具，十分沉重。我小心地解開皮繩，攤開捲袋。裡面有五把木柄刀，刀刃長而鋒利，插在標有字母的插槽裡。有一個插槽空著：少了一把刀。我將刀袋擺放到床上，又繼續搜尋，找到了防水火柴、一個緊緊捲起的睡袋、一些黑色塑膠袋、一個急救包、一個水壺、罐頭、一些鐵絲、一塊看似矛尖的尖銳金屬、一把手電筒、一個開罐器、一個縫紉包、一段繩索、防曬乳、棉球和凡士林。另外還有一個露營瓦斯爐和一只瓦斯罐。我從來沒看過這種東西。看起來，崔佛像是要去露營，而不是住飯店。

我接著查看側面口袋、背包罩蓋與所有拉鍊暗袋，但全都沒有放藥。我又翻了急救包，還是沒有。我查看床底下、每一個抽屜以及垃圾桶。仍然毫無所獲。

我最後環顧房間一圈，然後動手將崔佛的物品放回背包。正要伸手去拿刀具捲袋時，頓了一下。不見的那把刀在哪裡？

我頸背上寒毛直豎，頭皮發麻。有人在看著我。我迴轉身子，以為會看見門口有人。

可是沒人在那裡。

追悼

追悼

阿赫妲・貝戈姆

憶吾友阿赫妲（1990-2012）。妳是我再也難以企盼的摯友。我依然懷念妳的笑容。對我而言，妳永遠美麗。

妳沒領會我的暗示，是吧，安娜？妳滿腦子只有房客——那些驚慌得咩咩叫的羊——讓妳忘了愧疚。埋藏感覺是不好的，安娜。妳必須面對妳做過的事。我不會再這麼做了，我不會介入去為誰做那個決定。我原想讓妳走得平靜，讓妳躺下來、闔上眼睛，在不知不覺中離世。我原想讓事情圓滿，但現在沒辦法了。是妳毀掉的。真的讓我很生氣。幾乎就像我媽一樣讓我生氣。

35 安娜

我探視完崔佛回來，聽到掃地聲、玻璃撞擊聲與低低的抱怨呻吟。梅蘭妮與克莉絲汀在廚房裡掃地、擦拭桌面、收拾打理。崔佛從冰箱摔出來的東西，幾乎全都無法挽救。他甚至踩破塑膠牛奶瓶，把最後一點牛奶也糟蹋了。能吃的只剩幾包大包裝的義大利麵、一袋馬鈴薯、幾個番茄罐頭、魚和肉、麵粉、香料和放在冷凍櫃的東西。我四下環視目瞪口呆之際，梅蘭妮瞅了我一眼，說她和麥爾坎會做晚餐。我沒有爭論，而是加入打掃行列。

前半個小時左右，崔佛將洗衣間門上的鉸鍊撞得晃動不止，一面嚷著放他出來。我實在難以忍受，但克莉絲汀和梅蘭妮都贊成關他，我也沒辦法讓他出來。兩個小時後，廚房幾乎恢復了正常模樣。

打掃乾淨後，梅蘭妮就把我和克莉絲汀趕出廚房，我別無他法只能離開。克莉絲汀邀我玩雙陸棋，我婉拒了，我選擇回房，躲開來，但無法入睡、休息或看書，最後終於聽到麥爾坎往樓上高喊吃晚飯了。

氣氛再緊張不過。菲歐娜和喬坐在餐桌另一端，似乎假裝我已不存在。每當與我四目相交，菲歐娜便看向他處，喬則是刻意對我視若無睹。如今我們這群人有了分界——己方與他方，對他們倆而言，我鐵定屬於「他方」。

晚餐是淡而無味的番茄義大利麵，用餐完後，我又偷偷溜去看崔佛。當我透過貓門往裡看，解釋說我去他房間找過藥了，他眼中燃起希望之火，而當我坦承沒能找到，那把火也立刻隨之熄滅。他把臉埋進雙臂中，即使我從小門洞送進三條毛毯、一顆枕頭、一瓶水、少許餅乾、肉罐頭和蘋果，他也沒再抬頭。我作勢打算起身，卻怎麼也走不開。他狀況這麼糟，把他一個人留在裡面，感覺就是不對。無論醫生為什麼開煩寧給他，不吃藥，他就整個人神經兮兮，不停發抖、搖晃、喃喃自語。我摸摸牛仔褲口袋，手心感覺到後門鑰匙的形狀。我可以把崔佛的背包從他房間拿下來擺在灌木叢邊，然後將鑰匙交給他讓他開門出來。除了帳篷以外，所有求生的必需品他背包裡都有，我也十分確信他有辦法闖進小屋，不會有太大問題。可是少了的那把刀子呢？在他身上嗎？如果我放他出來，我有九成把握他不會拿刀對付我，但萬一他撞見麥爾坎或喬呢？我無法預料他會有何反應，於是嘆了口氣，站起身來。就等明天吧，等他酒醒，我再找他談一次，放他出來。

我打開飯店大門，便聽見麥爾坎隆隆的中低嗓音傳來。交誼廳的門半掩，只有兩三吋的空隙，卻足以讓我確定裡面只有麥爾坎和梅蘭妮二人。他在交誼廳中央大步來回走動，面帶惱怒，威士忌在他手上的酒杯裡搖來晃去。梅蘭妮則坐在沙發上，眼鏡拿在手裡，同時疲憊地揉著眼睛。

「我只是請你，」她說道：「說話前先三思。我想你根本不知道你說的一些話，其他房客聽著有多刺耳。」

「我管他們怎麼想。」

「那我怎麼想呢。我沒法忍受你說崔佛是牲畜。你可是心理系主任啊，拜託！」

「所以呢？」

「所以你應該更懂得分寸！」她的聲音裡有一種奇怪、哽咽的口氣。「我真不敢相信你這麼沒心沒肺。」

「那個人是個酒鬼。」

「他是喝醉了。這可不一樣。你說的話冒犯人又危險，而且沒教養到了極點。」

「妳說我沒教養？」他大笑一聲。「一個差點連二等二級學位都拿不到的女人竟敢說這種話。」

「你夠了吧。」她抓起身旁的抱枕，有一刻我以為她會用來丟他。但她卻將抱枕重重摔在沙發座位上。「你要是敢開始玩那個把戲試試看。這和教育無關……」

他撇嘴一笑。「妳剛剛自己說的。」

「吼。」她抓住自己的髮根對他咆哮。「有時候你真是個徹頭徹尾的王八蛋。我這輩子從來、從來沒有遇過比你更死腦筋的男人。」

「現在要改成人身攻擊了，是嗎？」

「對，沒錯。因為你沒在聽我說話，麥爾坎。我試圖要讓你知道你的行為讓人無法接受，而且不是只有我這麼想。我們眼看就要被其他房客徹底排擠在外了。」

「我幹嘛要在乎那個？」

「你或許不在乎，但我在乎。你的行為舉止給人的印象也拖累了我。」

「噢——」他誇張地挑高眉毛。「原來是這麼回事。和我有關係讓妳覺得很丟臉。」

梅蘭妮仰頭瞪著他看了一秒，接著又一秒，抓著她腿上抱枕的手指在抽搐著。說出來，我暗暗激勵她。把妳的感覺告訴他，別怕。

「菲歐娜一直在跟妳咬耳朵，對不對？」麥爾坎一屁股坐到她身邊的沙發上，灑得地毯上到處是威士忌。「一直在教育妳，對不對？叫妳要勇敢說出心裡的話？」

他語氣改變了，一種讓人不舒服的惡意口吻，充滿威脅。

「沒有人在教育我，麥爾坎。」她離他遠一些，背靠到沙發扶手上。「這番對話已經醞釀很久了。」

「可不是嘛。」他上唇變薄，露出牙齒。「但妳選擇現在——現在——攤牌。」

他的叫嚷聲讓我嚇一跳，梅蘭妮也抖了一下。

「對，」她平靜地說：「我選擇現在說出來，至於你聽不聽由你決定。我已經受夠你對待我的態度了，麥爾坎。我不喜歡你對我大吼大叫、跟我搶著說話還指使我做這個做那個的。你太不尊重我，我不允許。」

麥爾坎沒有吭聲，卻把威士忌酒杯握得更緊，左腳前後搖晃。

「我贊成把崔佛關在洗衣間，」梅蘭妮繼續說道：「純粹是因為知道我要是跟你唱反調，你會鬧起來。我整個晚上感覺糟透了。那個可憐的人，他需要我們的幫助，而不是排擠。」

「妳要是反對我，我可能會更尊重妳。」

「什麼？」她全身定住文風不動，麥爾坎則往前伸手，撈起直立靠在沙發底部的威士忌酒瓶，旋開瓶蓋後倒了半杯。

「妳以為我喜歡這樣？」他說道：「娶一個知識水準不相當的老婆？親愛的，我之所以偶爾會引起爭議，是因為那造成的餘波讓我樂在其中，也能讓我的內心隨時提高警覺。天曉得妳可不是這樣。」

「我明白了。」她默默地打量他，然後背脊一挺，揚起下巴。「那麼既然如此，我要是請你今晚睡樓下沙發，不要進我的房間，你應該不反對吧？」

「是我們的房間。」

「我的房間。」她語氣變得十分堅定。「度假費用是我付的，麥爾坎，就像我付家用、食物和你那雙該死的健走靴一樣。你是拿到博士學位了沒錯，但靠你的顧問工作付不了帳單。是我付的。」

當梅蘭妮步伐僵硬地走出交誼廳上樓，我快步溜過大廳，躲到櫃檯後面。她走到一半忽然停下來往後轉。我大氣不敢喘一口，深恐被她看見，但她的目光凝視著敞開的交誼廳門。

「把崔佛鎖在洗衣間是我們做錯了。」她聲量大到麥爾坎能聽得見。「應該鎖到裡面去的人是你。」

我等到梅蘭妮在二樓的腳步聲漸漸消失後，急忙上樓，來到第二段階梯時，不由得用袖子摀住口鼻。空氣中的惡臭讓我胃液翻騰。如果暴風雨持續下去，就得想辦法把大衛搬到其他地方去。不會有人自告奮勇做這差事的。

我一推開房門，就看見數位鬧鐘的紅光顯示了時間：晚上十一點三十四分。我撲倒在床上，臉埋進枕頭。我真的累到就算飯店燒個精光，恐怕也動不了。我只想睡一覺，等這一切都結束再醒來。不知道我還能撐多久。

我驚醒過來，用手肘撐起身子，睡眼惺忪迷迷糊糊地注視著黑暗，陷在如夢似真的迷霧裡。

「艾利克斯？」

我在陰暗中尋找他裝黑膠唱片的箱子、那台五十吋的電視，以及七十年代風格、醜不拉嘰的窗簾——房東堅持不讓我們換掉。隨著眼睛逐漸適應黑暗，夢境也緩緩退去，只留下一絲絲的不安。前男友並未與我同在房裡，我們剛剛也沒有為了我的工作時數而激烈爭執。我沒有回到那間公寓，而是身在一個小小的閣樓房間，光線昏暗，有個怪獸似的大衣櫥、一個風光不再的斗櫃，還有個死去的男人躺在隔壁房間。

我重重倒回枕頭上，拉起被子蓋住肩膀。現在是凌晨三點五十五分。我需要再睡一會兒。

樓梯平台地板的吱嘎聲迫使我再次醒來支起手肘。我屏住氣，耳裡有心跳的撲通聲。又吱嘎一聲。接著又一聲。有人在我房間外面走動。我沒有動，沒有開口，非常非常靜定，聚精會神看著門把。誰也無法進來。我把門鎖上了，其他鑰匙就在我牛仔褲口袋裡。

我一口氣梗在喉頭，因為門把尖端極其緩慢地往地板轉動。

「是誰？」

門把喀嗒一聲彈回原位，接著我聽到平台上有咚咚咚的腳步聲，方才試圖進我房間的人要逃跑了。我頓時怒火焚身，拉開被子跑過房間。手忙腳亂要將鑰匙插入鑰匙孔之際，樓梯被方才試圖進我房間的人踩得吱嘎作響。人就要跑掉了，我來不及逮到人。

「快點，快點。」我扭轉鑰匙，旋即用力拍打平台上的電燈開關。毫無動靜。緊急出口燈泡發出的詭異橘光是唯一的光線。

「我聽到你了，」我邊跑過平台邊喊道：「我知道你企圖進我的房間。」

來到樓梯口時，我看見一道人影消失在客房走廊上。就要被他逃走了。

「停下來！」我將手伸向樓梯扶手，往前一步，腳跟碰到了地板，腳前掌卻踩了空，我往前踉蹌，雙臂畫圈亂抓的同時跌落黑暗中。前一秒我還在樓梯頂端，大聲尖叫雙手亂揮，下一秒便看見樓梯迎面撲來。我重摔在地，手掌根擦過樓梯地毯，肋骨猛撞到木頭，把我肺裡的空氣擠壓一空，頭則連續撞了幾次牆壁。我靜靜躺著，驚嚇過度無法動彈、說話、呼吸，然後一波劇痛湧遍全身，眼前一切跟著變黑。

36

安娜

六月七日星期四，暴風雨第六日

「安娜？妳聽得到嗎？妳能張開眼睛嗎？」

我感覺到有手在碰觸我，在撫摸我的頭髮與臉頰，便勉強睜開眼。所有顏色都模模糊糊旋繞在一起。我眨眨眼想看清楚，隨即又閉上眼。當我睜眼時，顏色已分開來，顯露出一片略帶桃色的臉頰與一副金屬眼鏡，鏡片後面藏著一雙被紫色眼圈框起的淺淡眼眸。我將焦點放在鼻子和兩個鼻孔底下發紅的部位，接著臉消失了。

「麥爾坎，」當一道白光刺射進我眼中，我用力將眼睛閉上時，有個聲音氣呼呼地喊道：「手電筒別對著她的臉。」

「我只是想檢查她的傷勢。」

「我想這應該交給克莉絲汀，你不覺得嗎？她是急救員。不過她人在哪裡啊？喬，敲大聲點！」

「安娜，妳能不能再把眼睛睜開？」

「做得好。」我強睜開眼後，她說道，見我試圖挪動，連忙接著說：「小心點，我們還不知道妳有沒有哪裡斷了。」

「梅蘭妮？」我幾乎嘶啞無聲。

她溫柔地淺淺一笑。「妳出了意外，倒在樓梯底。轟的一聲好大聲……」

「把我吵醒了。」麥爾坎說：「我還以為是崔佛，逃出來以後在撒野。」

「你說真的？」梅蘭妮怒瞪著他。「說這種話有什麼幫助……噢，克莉絲汀，妳起來了。」

一個矮胖的身影出現在門口。克莉絲汀靠近一些，凝視我的臉。一副眼罩被推到她的白髮上頭，她的臉睡得皺巴巴的。

「出了什麼事？」她抬眼覷梅蘭妮一眼，梅蘭妮則坐在最下層階梯，我的腿邊。

「我……」我試著從地上撐坐起來，肩膀卻一陣劇痛難當，痛得我放聲嚎叫。

「我想她可能是肩膀脫臼。」梅蘭妮說：「喏。」

我的手臂頂端有個怪異的團塊。我光是看到就快暈倒了。

「運氣好一點的話，只是部分脫臼，」克莉絲汀說：「妳的腿能動嗎，安娜？」

「不會吧！」我彎曲雙腳時，麥爾坎低聲說道，我一度驚恐地以為他看見骨頭穿刺出我的皮膚，不過他不是在看我的腳。「這間飯店真是個要命的地雷區。」

「怎麼了，麥爾坎？」梅蘭妮貼靠到牆上，讓他跨過我，拿手機當手電筒，小心地步上樓梯。

「有塊板子鬆脫了。」他高喊：「難怪妳會摔倒。」他跨過那塊樓梯板，消失在臥室的方向。「停電了。不，等等，是沒有燈泡。我的老天，這上面臭死了。」

「妳的腿應該沒事。」克莉絲汀沒理會他，兀自用手輕輕檢查我的膝蓋、腳踝和腳。「妳有失去意識嗎？」

「有。」梅蘭妮說：「我發現她的時候，她不省人事。」

「她那條手臂需要用吊帶。」菲歐娜從走廊上說道：「櫃檯有個急救箱，我去拿。」

我靜靜躺著，克莉絲汀的手繼續在我身上游移，一面低聲地喃喃自語。

「她知道她在做什麼嗎？」麥爾坎問梅蘭妮，聲音大得每個人都聽見了。

「不太知道。」克莉絲汀抬頭看他。「我接受教師訓練的時候，急救是必修課程，而這技能我已經很久沒用了。不過妳沒有立即的危險性，安娜。」她很快地補上一句。「我認為妳的腿沒斷，也沒傷到脊椎，但還是得掃描才能確定。」

「我們是不是應該再試試荒原路華？」麥爾坎問道：「看能不能送她到村子那邊去。」

「不知道。就算過得了河，她也會疼痛不堪。路上的每個凹凸起伏都會是一大折磨。」

「她現在看起來就痛苦不堪了。」梅蘭妮注視著我。「她臉色好蒼白。」

他們都以第三人稱指涉我，在我上方談論著，好像我還昏迷不醒。

「妳能不能把肩膀推回原位？」麥爾坎問。

梅蘭妮聳聳肩。「也許可以。」

「我弟弟有鬆筋體質，」她對克莉絲汀說：「十來歲的時候我學過怎麼讓他的四肢復位。不過，安娜比八歲男孩大多了。」

麥爾坎無視她的遲疑口氣。「那就動手吧，把它推回去，我們馬上動身。」

「那是很久以前的事了，麥爾坎，而且要是出什麼差錯……」她搖搖頭。「不行，老實說，我寧可讓能勝任的人來做。」

「但如果過不了河呢？」

「那我就別無選擇了。」

「拿去。」菲歐娜彎身越過她，將一個綠色急救箱、一個沙發抱枕和看似桌巾的東西交給克莉絲汀。在她身後，喬兩手在胸前交叉，各抓著一邊肩頭。

「好了，安娜。」克莉絲汀說：「如果妳要上車，就得把那隻手臂固定住。會很痛，所以要有心理準備。」

我不是會大呼小叫的人，可是當克莉絲汀抓住我的手肘，以便將抱枕塞進我的身體與手臂之間，我痛得大聲哀號。我哀求她不要替我掛吊帶——並滿心感激地喝下一大口菲歐娜遞給我的威士忌，順便服下兩顆布洛芬——接著當克莉絲汀在我的後頸上打結時，我不禁痛哭失聲。在那之前，已不只有麥爾坎提到三樓飄出的味道，因此當喬提議大夥兒一起下樓到交誼廳，誰也沒有反對。

「咖啡，」此時菲歐娜說著將一只馬克杯放到我旁邊的桌上。「抱歉沒有牛奶，但我多加了點糖代替。」

我抬頭對她露出感謝的笑容，但她已經轉身離開，走向獨自坐在窗邊的喬。

「崔佛怎麼樣了？」我問走進交誼廳的梅蘭妮。

她回頭瞥向正在啃蘋果的凱蒂，然後向我使了個眼色。她不想當著姪女的面談崔佛，但這個話題我不能不談。

「他還在裡面嗎？」

她點點頭。

「後門和洗衣間的門都鎖著？」

「對。」

「他也還活著？」

她又點頭。「活著，但語無倫次。」

「晚點再告訴我，」我用嘴型說道，因為凱蒂用手肘頂了頂她說：「誰語無倫次？妳們在說什麼？」

麥爾坎研究完荒原路華的維修手冊後，斷然闔上，朝我點了個頭。

「妳準備好要試試了嗎？看我們能不能送妳離開這裡？」他問道。

「準備十足了。」

儘管有好幾條毯子蓋住我的肩膀，爐架內的火也燒得劈啪響，我還是直打寒顫。如今摔落的驚嚇消退了，威士忌也緩和了我臂膀的疼痛，我才慢慢意識到自己遭遇了什麼樣的事。有人故意鬆開木板的螺絲，摘去我房間外面的燈泡，然後轉動門把。他不是想進我房間，而是企圖引誘我出去，進到樓梯頂端的黑暗中。

克莉絲汀坐在我對面，腿上放著急救箱，一面將繃帶解開再重新纏上。梅蘭妮啜飲著咖啡，她身邊的凱蒂還在小口小口咬著蘋果，喬與菲歐娜則安靜地坐在窗邊桌位。又一陣寒顫竄遍全身，這次比上次更猛烈。引誘我出房間的人不是想嚇我，他是想要我絆倒摔落。他已放棄等待我自行了結，他想要我死。

37

「我真覺得妳不該這麼做，安娜。」克莉絲汀調整一下大衛大衣的兜帽，免得蓋住她的眼睛。「萬一喬不得不緊急剎車，可能會對妳的肩膀造成無可挽救的傷害。」

「我有把握不會有事的。」我姿勢怪異地爬上荒原路華的後座，濕衣服底下的身子微微顫抖。我只有一條手臂能伸入外套，另一邊只能披在受傷的肩膀上，並敞開拉鍊。

「那好吧，既然妳這麼肯定。」克莉絲汀隨後關上車門。她坐在我旁邊，探過身來拉我的安全帶。「我幫妳把安全帶繫好。」

她小心地將安全帶拉過我的身體，仔細留意著繞過我的手臂吊帶。

坐在駕駛座的喬等到克莉絲汀也繫好安全帶後，發動引擎，車子吱吱嘎嘎駛過碎石車道，很快便將飯店與其餘住客拋到後面。車子愈往前開，我感覺不再那麼焦慮，也更有希望。我們只須過河，接下來再開十五分鐘，便能到達小島另一端的村子，到時就安全了。大衛跟我說過那裡有間酒吧，我相信店家會同意讓我用他們的電話打回本島報警。這已不再只是恐嚇訊息，而是蓄意謀殺，而且我有證據——原本鋪了木板的地上出現一個要命的大洞，這是其一。一旦過了河，我就永遠不必再見到任何一個房客了。

然而當我們抵達兌恩谷河，我的滿腔希望有如氣球一般洩了氣。河水水位甚至比兩天前還高，想過河需要一點小奇蹟。

「慢一點，」逐漸接近時，麥爾坎對喬大喊：「你要打一檔或是二檔。如果水高過引擎蓋，你這樣太快了。你要讓車子前面產生水波。」

「我以前開過荒原路華，麥爾坎。」喬加緊力道握住方向盤時，我發現自己在盯著他的手看。

「啊哈。」麥爾坎說：「但你有試過過河嗎？」

喬的右手指節腫脹、破皮發紅還裂開。傷口看起來很新，像是最近揍過人或者……我內心倏地一陣驚懼……或者是在撬開樓梯頂端一塊木板時刮傷了。

「做好準備嘍。」他說著從二檔換成一檔，隨後荒原路華緩緩駛向水中。

車子駛下河岸時，我們所有人都往前一顛。安全帶貼著我的身體繃緊，我立刻全身一陣疼痛，但我沒有喊出聲。克莉絲汀看著我，臉皺了一下。

「現在慢慢來，」麥爾坎見河水從引擎蓋四周漲起，說道：「慢慢來。」

「喬，」當車子繼續緩緩深入河水，克莉絲汀開口道：「車門進水了。」

她說得沒錯。髒河水從車門膠條滲入，聚積在我們腳下。

「不用擔心，」麥爾坎說：「我們的腳都會稍微弄濕，然後……」

我們忽然冷不防地往左漂移，車頭轉而朝向河的下游而不是正對岸。

「我們會被沖進大海。」克莉絲汀尖叫道。

「沒關係，」喬說：「我要是稍微加速就可以……」

「把車子掉頭！」

「相信我，克莉絲汀。我做得到。」

「如果我們得下車游泳，安娜會淹死。」

「我可以游泳。繼續前進，喬。我們不會有事的。」

他在後照鏡中與我四目交接，但我看不出他凝視的眼神背後的心情。

麥爾坎從座位上扭過身來。「繼續往前會比回頭爬上那個河岸簡單。」

「這你又不知道，」克莉絲汀厲聲說：「掉頭。除非你想害死三個人？」

喬繼續默默地注視我，逼得我不得不轉移視線。

「好，」片刻後他喃喃說道：「好吧。」

喬換檔時，車輪咻咻轉動又打滑，有幾秒鐘時間我害怕極了，深信我們動彈不得，但車子隨即往後顛晃了一下，慢慢倒退上岸。

車子慢慢重新駛上車道時，誰都沒有出聲，可是當飯店映入眼簾，我感覺到喉嚨縮緊，淚水扎痛了雙眼。我原以為終於能夠逃脫，不料馬上又重回到噩夢中。

「對不起，安娜。」克莉絲汀帶著歉意瞟我一眼。「我知道妳很失望，我們都一樣。請不要生我的氣。情況實在太危險，我沒法讓他們拿我們的生命冒這種險。」

麥爾坎解開他的安全帶。「我提議我們再試一次，喬。讓克莉絲汀和安娜留在這裡。」

「不，」喬搖頭道：「就算我們真的過了河，我也不認為我們到得了村子。車子幾乎沒油了。就算一路直接穿越小島都很吃緊，何況過河還要不斷催油門。」

麥爾坎從座位上轉身看著我。「大衛有沒有在哪裡存放汽油罐，妳知道嗎？」

「我想應該沒有。」

「妳介意我去找找嗎？」

「完全不介意。」

「現在先讓妳回飯店吧，安娜。」克莉絲汀邊說邊探過身子解開我的安全帶。「看看梅蘭妮能不能替妳把肩膀復位。妳得有心理準備，聽說很痛。」

梅蘭妮拉出我身邊的椅子，在餐桌旁坐下，蹺起腿來。她的牛仔褲底下穿了一雙非常粉紅、非常蓬的襪子。像她這麼一個務實理性的女人，穿那種襪子顯得很不搭調。

「祕密聖誕老人送的，」她發現我在看便說道：「不是我平常會買的東西，不過倒是出乎意料的舒服。總而言之，」她定定注視著我，眼鏡背後那雙眼睛出奇明亮。「妳還好嗎，安娜？妳看起來……唉呀，親愛的，妳在哭嗎？」

「我……」我喉嚨一緊，不得不咳幾下才能再次出聲。「我只是……我真的以為我們能成功。」

「我知道。麥爾坎告訴我了。」她將手搭在我手上。「而妳也很痛苦，對不對？」

我點點頭，緊抿著雙唇以免哭出來。

「我會盡最大的力量幫妳。我知道我說過我已經很久沒做這件事，」她朝我受傷的肩膀比劃一下。「但我確實還記得。除了這個妳還好嗎？我是說情緒上面。聽說妳深夜會在飯店裡來回踱步。」

「我……呃……大衛的死讓我很難接受。我一直睡不好。」

「是啊，」她點頭道：「當然了。可是妳不管什麼時間都醒著，就連暴風雨來臨前也一樣。妳在擔心什麼呀，安娜？」

我往椅背上一靠，對她的洞察力驚愕不已，也對自己不快的情緒表露無遺感到不安。大衛也曾經暗示我在逃避什麼，又或者可能是我過度解讀他所說的關於一般人搬到拉姆來的原因。

「妳想談一談嗎？」此時梅蘭妮說道：「是什麼原因讓妳無法入睡？麥爾坎也許不這麼想，但妳知道嗎？我其實是個很好的傾聽者。」

我直視她柔和親切的臉龐，見她眼中充滿擔憂，頓時讓我滿懷思鄉愁緒。我最後一次和爸媽說話已是五天前的事。他們很可能打了無數通電話給我，卻都轉到語音信箱。他們一定擔心死了。

「哭沒關係的。」一滴淚水滑落我的臉頰，梅蘭妮摸著我的手背這麼說：「妳經歷太多事情了。」

「梅蘭妮，我可以問妳一件事嗎？」

「當然可以。」她將頭偏向一側，仍覆蓋在我手背上的手指微微施加了些許力道。「什麼都行。」

「我……」話到舌尖驟然中斷。我不知道要問什麼。妳覺得喬有可能殺人嗎？或是菲歐娜？克莉絲汀？也或許是妳丈夫？你們夫妻倆有誰認識史提夫．雷英嗎？妳最近有親戚死於車禍嗎？妳有沒有到處跟蹤我，留一些詭異的訊息給我？昨晚是妳蓄意要殺我嗎？

即使是她，她也不會雙手一舉說道：「做得好，被妳逮到了。」這不是在演《神探可倫坡》。

「我想妳應該不知道……」我的手在她手底下動了動。「……有沒有哪位客人最近失去親人呢？」

她揚起濃眉。

「我不是想探人隱私，」我補充說明。「但我發覺大衛的死大大撩撥了每個人的情緒……我只是希望能謹慎一點，如果有人……」

「喬。」

突然間四周的一切彷彿定住不動。

「他弟弟。」梅蘭妮加了一句。「我只知道這麼多。」

她盯著我，等候我回應，然後斷然起身，伸手往餐桌上一抹。「妳到這上面來好嗎？我們來把那邊肩膀矯正回去。」

是喬。

一定是。

他是弗瑞迪的哥哥，史提夫派他來的。喬八成甚至不是他的真名。我想起當時在他房裡，我以為他要吻我的那一刻，胃不由得收縮起來。打情罵俏與親切和善全都是假象。他在伺機而動，在等待適當時機展開復仇。而昨晚他差點就成功了。

「我們倆不知道誰比較緊張。」梅蘭妮邊說邊扶我坐上桌子，讓我慢慢躺到木頭桌面上。「抱歉，這麼說可能不太有幫助，對吧？」

她取下手臂吊帶時我咬牙忍耐，隨後當她握住我的手往外側拉，我痛得大喊出聲。

「抱歉，抱歉。」她反手拭去上唇冒出的汗珠。「我知道很痛，可惜接下來只會更痛，不過我會盡量快一點。呃……對……好……」她停頓下來望向廚房。「也許應該拿根木湯匙讓妳咬住。」

我強壓下一波驚恐。她自己也說了，她已經多年沒有整復脫臼的肩膀。萬一出什麼差錯呢？我們無法求援。但我不能就這樣放著不管。「妳就快一點吧，梅梅。」我哀求道：「求求妳了。」

「妳得勇敢一點。準備好了嗎？」她另一手放在我的手肘上，移動我的手臂讓它與身體呈九十度角，然後似乎靠著桌子以保持穩定。「三……二……」

我死命閉上眼睛，準備迎接下一刻。

「一！」

「靠——！」

我有生以來從未感受過的劇痛從肩膀擴散到胸腔，再傳過整條手臂，接著一個駭人的喀啦聲響，我全身隨之一震。當梅蘭妮將我的手臂放回身側，鬆開我的手與手肘後，我感覺肩膀抽動灼熱。我大口喘氣以緩和痛楚，當疼痛感慢慢消退，一波輕鬆安心的感覺漫過全身，我才睜開眼睛。

「妳還好嗎？」她俯身看我。「天啊，妳臉色變得好蒼白。」

我點點頭，不敢開口，唯恐吐出來。

「我……我想沒事了。」她用手指輕輕劃過我的手臂與肩膀。「對，」她安心地吐了口氣。「進去了。」

我呆呆仰望餐廳粉刷過的天花板，試探著動動手指、轉轉手腕。

「小心點，」我試著坐起來，梅蘭妮連忙一手扶住我的背。「還是得把手臂吊起來加以保護。」

她說著便取來桌巾做的吊帶，用來托住我的手臂。我小聲地說：「謝謝，真不知道我會怎麼樣，如果……」

她忽然僵住。「妳聽到了嗎？」

我當下沒聽見，但隨後便有個聲音傳入耳中——一個低低的、反覆的咚咚聲，從廚房傳來。我們互望一眼。

「崔佛。」我們異口同聲地說。

38 艾利克斯

艾利克斯．卡特踢掉鞋子，信步走進廚房，打開冰箱，拿出琴酒。過去幾個星期以來，這個習慣動作已變得根深蒂固，他幾乎是毫無意識地從冷凍庫取出冰塊、從櫥櫃拿出通寧水、將檸檬切片，替自己調了杯酒。他知道用酒自我療癒並不明智，但這可以消除一天下來的緊張不安，也讓他在搭乘北線地鐵回家，那又熱又擠又令人精疲力竭的四十五分鐘車程裡有所企盼。

他喝了長長一口，一下乾掉半杯，然後又斟滿，隨手抓起一包多力多滋，晃進客廳。他將酒與零食放到茶几上，一屁股往沙發坐下，呻吟著伸了個懶腰，接著兩手交叉放到後腦勺。一個多月前安娜離開他時，他覺得異常輕鬆愉快，好像絆住他那麼許久的錨終於拔起了。他覺得較輕盈、較快樂，早上醒來腦子裡也不再有烏雲罩頂的感覺。和蓓卡第一次約會，他自覺有如重生。他是個有魅力又聰明的男人，只要他花點心思，仍然可以十分風趣討喜。但這段時間以來，凡是他一人獨處，幾乎總甩不掉心中的忐忑或是一種隱隱約約襲將上來的不安。他試著拿內疚當藉口。和蓓卡的交往並不順利，讓他反省自己對待安娜的態度。但不只是內疚。而是另一種他也說不上來的感覺。

他打開電視，希望藉由背景喋喋不休的聲音填滿自己的大腦，阻斷思緒，但看見螢幕上出現一名記者，他便在遙控器上移動拇指，打算轉台。這時畫面上影片取代了記者，他跟著打住。在左右各有一名警察陪同下走進警局的那個男人，看起來很眼熟。艾利克斯調高音量。

今天下午稍早，旁白說道，一女二男涉嫌殺人未遂遭到逮捕。被害人是四十七歲的貨車司機唐娜．法洛，她日前因駕駛貨車打瞌睡撞上一輛轎車，轎車上有四名公司同事剛結束週末在布雷肯比肯斯的團隊凝聚活動，正要返回倫敦，該意外事故造成兩人死亡，唐娜．法洛因此被判刑兩年，目前正在韋克菲爾德的紐霍爾監獄服刑。唐娜．法洛在自己的牢房裡受到獄友達妮．米勒攻擊，已被送往品德菲茲醫院，狀況危急。據信，是遭指控的兩名男子之一，現年五十三歲的史提夫．雷英出資預謀這次的復仇攻擊，他是M25車禍事件中死者弗瑞迪．雷英的父親。而四十九歲的吉姆．湯普森則負責安排籌畫。法洛的刑責被宣判後，雷英在內倫敦皇家法院的階梯上發表了談話，他說：「我想說今天公理得到了伸張，但判決的刑期對我兒子的死以及對和他一起喪命的同事是一大侮辱。法洛很可能在十二個月後就能假釋出獄。她將能自由自在地繼續過她的人生，而我兒子的人生卻因為唐娜．法洛的行為，被殘忍地剝奪了。」

艾利克斯用遙控器按下暫停，凝視著電視上定格畫面中的男人那雙黝黑、憤怒的眼睛。安娜出庭作證那天，他在法庭上見過他，所以認得。史提夫．雷英也坐在旁聽席上，離他們兩三個座位，整個開庭期間，他都往前弓著身子，目不轉睛地看著在被告席上雙手扭絞在一起的唐娜．法洛。而他企圖殺害她。我的老天！艾利克斯的思緒從審判庭倏地跳到安娜，他急忙從後口袋抓起手機，搜尋她的號碼。她聽到這個消息了嗎？當初她對於作證一事緊張得不得了，深信辯方律師會試圖將車禍歸咎於她。出院後，她幾乎夜不成眠。每當閉上眼睛，她就會立刻回到出事的車上，聽到車輛翻覆滑落邊坡時同事們的叫喊聲。即使好不容易睡著，也是噩夢連連，讓她在尖叫聲中驚醒。看著她整個人為此事故分崩離析，感覺好可怕，她可以說和死去的同事一樣都是受害者，卻不停地責備自己。她的個性向來堅強大膽，他簡直認不得這個變得神經兮兮、疑神疑鬼的女人。她堅信有人想對她不利。他原本可以恰當地遏止那個試圖用那些關於「睡眠」的愚蠢訊息把她嚇個半死的人，但就是難以忍受她，特別是因為他對自己在意外發生前的行為充滿愧疚。

他會去註冊Tinder純粹是出於好奇，而不是有計畫地想背著安娜偷吃。他聽過太多關於這個約會app的傳聞，便想親自瞧瞧大夥兒到底在瘋些什麼。他完全沒想到會有人把他的相片往右滑或是傳訊息給他，收到最初幾名女子的留言時，他也懶得回覆。但後來有人寫了一些話讓他覺得好笑，他便忍不住回覆對方。這只是開開玩笑，他這麼告訴自己。不會造成任何傷害的，因為他無意與對方碰面。如果沒有上床、沒有愛上別人，他也不算對安娜不忠。只是玩玩罷了，可以轉移一下心思，不然其他時間他滿腦子都在想些有的沒的。他喜歡在Tinder裡的自己，比較有趣、比較詼諧、比較博學，每當逗得對方發笑，他就樂不可支。不過，當安娜下班回來喊說累死了，然後直接去廚房弄吃的，他心裡確實過意不去。這時他會覺得自己是個爛人，是個可悲的人渣。他知道應該和她做個了斷，好讓她可以另覓對象，她帶組員去布雷肯比肯斯那個週末，他已準備好等她回來，就要展開這段尷尬的談話。不料星期天下午，她沒有在行李與壓力的雙重重擔下走進家門。她根本沒回來，他有那麼一點點私心希望她或許是決定離開他了，正好替他解決了難題。後來是她繼父從醫院打電話來告知車禍的消息。

艾利克斯將手機放回茶几上，改而端起琴酒。他無權打電話給安娜，告訴她關於他剛剛在電視上看到的新聞。她可能已經看到了，即便沒有……他喝下一大口酒……也一定有人會聯繫她。她的最後一則簡訊說得很清楚，她不想再和他有瓜葛，這樣也好。是該讓她往前走，繼續她的人生了。

他又喝一大口琴酒之後，將杯子放回桌上。同一時間手機震動起來，嚇了他一跳。他連忙抓起手機。不可能是安娜吧，那太奇怪了。結果WhatsApp的訊息不是來自前女友，而是蓓卡。

很抱歉最近有點冷落你了。醫院裡的調查工作還在持續著。我昨天得知是因為病患的死亡人數異常地高，這讓每個人都很擔心，也包括我。有件事我得告訴你，但最好是當面講。什麼時候可以碰面？

追悼

追悼

伊莉莎白・哈定 1946-2016

上帝看見道路愈來愈艱難
高山難以攀爬
祂輕輕闔上她疲憊的雙眼，低聲說
「平安歸於妳」

我最喜歡媽媽睡著的時候。她平常緊蹙的眉心，這時會變得平坦柔和，噘起的嘴唇也會放鬆微開。逐漸入睡之際，她會發出一聲輕嘆，滿足地輕輕「噢」的一聲，她的長睫毛會微微顫動，然後便靜定不動。她睡著後我會拉起她的手（她清醒時不會容許我這麼做），將她額頭上的頭髮往後撫順。

有一個內心與外表同樣僵硬的母親，小時候的我並不覺得有任何不尋常。她高度緊繃的程度，就好像從頭到腳用毛線纏起來似的。她鮮少出門，但逼不得已時，為了買菜或看牙醫，她會與人禮貌交談，紅唇也偶爾會上揚綻放微笑。她對我說話從來都只用簡短、嚴厲的句子——別煩我。自己去玩。現在不行。我在忙。她老是都在忙——掃地打蠟、擦拭清潔。「以防有客人來。」要是爸爸建議她改天再吸地板，她會這麼回答。客人？除了我們一家三口，我從來沒看見誰走進家裡過。

我從來無法預料媽媽的心情。有時候做飯燒焦了，她會忽然淚流滿面。還有時候她會對爸爸發怒，嚷嚷著說他不了解她、不關心她，說他根本不知道她有多痛苦。每當她說到「痛苦」二字，就會狠狠瞪我一眼，然後又繼續咆哮。沒有大聲咆哮的話，她會躺在沙發上怔怔看著天花板。我不記得我曾為她的行為感到傷心，更多的是氣惱與煩擾。

我開始上學後，媽媽逼不得已要出門陪我走路上學。發現周圍多了許多可能成為玩伴的人，我很開心，但對於他們與自己母親的互動卻十分困惑。我會在一旁看著形形色色的女人張開雙臂擁抱自己的孩子、將他們緊緊摟在懷裡並將濕濕的嘴唇貼到孩子臉上。我抬頭看著媽媽，好奇著她會不會也這麼做，可是當鈴聲響起，她只朝我點了個頭噓我說：「妳快去吧。」老師叫我們排隊進教室時，有幾個孩子哭起來，緊抓著自己的母親哭喊著要回家。我沒有找媽媽。我排到隊伍前面時，眼睛是乾的。

39 安娜

「崔佛？」我在洗衣間門口蹲下來推開貓門時，整個身體左側不停抽痛。梅蘭妮在我旁邊，拿著一塊防水布遮在我們頭上，由於剛才繞過飯店快跑過來而氣喘吁吁。

「妳應該休息的，」她生氣地低聲說：「安娜，妳有可能傷到肩膀，小心點。」

「崔佛，」我又喊道。他像拳手似的雙手握拳舉在身前，不斷地踢著通往廚房的門。「崔佛，門是不會開的，我們從另一邊拴起來了。拜託你冷靜點，你會受傷的。」

他不理我，繼續踢門。他呼吸粗重，T恤背後有一片汗漬。他的刷毛夾克放在角落裡，連同皺成一團的毛毯、他的眼鏡、幾個空水瓶和一些食物包裝紙一起。

我看著梅蘭妮。「他需要更多的水和食物。」

「妳去吧，」她說：「我來勸他。」

「不，我來。我想他信任我。」

崔佛繼續撞門的同時發出低低的嘟囔聲，梅蘭妮撐著她臨時的雨篷，繞過建築物，匆匆往回走。

「我是安娜！我想幫你。梅蘭妮去……」

崔佛不再踢門，定定站著，緊握的手垂在身側，背脊僵硬。他在聽我說話。他想聽聽我要說什麼。

「她去替你再拿一點水和食物來。我們正在努力要放你出來，我向你保證。剛才我們試著要穿越到小島另一邊，卻差點被河水沖走。手機訊號隨時都可能恢復，你只需要再撐一下下，我們就會送你回家。我們大家都想見到自己家人。」

我的頭髮被風掃到臉上，將我的鼻子、嘴和眼睛團團包住。我撥開頭髮時，崔佛跪了下來。

「跟我談談，」我說：「告訴我我能怎麼幫你。」

他又發出嘟囔聲，同時慢慢轉向我，我一時震驚到無法呼吸。

他簡直是面目全非，嘴唇腫脹又血淋淋，臉頰上有一道暗紅黑色的傷口，眼球則有如藍黑色蛋殼上的裂縫。

他遭人痛毆。

「我去找人幫忙，崔佛。我馬上回來。」

我在雨中跑向飯店前門時，胃揪了起來，一波胃酸翻湧而上。是我的錯。我根本不該答應把他關起來。

梅蘭妮在廚房，拿著一只瓶子在水龍頭底下裝水。我砰地打開門把她嚇一大跳。

「交誼廳。馬上去！」我說：「有人把崔佛痛打了一頓。」

她目瞪口呆看著我，水從瓶子滿出來流到她手上，但我沒等她回答，而是拖著身子上樓，用力拍打各個房門。

「下樓！現在馬上！緊急會議！」

等著眾人慢慢聚集到交誼廳時，我抱著傷臂在爐火前來回踱步。我的思緒紛亂不已——一下子從崔佛血跡斑斑的臉跳到樓梯頂端鬆脫的木板，很快又跳到大衛癱軟的軀體，接著又跳到喬握住荒原路華方向盤那滿是傷痕的指節。我停下腳步盯著他看，他坐在窗邊，身體無力地往前傾，手肘靠在桌上，用手腕撐著額頭。肯定是他打了崔佛。但是為什麼呢？他以為崔佛會警告我要提防他？但他怎麼會知道？

「這是怎麼回事？」麥爾坎穿著白色毛巾浴袍，叉著手站在門口。「我正在洗澡。」

與克莉絲汀和菲歐娜並肩坐在沙發上的梅蘭妮，翻了個白眼嘆一口氣。凱蒂在後方書架前隨意瀏覽，瞥都沒瞥他一眼。

「有人打了崔佛。」我說：「我和梅蘭妮聽到他在踢廚房的門，就去看他，結果……」我搖搖頭。「他的臉完全慘不忍睹，連話都不能說。」

「我的天哪！」菲歐娜掩嘴驚呼。

喬從手中抬起頭來。

「妳確定嗎？」梅蘭妮問道：「說不定是他自己造成的。我是說……有此可能，不是嗎？」

她回頭瞄向麥爾坎，而他的表情與態度絲毫未變。

「如果真是這樣就太讓我訝異了。」我說：「他兩眼瘀青，嘴巴也被打爛了。」

「老天爺。」克莉絲汀抿著嘴搖頭。

「最後去看他的人是梅蘭妮。」菲歐娜說，聽起來更像在喃喃自語。「就是今天早上，我們帶安娜下樓以後。」

梅梅一副受辱的表情。「是我沒錯。我從門口送進去一點吃的和喝的，並問他狀況怎麼樣，但他沒有回答，只是低聲嘟囔。」

「妳沒看到他的臉？」

「他整個人縮在角落裡，蓋著毛毯，而且背對我。」

「妳沒有叫他轉過來？」菲歐娜帶著譴責的語氣問。

「這是在幹什麼？你們幹嘛一副好像事情跟我有關似的？」

「我們沒有。」我說：「我們只是想釐清這可能是什麼時候發生的事。」

「誰管它是什麼時候發生的？」喬從桌邊起身，定睛環視眾人。「現在首要之務應該是給他一點醫療照護。」

我的目光從他的臉很快地跳到他右手上傷痕累累的指節。他竟能如此輕易地佯裝關心，太可怕了。

「他狀況很糟，」我口氣緊繃地說：「克莉絲汀，妳覺得妳能處理嗎？」

她一手壓在自己的鎖骨上。「我？妳要我進去那裡？」

「是的，他……」

「是妳說的，他正在瘋狂地踹門。」

「是沒錯，可是他不會對妳怎麼樣。」

「妳怎麼知道？」麥爾坎比了比妻子。「他撞倒梅蘭妮可是毫不自責。」

菲歐娜翻了白眼。「他不是故意的！」

麥爾坎走上前來，在我和壁爐四周形成一堵緊密的人牆。「不是嗎？但他肯定是故意揍喬的。」

「那不代表他會傷害女人。」

「我願意進去，」菲歐娜說：「但我沒受過醫護訓練。」

「我也不是什麼外科醫生。」克莉絲汀挑高眉毛說：「用棉花沾一點消毒藥水擦在臉上，這誰都會。不管怎麼說，他身上也許有武器。」

「有武器？」我不自覺地提高了音量。我驀地想起崔佛背包裡少了的那把刀，隨即迅速回溯記憶。「他要是有武器，應該會用來對付攻擊他的人，妳不覺得嗎？拜託，現在重點不是他有沒有武器，而是……」我直視著喬。「……我們當中是誰進去洗衣間，把他的臉打到不成人形。」

所有人再度沉默地注視我，震驚之情深刻在臉上。幾乎是所有人，除了麥爾坎之外。他正四下環顧。

「有誰看到凱蒂出去嗎？」他走到門口往走廊上探頭，喊道：「凱蒂？妳在哪？」

麥爾坎走進大廳時，交誼廳內陷入沉靜。「啊哈！她在這兒！」

梅蘭妮隔著交誼廳與我對上眼，勉強笑了笑。喬重新在窗邊坐下，望著外面的雨重重嘆氣。

「妳跑到哪去了？」麥爾坎雷鳴般的嗓音傳進交誼廳。「妳去拿零食還是什麼的嗎？」

「不是。」凱蒂大聲地說：「你要是想罵我還是省省吧，因為我不在乎。」

接下來頓了一下。「為什麼要罵妳？」

「我放崔佛出來了。」

40

我們全部人聚集在大廳，直瞪著站在餐廳門口那個小小身影。

梅蘭妮蹲下身子平視姪女。「妳把崔佛從洗衣間放出來了？」

「對啊。」凱蒂聳聳肩。「我替他覺得難過。他生病又不是他的錯。他的藥被人拿走了。」

我大吃一驚。「妳知道這件事？」

「我知道很多事。」她不屑地頭往後一甩。「我知道他當過軍人，去過伊拉克。我知道他看到自己的朋友被炸死。我還知道他想救他們，他們卻死在他懷裡。」

「妳怎麼會知道這麼多？」梅蘭妮兩手放在姪女肩上。「他什麼時候告訴妳的？」

「他在我房間的時候。他聽到我在哭，就來敲門。我跟他說我心情不好，因為媽媽再也不能走路，他說他軍中有些朋友也是腿不能走了。」

「妳怎麼沒告訴我？」

「因為妳只顧著大喊大叫要他出去。」

梅蘭妮倒吸一口氣時，我的目光從菲歐娜轉向克莉絲汀。「妳們倆知道這些嗎？關於崔佛的背景。」

她們都搖頭。

「我就搞不懂你們怎麼那麼怕他。」凱蒂接著說：「他不是壞人，他只是很混亂。有時候他都不知道自己看到的是不是真的。」

「創傷後壓力症候群。」我低聲說：「他有沒有說他去看過醫生，凱蒂？」

「他太害怕不敢去，所以從一個朋友那裡拿了一些藥。他說那些藥能讓他平靜下來，」她聳聳肩：「直到妳偷走以前。」

「我什麼也沒偷，凱蒂。我已經跟崔佛說過了。」

「天啊，」喬在前門邊開口，嚇我一跳。之前沒注意到他溜出交誼廳。「真他媽的亂七八糟。」

「我們得找到崔佛，」我說道：「妳什麼時候放他出來的，凱蒂？」

「你們全都在糾結是誰打他的時候。我把門閂打開了。」

「後來呢？」

「他跑上樓去拿他的背包，然後就走了。」

「他有沒有說要上哪去？」梅蘭妮問道。

凱蒂搖頭。「除了謝謝，他什麼也沒說。」

「我們得找到他。」我說：「馬上。」

其他人各自分散。麥爾坎堅持要獨自出去，於是當克莉絲汀帶引凱蒂進廚房喝東西，喬和梅蘭妮便一同出發。最後只剩我和菲歐娜站在大廳。她注視著敞開的大門，沒有看我，但她全身散發出的精力明顯帶刺。

「菲歐娜，」我一邊穿靴子一邊抬眼看著她挺得筆直的背。「我知道妳為了表決的事在生我的氣。相信我，那結果真的不如我預期。」

「飯店由妳作主，安娜。」

「我錯估了情勢，對不起。」

「妳不覺得妳該道歉的人是崔佛，而不是我嗎？」

這話很傷人，但我甘心接受。她說得沒錯。崔佛要是沒被關起來，喬也不會有機會痛毆他。我想給自己找理由，想跟她說M25公路上出的事，解釋說我根本不想擔這責任。我來拉姆是為了逃避，不是負責。但我不能，也不會說。我做的決定，沒有卸責的藉口。是我的錯。因為我沒做好份內的事而害死了兩名同事，假如不找到崔佛，他恐怕也會喪命。

「我會向崔佛道歉，」我穿上外套時說道：「只希望我們能找到他。」

菲歐娜轉過頭，目光在我身上逗留許久。「是妳和我兩個人。」

我們默默地走向懸崖。離飯店愈遠風勢愈猛，我們所受的阻力也愈強，幾乎無法直線行走。我不得不將兜帽的束繩拉緊，以免帽子被風吹掀，然後低頭頂著風，艱難地一步一步往前邁進。天空裡幾乎不見海鷗，但有數十隻棲在崖邊，頭縮在膨脹豎起的羽毛中。天際線消失不見了，海天一色，連接成一大片無邊無際的灰幕。今天的海發怒了，波濤洶湧翻騰，浪潮喧譁。黑暗巨大的波浪湧上岸來，撞擊到岩石碎成白色浪花。

「我們去那邊看看。」菲歐娜指向戈登的小屋，陵墓旁那棟粉牆建築。

我點點頭，我們倆便慢跑起來。來到小屋時，兩人都已渾身濕透，氣喘如牛。我們肩並肩站在小門廊上，背靠著門，越過茂密的青草地望向數百米外的陵墓。

「至少他們在裡面溫暖又乾爽。」菲歐娜說。

「而且死了。」

「倒也是。」

「也許。」

我轉頭看她。「我能不能問妳一個問題？」

見她繼續盯著陵墓看，我屏住了氣。我十足以為她會拒絕，或是跟我說她不知道細節。不料她卻轉頭看著我。

「妳想知道什麼？」

「他是怎麼死的？」

她的重心從一隻腳換到另一隻腳，我拚命地控制自己的呼吸。這時候她會告訴我他死於車禍。

「上吊死的。在監獄裡。」

我體內的空氣一股腦兒地急竄而出，我彎下腰，抓住大腿。菲歐娜未發一語，但我可以感覺到她在看我。

「妳確定嗎？」我重新直起身子。「妳百分之百確定嗎？」

「他是這麼告訴我的。」

她的話讓我略一猶豫。他是這麼告訴我的。不代表這是事實。

「他還跟妳說了哪些關於他的事？」

她聳聳肩。「說他叫威爾，是個毒販。好像有賭博的問題。大學的時候開始的，當時有幾個朋友提議玩德州撲克，威爾運氣好贏了一把。他連續不斷地玩，後來朋友們失去了興致，他就開始自己上地方賭場——追求刺激，妳懂吧？」

我點頭，儘管我不懂。我有生以來唯一一次賭博是在全國障礙賽馬大賽上，後來得知有多少落敗的馬要被射殺之後，我就發誓再也不賭了。

「總之，」菲歐娜接著說：「威爾好像堅信他能操控遊戲規則，所以幾乎都沒去上課就繼續賭博。有一段時間還算順利，後來運氣轉背了，一轉眼他就花光了學貸，而且還超貸到最高上限。」

「這些都是他跟喬說的？」

「對，他想跟他借點錢，可是喬在待業中，威爾又拉不下臉去請父母幫忙。於是他就開始販毒，賺點外快。只不過據喬說，販毒和賺錢就跟賭博一樣會上癮。一開始威爾只是賣大麻給朋友，可是古柯鹼、搖頭丸和K他命賺得比較多，所以他也開始賣那些。警察突襲他的住處時，搜出了價值數千英鎊的毒品，有海洛因、快克等等的。」

「天哪。」

我不知道是否因為故事內容鉅細靡遺或是因為可信度極高，總之聽起來像是真的。

「妳相信他嗎？我是說喬。當他跟妳說這些的時候？」

菲歐娜撥開掉在臉上的頭髮，看了我一眼。「為什麼不相信？」

「有時候人並不像他們自己說的那樣。」

「這是什麼意思？」

「沒什麼。」我望向陵墓更遠處的大海。我原本深信喬就是跟蹤我的人，但菲歐娜剛剛說的一切卻讓我產生了懷疑。然而若不是他，又會是誰？說不定根本不是房客。說不定有人一直躲在一旁監視我們，等我們都睡著後才偷溜進來。

菲歐娜碰觸我的手臂，嚇了我一跳。

「所以呢，」她煩躁地說：「現在怎麼辦？」

我敲敲身後的門。「我們要找出崔佛有沒有在裡面。」

菲歐娜扭動門把。「鎖著。」她搖搖頭。「他不在裡面，要是在的話，應該會有一扇窗被砸破，看起來並沒有人試圖闖進去的跡象。」她走到窗前，將鼻子湊到玻璃上，屈起兩手遮在臉旁邊。「裡面也沒有被動過的跡象。」

我讓她繼續把臉貼在陰暗的玻璃上，自己繞過小屋後大聲喊她。她隨即跑來。

「妳看！」我指著一扇不透明的小窗。玻璃打破了，窗子的插銷被拉開並打開一道小縫。

「有人來過這裡。」

菲歐娜拉下袖子包住手，將窗子完全打開，往裡面看。

「是廁所，門開向玄關。」她抬起一條腿一副準備爬牆的姿勢。「我要進去。」

「不行。」我上前一步。「崔佛信任我。我進去。」

「妳確定嗎？」

「他不會怎麼樣的。他知道我想幫他。」

她的目光飄向我的手臂吊帶，在我半披半穿的外套底下，吊帶明顯可見。「妳的手臂怎麼辦？」

「不會有事的。再說了，妳人就在外面啊。要是需要幫忙我會出聲。」

41
穆罕默德

當父母親漫步走進他房間，滿臉掛著正向積極的愉悅笑容，穆罕默德別轉過頭往反方向看。

「你還好嗎，親愛的？」媽媽繞過床坐在最靠近他頭部的位置，迫使他不得不看她。她拉起他的手捏了捏。「對不起，來得有點晚。塞車塞得好厲害，對不對，阿里？」

阿穆的爸爸點點頭。「塞死了。你覺得怎麼樣，兒子？」

穆罕默德沒有應聲，他知道他們希望他說什麼——說他覺得自己狀況很好，對未來很樂觀。但那不是真話。他覺得自己狀況爛透了，他痛恨復健中心和那裡面那些殘廢、殘缺的人，而未來則是個陰暗的大洞。不過他不能這麼跟他們說。過去這三個月來，他父母好像一下子老了十歲。

「醫生有沒有說你什麼時候可以出院？」媽媽問道。

他嘆氣。每次來都問這個，不是媽媽的錯。他也幾乎每天會問這個問題，而最常從醫師那兒得到的答案是「可能還要再幾個月」。

「沒有，」他說：「還沒。」

「右腿有多一點感覺嗎？」爸爸問：「我們上次來的時候，你說你能抽動大腿的肌肉。」

那個進展是穆罕莫德的幽暗世界裡唯一閃現的希望。

「我還是可以抽動肌肉，」他告訴爸爸：「可是兩條腿都不能動。」

「你有沒有看到新聞？」媽媽瞄一眼掛在對面牆上的電視螢幕問道。

穆罕默德喉嚨一緊，只能點點頭。當新聞標題出現，又看見史提夫．雷英被匆匆帶進警局，他害怕得想吐。有那麼一個令人驚駭的可怕瞬間，他以為被刺的人是安娜，後來得知是貨車司機唐娜．法洛時，幾乎是鬆了一口氣。看著新聞播報，他想起弗瑞迪的父親坐在他床邊，氣憤地抱怨審判不公，說如果唐娜．法洛走進一家店裡刺死兩個人，她下半輩子都會被關在牢裡，而不只是區區兩年。開車睡著不能拿來當作辯護，他這麼對阿穆說。聯結貨車就跟刀子一樣可以是武器。當時躺靠在病床枕頭上，嘟嘟噥噥出聲表達安慰的阿穆，全然不知史提夫．雷英並不打算慢慢接受兒子的遭遇，他心裡有他自己的謀殺計畫。

此時，阿穆閉上眼睛，一滴眼淚流入他耳畔的髮際線。

「阿穆？」媽媽將他的手握得更緊。「跟我說說，親愛的。什麼事讓你心煩？」

他搖搖頭。他不想談，但內心的愧疚感熊熊燃燒著，把原來的他燒得焦黑。

「我沒比史提夫．雷英好多少。」他的聲音低得有如呢喃。

「你說什麼？」

「她問我……」他嚥下梗在喉嚨的團塊。「她問我想不想見安娜。」

「誰啊，親愛的？誰問你的？」

他聽見母親的問題了，但他需要繼續說下去。假如現在不說，它會繼續在他心中燃燒，讓他自覺是個惡劣至極的人。

「她以為我會想見安娜，但我說我不想見她，車禍都是她的錯，我真希望……」母親沒有開口，但他能聽見她屏住了呼吸，等著他說下去。「……我真希望她死掉。」

42 安娜

小屋裡又黑又窄，我打開廚房的電燈開關後，天花板中央一顆裸露的燈泡亮起，卻幾乎無助於驅走陰暗。廚房設備很可能原來是白色或乳白色，但已隨著歲月，或菸草之故而泛黃，而且龜裂斑駁。廚房中央有一張木桌，上面擺著一缽乾癟的蘋果、一本關於不列顛群島鳥類的書、一本拍紙簿與幾支筆以及一疊郵件。我拿起最上面那封信，是蘇格蘭銀行寄給戈登・布洛迪先生，通知他個人儲蓄帳戶中兩千三百六十七英鎊存款的固定利率已到期。碗槽旁的瀝水板上有馬克杯、碗缽、盤子與各式餐具，冰箱裡放了一瓶早已過期的牛奶、一小塊奶油、一些起司和邊緣翹起的火腿。就這些。小小室內沒有個人的特色，沒有小擺飾、照片或裝飾品。沒有愛的感覺。我走向茶壺，摸摸它的圓肚。是冷的。室內毫無凌亂之處，只有一個櫥櫃的門開著。我蹲下來往裡看：有許多焗豆、濃湯、咖哩雞和番茄的罐頭，罐蓋灰撲骯髒。櫃子裡靠前面的空間有六個被灰塵環繞的圓圈，是曾經放過罐頭的地方。從圓圈內沒有一點塵垢看來，罐頭才剛被拿走不久。

「崔佛？」我推開應該是通往客廳的沉重木門，傾聽有無動靜後才走進去。這個房間也和廚房一樣疏於整理。電視機上蒙著一層厚厚的灰塵，一張凹陷的綠色沙發已然破敗，還有一塊地毯看似已有一段時間未吸塵。我摸摸電視後面的暖氣孔，冷的。即使崔佛確實闖進來過，也沒有久待。看起來戈登離開後，不像有人在這裡生活過，我說想殺我的人可能不是飯店房客的理論也因此打了折扣。我也不知道該覺得鬆一口氣或是更加害怕。

「沒什麼事吧，安娜？」小屋轉角處微微回響起菲歐娜的聲音。

「沒事！」我重新穿過廚房，走到樓下的小廁所。

「有什麼發現嗎？」菲歐娜將兩隻手肘撐靠在白色窗框上，一副迫不及待想進來的樣子。

「我想崔佛可能拿走了兩三個食物罐頭，但那是他來過這裡唯一留下的痕跡。噢，」我指向空空的捲筒衛生紙架。「也許還拿了幾捲衛生紙。我現在要上樓看看。」

菲歐娜臉上閃過一個我無法解讀的表情，接著她勉強一笑。「祝妳好運。」

我不慌不忙地爬上不甚牢固的木梯，手抓著欄杆扶手，每跨上一階便先試踩一下。樓梯到一半的地方鋪著地毯，已磨損得厲害，還有一些釘子已脫落，我靴子踩上去便會滑動。樓梯平台很狹小，平台上擠了三扇門。我推開第一扇。門晃開後只見一間小浴室，浴簾布滿霉斑，洗臉台有牙膏的汙漬。

我用腳去推下一扇門，但推不開。

「崔佛？」我轉動門把，做好心理準備。

不料裡面沒人，只有一張雙人床，床上放著一條純藍色羽絨被，床頭櫃上有一盞燈，有一把梳子丟棄在老舊橡木斗櫃上，還有一個松木衣櫥。我轉身正要離去，忽然聽到一個奇怪的刮擦聲便倏地又轉回去。我再次豎耳傾聽，胸腔裡心跳怦然。聽起來好像來自房間另一頭，床的後面。

「崔佛？」我跨入房內，兩眼始終盯著斗櫃與較遠側床沿之間的空間。他躲在那底下嗎？趴在地上，所以看不見嗎？

「我是飯店的安娜。凱蒂把你的遭遇都告訴我們了。」我邊說邊靠近。但床另一邊的陳舊地毯上沒人。我不知道剛才聽到的是什麼，總之肯定不是……

忽然有個褐色毛茸茸的小東西從斗櫃底下竄出來，衝到床底下，我驚聲尖叫。那體型太大，不是老鼠。我跪下來，心臟仍狂跳不止，彷彿試圖從胸口跳出來。往床底下一看，只見兩隻驚恐萬分的綠眼珠回瞪著我。

「沒事了。」我伸出一隻手，貓卻後退靠著一只行李箱，毛都豎了起來。我喜歡貓，但完全沒概念要怎麼照顧。反正不能把牠留在這裡。天曉得牠是怎麼進來又有多久沒吃東西了。廚房裡沒看到任何放食物或水的碗，我也不敢相信戈登會讓寵物留下來自生自滅。除非他並沒有打算離開這麼久，是因為暴風雨耽擱了。

「來啊。」我發出嘰嘰啾啾的聲音哄牠過來，卻絲毫無法安撫貓，反而讓牠又退得更遠。我因為手臂的緣故無法趴平，只好側轉身子慢慢往前進，完好的手臂伸得筆直。正當此時，我聽見樓梯發出吱嘎聲，臥室外面的木地板傳來沉重的腳步聲。我慌張地往後退，但還沒來得及爬出床底下，就有一隻手抓住我的小腿。

「安娜？」我正倒抽一口氣卡在喉嚨，便聽菲歐娜喊道。「天哪，妳在搞什麼？我聽到妳尖叫，然後一回過神就看妳趴在臥室的地毯上。」

「有隻貓。」我先跪直後起身。「在床下面。我想可能是戈登養的。我們得帶牠回飯店。牠上次吃東西都不知道是什麼時候了。」

「貓。」她抿起嘴唇，從鼻子重重呼出一口氣。「太好了。」

「真不敢相信妳討厭貓。」離開小屋朝懸崖往回走時，我這麼說。菲歐娜則費力地想讓外套底下那團扭來扭去的東西安靜下來。

「我不是討厭，我只是不信任。牠們的眼睛會跟著你轉來轉去，那樣子讓我不信任。牆頭上要是有貓，我經過時總擔心牠會跳到我身上。」

「妳是說真的？」

「不是……」她斜乜我一眼。「是真的，但別告訴別人。你要是不喜歡動物，別人就會覺得你有什麼地方不對……噢！」她拉開上衣拉鍊，狠狠瞪著那個仰視著她、毛茸茸的褐色小頭。「這個小混蛋剛剛咬我。」

「可能只是想要有好一點的視野。」

她沒有笑，我們倆也有兩三分鐘沒出聲。菲歐娜將貓從床底下抓出來以後，我很快地搜找小屋裡有沒有什麼派得上用場的東西。原本希望會有衛星電話或是收得到訊號的手機，兩者都沒找到，卻發現廚房門後有一只空的貓碗，櫃子深處也有一些罐頭。

「妳覺得會不會本來有衛星電話，被崔佛拿走了？」此時菲歐娜問道。

「不太可能。屋裡灰塵那麼多，如果有東西被拿走，我們應該會注意到，而且……」我當下僵住，指向遠方。「那是他嗎？在懸崖邊上。是崔佛嗎？」

菲歐娜也停下腳步，抬起一隻手到眼睛上方。「崔佛是不是……我的天啊。」她的表情從困惑轉為驚慌。「他好像要往下跳。」

追悼

追悼

紀念深愛的艾琳．卡瑟柏
妻子、母親、姊妹兼友人。有母親的人，
請多加珍惜，
因為總是等到她不在了，
你才會知道自己多愛她。

我年紀愈長，便愈是大膽。我會偷溜下床，盤腿坐在樓梯頂端，囫圇吞棗般的聽著父母的對話片段從敞開的客廳門飄上來。其中多半都是關於鄰居的日常八卦（從我媽躲在窗邊偷窺的習慣蒐集而來），或是災難與疾病的故事（來自父親的手術），但某天晚上，媽媽又過了較辛苦的一天，讓我吞下了一樣巨大的東西。我得知了我為什麼沒有外公外婆或阿姨舅舅。我三歲時見過爺爺奶奶，但我已不記得這件事。爸爸說他們住得很遠，很難安排和他們見面，因為他們年紀太大，出門不方便，而媽媽又太脆弱。「脆弱」，這是形容她的字眼之一。「神經質」則是另一個字眼。

「我有聞到煙味。」有天晚上，我坐在樓梯口，媽媽哭喊著說：「傑若，我真的有聞到煙味。」

我嗅了嗅空氣，卻只聞到十二歲的我腋下散發出極淡的體味。

我聽見爸爸嘟噥著低聲回答。他是我的英雄。我那高大、強壯，穿著訂製西裝、手提大大的黑色包的父親。那個皮包裡有神奇魔法——有外用與內服的藥水，有拍紙簿和筆。他會讓我玩他的聽診器，我便將聽頭貼在他胸口，然後換我的胸口，為我們規律的心跳聲驚奇不已。但我愛爸爸最主要是因為當他下班回家，我就知道媽媽很快就會睡著。她說那是爸爸的「特效藥」。它會讓痛苦和心痛消失，她這麼說。每當她醒來，我就好失望，我想爸爸也是一樣。

「房子沒有失火，桃樂絲。」我聽到他說，聲如洪鐘。「沒有人會死。」

「我想念他們，」媽媽哭號道：「我也死掉就好了。」

「桃樂絲，求求妳。」爸爸說：「聲音小一點。妳不能說這種話。」

「為什麼不行？為什麼我不能說出自己的感受？我不能沉默，我必須要……」

「妳開始歇斯底里了。」

「拜託，」媽媽哀求道：「拜託你幫幫我，傑若。我再也沒法過這種日子。」

爸爸隨即不再出聲，我可以發誓我聽見他的醫生包輕輕喀嗒一聲。

「那是什麼？」我聽到媽媽這麼問。「我不需要打針，傑若。我需要的是藥丸。」

爸爸沒有答腔。

媽媽尖叫、咆哮又苦苦哀求。

然後她也安靜下來了。

43 安娜

我以最快的速度跑去，靴子在泥巴中不停打滑，雨猛烈打在我臉上，而腳下每跨出一步肩膀就受到刺激，不過菲歐娜還是早我一步到達崖頂男人所在處。來到離崖邊約莫二十米處，她忽地停下來，彎著背、低著頭、頂著強風。她身後，兩腳懸空坐在崖邊的人，是麥爾坎。

「別再靠近了！」他高喊道：「不然我就跳下去。」

「麥爾坎！」我也喊著回答：「拜託你離開崖邊。這種天氣會讓岩石鬆動。」

「我不在乎。」

菲歐娜看著我。「要不要我回去找梅蘭妮來？」

「不，先不要。我這裡可能需要妳。」

為什麼，我也不十分清楚，但從麥爾坎拱著背，身體前後搖晃的狀態看來，我很確定我們不應該貿然行事。

「妳們知道，對不對？」他回頭衝著我們嚷嚷。「從妳們的表情就看得出來了。」

我茫然地盯著他，不知道他到底在說什麼，但菲歐娜似乎知情。

「是你打崔佛的！」她喊道：「對不對？」

麥爾坎轉身看我們的時候失去平衡，結果側倒下來，屁股和兩條腿就掛在懸崖邊。他慌亂中抓住一叢石南，才免於整個人滑下去。「不要！」他見我起步要去幫他，連忙大喊。他拖行著身子離開崖邊，仰躺在地，閉上眼睛阻擋從灰黑色天空落下的雨水。接著他笑了起來，笑聲帶著狂躁與歡欣。「你還得加把勁，你這王八蛋！我什麼時候死，由我作主！不是你！」

「別動，麥爾坎！」我高喊：「你就待在原地。」

「梅蘭妮知道我做了什麼嗎？」

要不要告訴他呢？我停頓得略嫌久了一點，麥爾坎於是發出怒吼，翻身爬起，他的健走靴在軟爛的土中踩滑了。

「不是只有你一個人做錯事。」我喊道：「我們所有人的作為都很糟糕。這場暴風雨帶出了我們最卑劣的一面。」

麥爾坎將兩條臂膀往旁張開，與身體呈九十度，接著後退一步。

「停下來！」我朝他走去，菲歐娜卻用手肘狠狠撞我。

「不要。他會說到做到，他會跳下去。看看他臉上的表情。妳得說服他，安娜。」

「梅蘭妮會離開我！」麥爾坎嚷道：「她覺得我是人渣。從她的臉我就看得出來。」

「你又不知道。」

「她根本不想讓我靠近她。她甚至連看到我都受不了。」

「你還是可以補救的。」雨實在太大，現在為了不讓雨水流進眼裡，我只得不停地眨眼。「你們有你們的問題，但不是所有的夫妻都一樣嗎？這不會是梅蘭妮所希望的。這也不會是凱蒂所希望的。」

「凱蒂又不愛我！」

「你是她生命的一部分。她已經失去爸爸，你要是再這麼做，會給她留下一輩子的傷痕。梅梅也是一樣。」

「沒有我的話，她們會過得更好。」

「你怎麼知道？你犯了錯，麥爾坎，而且你做了很可怕的事……」

「我痛打一個毫無抵抗能力的人！」

「對，沒錯。而且你下半輩子都得揹著這份愧疚，因為搞砸了的人就得這麼做。我們要道歉，要試著彌補，日子就只能這麼過下去。人生要繼續，然後就盡量不要再搞砸。」

他注視著我——四下只聽到呼嘯的風聲與劈哩啪啦的雨聲——有那麼一剎那，我以為我們說動他了。不料他竟又後退一步。

「麥爾坎，停住！你不是一個人！飯店裡不是只有你悔恨交加。不是只有你為了自己做的事心如刀割。」

「妳哪知道什麼叫痛苦？」他咆哮道。

「我害了兩個人喪命，一個人殘廢！」我眨去盈眶的淚水。「有兩個人因為我死了。我應該要注意路況的，我應該看側面後照鏡，我應該要看見那輛大貨車從另一條車道，轟隆隆地朝我們撞來。可是我沒有。你知道為什麼嗎？為了我的自尊。我必須展現出一切在我的掌控中，一切由我作主，我是……」我說到哽咽了。

「沒事了，」菲歐娜說：「沒事了，安娜。」

我勉強挺直身子。「你要是敢跳下那個懸崖就試試看，麥爾坎。不許你這麼對我。別讓我再為一條生命哀悼，別讓我再多一分悔恨。」我聲音變得沙啞。「你敢這麼做試試看！」

麥爾坎注視著我，雙眼因困惑與絕望而變得迷濛。

不要這麼做，我試圖透過意志力驅使他。不要這麼做。

當他又往後退一步，我的心幾乎跳到喉嚨裡了。

緊接著他跪了下去，雙手抱頭，發出痛苦的嚎叫。

拖著沉重腳步爬上山坡回飯店的路上，麥爾坎和菲歐娜都隻字未提我方才的自白，不過我從眼角瞥見菲歐娜偷偷瞅了我幾眼。牙齒格格打顫的麥爾坎，似乎完全魂不守舍。我們帶領他進交誼廳時，克莉絲汀看了他一眼，便建議凱蒂和她一起上樓片刻。

「先等一下。」菲歐娜將手伸進連帽衫中，抓住貓的頸毛將牠揪出來。貓的戰力似乎已消耗殆盡，全身軟趴趴地吊掛在她的手指間，直到她用另一隻手支撐牠的重量。

全身裹著毛毯只露出一張臉的凱蒂興奮地尖叫，雙手也隨即扭動掙出毯子。「妳在哪找到的？」

「在戈登的小屋。」她小心地把貓交放到凱蒂伸出的手中。「牠又累又餓。喏」──她將手伸進還披掛在我肩上的夾克的口袋裡，掏出兩罐食物──「開一罐這個給牠吃，順便看看能不能找個什麼東西當砂盆。」

凱蒂才剛抱住菲歐娜說謝謝，克莉絲汀就急著催她，還有貓，離開交誼廳。麥爾坎一語未發，無論是對貓或是對凱蒂幾乎沒多看他一眼的事實。其實，他幾乎沒有意識到廳內還有其他人。他毫無生氣地站在窗邊，任由雨水滴到地毯上，還得讓我喊他三次才終於在火邊坐下。

菲歐娜從書櫃下方的櫃子拿出一瓶威士忌和三只杯子，倒了三大杯酒。我每喝一杯，麥爾坎便喝了兩杯，但我沒說什麼也沒數落他。不過當他的下顎終於不再打顫，呼吸也緩和平穩下來後，我倒是重重地往椅背上一靠，闔上眼睛。如今腎上腺素逐漸退去，我的身體感覺沉甸甸又軟綿綿，就好像所有骨頭被人一把全拉扯掉了。

「妳還好嗎，安娜？」菲歐娜問道：「妳的手臂不會痛吧？」

「沒有比之前痛。」隱約的抽搐感還在，從脖子延伸到指尖。我從頸背上取下吊帶，試驗著動動手指，然後伸屈手臂。會痛，但不是不能忍受。

我正小心地重新穿上吊帶時，麥爾坎在椅子上挪動了一下。

「你還好嗎？」我問道：「要不要我幫你拿什麼東西？」

他呷了一大口威士忌，顴骨下方的皮膚緊繃灰暗，眼神漠然呆滯。他忽然顯得老邁。不像五十好幾，倒像七十好幾。

「我想我應該好好利用現在。」他一口乾了杯中酒。

「為什麼？」

「我猜你們會想把我和崔佛調換，把我關進洗衣間。」

菲歐娜和我互看一眼。他不知道我們還沒找到崔佛。

「還沒有崔佛的蹤影。」我說。

我準備著迎接火爆的反應；然而，麥爾坎將杯子放回桌上時沒放穩，杯子搖晃了一下。

「喬和梅蘭妮還在找他。」菲歐娜說。我隨著她起身，走到窗邊向外凝視。「天快黑了。」

她聲音壓得很低，免得麥爾坎聽見。

「妳該不會以為他們會找到他吧？」

「我相信他不會有事。他曾經是軍人，不是嗎？」

「可是他沒有帳篷。」

「妳怎麼知道？」她面帶狐疑看我一眼。她不知道我翻過崔佛的背包，替他找藥。

「我……我不知道，只是猜測。妳覺得他會回來嗎？我是說晚一點，等這一切都平息一點之後？」

她看了看我。「妳會嗎？」

44

我一聽見前門打開，大廳裡傳來人聲，便以氣音叫菲歐娜幫忙看著麥爾坎，自己則匆匆離開交誼廳並隨手關上門。頭髮濕透了緊貼著頭皮的梅蘭妮，一面脫下外套一面搖頭。

「我們到處都找過了，但沒有他的蹤影。」

「我知道。」我從她手上接過外套，掛到掛釘上，然後將弄濕的手往牛仔褲上抹。「我和菲歐娜去小屋找過。我們認為他闖進去拿了一些東西，但他現在已不在那裡。我是希望，如果他沒回這裡來，今晚能待在那邊，因為那樣至少……」我偷偷瞄向正在脫靴子的喬，自從他們進門後，他就一直避免和我有眼神接觸。「……那樣即使不夠暖和，至少可以保持乾燥。」

「有件事有點敏感，」梅梅慎重地說：「不過我和喬在回來的路上談過了，是關於大衛。他已經在他房裡幾天了……呃……有些事顯然自然就會發生。」

她說的是氣味。

「我們認為把他移走或許是好主意，」她接著說：「也許可以移到花園裡的暖房。就只是放到我們能向外求助。」

想到大衛毫無尊嚴地躺在乾枯的番茄植物與一袋袋肥料之間，我很不能接受，但梅蘭妮說得沒錯。誰也不知道暴風雨還會持續多久，他不能待在他的房間。

「可以啊，」我說：「我明白。」

「喬很好心地答應負責搬運，如果麥爾坎肯的話，他也可以幫忙。」

「我上樓去……」喬直起身子，用指節揉揉下背。「……看看大衛。」

我看著他爬上樓梯，一步一步緩慢而費力，彷彿全世界的重量都壓在他的肩頭，我的心頓時糾結起來。搬移大衛不是任何人都會主動選擇去做的活兒，然而對剛剛失去弟弟的喬來說想必加倍艱難。我想追上去告訴他說我懂，但他還在生我的氣，我看得出來。他弟弟因為被迫關在一個小房間裡而喪命，我卻准許了以監禁懲罰崔佛。

「梅梅，等一下！」我見梅蘭妮正要走進交誼廳，很快地擋在她與廳門之間。我得在她見到麥爾坎之前，將麥爾坎發生的事告訴她。「我能不能很快地跟妳談一談？」

「當然了。」她試圖繞過我去握門把。

「不要在這裡。私底下談。我們上樓到妳房間去好嗎？」

「怎麼回事？」梅蘭妮靠坐在床沿，兩手夾在膝蓋間。「妳的表情好嚴肅，安娜。」

嚴肅，而且緊張。我強壓下從心窩裡不斷冒出的惶恐，調整一下手臂吊帶，讓它不要一直勒我的頸背。現在差不多可以排除喬是跟蹤者的可能性，那麼此時與我獨處的極有可能就是想要我死的人。因此我選擇坐在離門最近的位子，而且一進門就四下環視尋找可以當武器的工具。不料完全沒有什麼武器可言，只有床頭櫃上的一杯水和一本書，以及兩個背包和四支健走杖靠在牆邊。

「是壞消息，對吧？」梅蘭妮說。

「妳怎麼會這麼想？」

她紅色鏡框上的眉毛往上一揚。「妳臉上的表情啊。」

「是關於妳先生。我很擔心他。我們在找崔佛的時候，發現麥爾坎坐在懸崖邊。他……他威脅說要跳崖。」

梅蘭妮兩隻手掌緊緊往床上壓，彷彿想穩住自己。「妳不是認真的吧？」

「我是。他坦承他就是打崔佛的人。」

「天哪。」她彎曲身子，兩條手臂抱住頭。

「梅蘭妮？妳還好嗎？」

她抬頭看我，眼中流露出痛苦。「我有想到可能是他，但又不願相信。昨晚我們吵了一架。他喝醉了，我告訴他我不喜歡他談論崔佛的態度。我說我不想跟他同房，叫他去睡沙發。我上樓以後卻睡不著，當我下樓來看他，他人不在交誼廳，而是坐在廚房地上，雙手抱頭，邊哭邊喃喃自語。」

「說些什麼？」

「主要是不斷地道歉。對不起，崔佛。我是個混帳王八蛋，諸如此類的。當時我不知道他做了什麼，以為他只是自艾自憐，於是我悄悄走開，沒讓他看見我。我真的很抱歉，安娜。我不知道該說些什麼。真不敢相信我嫁給這樣的人。我真的……真的沒想到他會做出這種事……」她再度將臉埋入手中，重重嘆氣。

我緩緩從椅子起身，上前摟住她的肩膀。「這不是妳的錯。妳根本無從知道他會這麼做。」

「是嗎？」她拉開身子。「他從來沒打過我，就我所知也從來沒打過誰，可是他隨時都怒氣衝天。不知道為什麼。除了孩子以外，他人生的一切都如意順遂，但他的情緒就是緊繃得不得了，一逮到機會就發牢騷、怨天怨地，要不就是批評數落。我都煩死了！我再也沒辦法和他一起看新聞，因為他會從頭罵到尾。」

她又嘆一口氣。「我也想要孩子，但我可不會毆打一個手無寸鐵的人。我暗暗覺得他是怨我的，安娜。我認識他的時候四十一歲，歲月永遠不會站在我這邊。麥爾坎即使到了七十多歲，精子很可能還能用，總之他是這麼說的，可是我的卵……」她輕笑出聲。「什麼卵啊？」

「聽起來他真的很冷漠。」

「這是一種說法，」她輕輕哼了一聲。「另一種說法叫殘忍。妳知道這趟旅行是他的主意嗎？他以為兩個人花點時間獨處，所有的問題都能迎刃而解。妳都不知道當我提議帶凱蒂一起來的時候，他有多生氣。」她往後坐直，抹了把臉，看起來十分疲憊心力耗盡。「其實，他不會那麼做的。」

「做什麼？」

「跳崖。他知道我們一旦找到他，會因為他毆打崔佛而排擠他。我猜他是看到妳們朝他跑去，以為妳們發現他做了什麼，才假裝要自殺好拉攏妳們。老實說，安娜，妳根本想像不到他有多會操控人心。」

她似乎對自己說的話有十足把握，我卻無法將這番話與我在崖頂上所看見，渾身發抖、搖晃，對天吶喊的那個人兜在一起。要做到那個程度，麥爾坎必須具備一流的演技。

梅蘭妮嘆氣道：「看來我得和他談一談。」

「妳要說什麼？」

「說到此為止。」

我張口欲言，隨即又改變心意。

她眼鏡背後的眼睛瞇了起來。「怎麼了？」

「我只是……我只是在想，等你們回到倫敦再跟他談會不會比較好？我知道妳覺得麥爾坎是假裝要自殺，但他看起來真的非常……脆弱。」

她笑出聲來，連忙用手摀住嘴，像是要把聲音壓回去。「他脆弱得像磚塊似的。問問崔佛就知道了。」

「好吧，用錯字眼了。說是不穩定好了。」

她在床上往後移動，背靠著牆，然後抬眼望向天花板。「就有那麼一大堆情緒不穩定的男人需要我們小心迴避。假如情況反過來——假如是我、妳、克莉絲汀或菲歐娜撒起野來，亂摔東西亂打人——妳想情況是會這樣嗎？妳覺得男人會那麼體貼地為我們不穩定的情緒著想嗎？不會！想也知道不會。他們會給我們貼上神經質的標籤，離得我們遠遠的！」

「我不敢說這是……」

「事實？真的嗎？遇到麥爾坎之前我一個人生活了六年。要是跌倒，沒有人來扶我，要是精神崩潰，沒有人可以照顧我。我得照顧自己，和我年邁的父母。說女人是弱者，放狗屁。如果我們受夠了當強者，誰來照顧我們？嗄？妳告訴我！誰來照顧我們？」

她的頸子底部漲紅起來，眼睛在閃爍的鏡片背後閃著忿忿不平的光。她直瞪著我，彷彿在挑戰我與她爭辯，隨後則閉上眼睛重嘆一口氣。

「放心吧，我不會說什麼可能讓麥爾坎想去跳崖的話。我良心已經夠過不去了，不必再加上這個。」

房裡的氣氛倏忽起了變化，又或者只是我的感覺轉變。前一秒鐘我還為她感到滿心的同情與難過，現在卻緊張地提高警覺。

「妳這是什麼意思？什麼叫良心過不去？」

梅蘭妮搖搖頭，眼睛依然閉著。「我恐怕沒那個力氣說出來。」

「試試看吧。」我瞥向依然關著的門，以及靠在牆邊的健走杖鋒利的尖端。她會在這裡坦承她已經跟蹤我數月了嗎？無數可能性在我心中呼呼翻轉——她會不會是弗瑞迪的姊姊？史提夫的妹妹？我不知道她娘家的姓氏，從來沒想過要問。

「是凱蒂。」她嘆氣道：「我很擔心她。」

我整個人定住，文風不動，等著她接下去。

「她要照顧病人，」她睜開眼睛看著我。「妳知道嗎？」

「我不知道。」

「她媽媽，翠西，我的妯娌，得了神經退化性的疾病。已經好多年了，但還算控制得宜，嗯，應該說是慢性病可以控制的最好狀態，而照顧的工作主要都是凱蒂的爸爸在做。但後來她病情惡化，好像幾乎是一夕之間，現在她幾乎不能走路，又常常生病，說真的，凱蒂去上學的時候她沒法照顧自己。」

一個新想法鑽入我的腦中。凱蒂的爸爸會不會是彼得？我知道她爸爸不在，但在此之前始終沒想到他可能是死了。跟蹤一事會不會與史提夫·雷英毫無關係，而是為了替彼得的死復仇呢？他在公司從未提起妻兒，我打電話給他父母時，他們也沒提起，不過他老是一個人獨來獨往。沒和弗瑞迪、阿穆交際的人不只有我。

「梅梅……」我幾乎害怕到問不出口，但又非問不可。「是怎……凱蒂的爸爸是怎麼了？」

她兩腳打直坐高起來。我抓著床邊，準備隨時衝過房間奪門而出。

「他走了。」她聳聳肩。「說他們的婚姻多年前就結束了，他之所以留下來純粹是因為責任感，但他再也應付不了，要是不走就只能等著崩潰。我好震驚。葛雷姆確實缺點一堆，但這又創了新紀錄。」

「凱蒂的爸爸留下她一個人照顧她媽媽？」我聽了梅蘭妮的話實在太過驚訝，晚了一拍才意識到她剛剛說的是葛雷姆，不是彼得。

「是啊。天曉得他跑哪去了。麥爾坎覺得他可能在西班牙，或是上了遊輪。他認識翠西以前，好像在遊輪上工作過。」

「所以葛雷姆是麥爾坎的弟弟，不是妳的。」

她勉強一笑。「一對迷人的傢伙，不是嗎？」

我起身走向窗邊。外面，在飯店後側的安全燈照亮下，喬和麥爾坎正奮力抬著大衛的遺體走過小徑，進入暖房。他二人的口鼻都用看似白色茶巾的東西蒙住，但大衛的頭並未用茶巾覆蓋。他被床單緊緊捲起，從頭包覆到腳，宛如埃及木乃伊。他的面貌已不再像人，只是空有人形。

那有可能是妳，我大腦深處響起一個聲音說。如果妳昨晚死了，他們也會把妳的屍體和大衛一起搬進暖房，誰也不會知道妳的死不是意外。我試圖將聲音隔絕開，但聲音太響又太執著，讓人無法忽視。無論是誰企圖殺妳，在妳死之前他都不會罷休的，安娜。

「我知道凱蒂不是家人，」梅蘭妮繼續說道：「總之不是有血緣的家人，但我就是覺得對她有責任。她十四歲，還要照顧病人。所以我們才帶她一起來——讓她稍微喘口氣。我們不在這段時間，我請了一位看護照顧翠西，但我請不起全職看護。麥爾坎已是半退休，我們是靠我的薪水過活，到目前也只是勉強支撐。我試著找過翠西的家庭醫生和社福單位，想找個幫手，但那些官僚實在荒謬。即使往前跨出小小一步，都好像還是會倒退兩步。」

「聽起來真的很麻煩。」

她聳聳肩。「還能怎麼辦呢？」

一陣尷尬的沉默降臨在我們之間，我們倆都不知道接下來該說什麼。

「那我……呃……那我就先走了，」我說：「讓妳能有一點自己的空間。」

她輕聲笑了笑，是因為緊張或是為了我即將離開而鬆一口氣，我也不確定。

「安娜，」我伸手去握門把時，她說道：「既然妳都上樓了，是不是能請妳幫我拿一條乾淨的浴巾？要不就把床單毛巾櫃的鑰匙給我，我自己去拿。」

「不，不，當然沒問題。我現在就去拿。對不起，我實在是太久……」我跨入走廊時，話說到一半打住。上次整理房間時，我並不知道跟蹤我的人在飯店裡。但現在我知道了。

45 艾利克斯

艾利克斯看著電話嘆息：晚上九點，蓓卡仍不見蹤影，也沒傳訊息說她會遲到。或許工作臨時出了什麼狀況（第一次約會時她就預先提醒過他，說她很難得能準時下班），也或許——他不自在地在椅子上動了動身子——或許他被放鴿子了。這樣有點奇怪，畢竟是她主動說想見他的，但她可能失去了勇氣。肯定是要分手，至於為什麼不能在電話上說，他也不知道。若是他想甩人，他寧可舒舒服服地在自己家，手裡端著啤酒，「結束通話」鍵一按，所有的尷尬便歸於寂靜。他端起啤酒杯，小啜一口，思考著當蓓卡當面告知說再也不想看到他時，他該作何反應。

他決定了，要表現得若無其事。也許可以說他也正在考慮同一件事，好讓她不那麼愧疚。就說他覺得他們可以當好朋友（雖然一旦道別後，他們顯然此生不會再見），希望不要傷了感情。對，他將啤酒放回桌上，就這麼演吧。沉著、平靜、若無其事。如果她在五分鐘內來到酒吧，說不定他還能趕在就寢以前，看個兩集《陰屍路》。他打量著酒杯裡剩下的淡啤酒，剛好比半杯少一點點。蓓卡出現以前，他能不能來得及再去吧檯點一杯呢？如果話說到一半酒喝光了，會很煩。不過他可能也會慶幸有藉口可以離開位子。

「嗨，艾利克斯。」蓓卡一手搭著他的肩，俯身親親他的臉頰。她散發一種又甜又像花香的味道，和她平時的香水味不同。她已經往前走了。

「嗨，」他將一杯里奧哈紅酒推過桌面給她，她立刻顯露笑意。

「已經有一杯酒在等著我啦，好貼心喔。」

她的反應讓他不解。看起來不像要甩掉他的樣子，但說不定這是她的做法，讓被甩的人感到非常平靜而輕鬆，那麼當她把炸彈交到他們手中，他們便幾乎不會注意到它爆炸。

「工作怎麼樣？」他問這話，習慣多於關心。他只希望她趕緊說重點，讓他早死早超生。死？這倒有趣。也許他對於分手，並不像自己以為的那麼超然。多數時候她還是好伴侶，而且還有她那迷人翹臀。

「不好。」她一口乾下半杯紅酒，將酒杯放回桌上時，唇邊多了兩個小小的紅酒漬。艾利克斯決定不提。「對不起，我最近有點閃爍其詞，但工作的事我不能再說更多。其實現在也還不行。醫院董事會很擔心萬一媒體聽到一點風聲……」她嘆了口氣又喝下一口。「總之，很抱歉我有點疏遠你。我壓力真的很大，因為……呃……我做的某件事……」

「說下去。」艾利克斯喝了一口啤酒，做好傾聽的準備。

「我……呃……我在工作上，做了一件不該做的事。所以當主管們開始到處東問西問，我才會這麼害怕。我以為他們發現了，以為我會被炒魷魚。」

艾利克斯將身子往前傾，手肘靠在濕濕的桌上。安娜住院時，蓓卡始終是專業滿分，他無法想像她會做錯什麼。

「我做的事……」她眼珠子一溜轉，避開他的目光。「我把你家的地址給了某個人。」

「什麼？」他重新往後坐，猶疑又迷惘。「妳為什麼要這麼做？」

「其實……不能說是你的住址，而是安娜的。」

「妳把我們的住址給了某個人？伍德塞德公園區的那間公寓？」

「對。」她點頭，但仍未看他。「還有安娜近親的資料。」

「妳給了他我的資料？哪些資料？什麼時候？」

「不是你的，是她父母的。你們沒有……你們當時沒有結婚。就是在安娜出院以後，我們還沒在一起之前。有人打電話到護理站，說是有緊急事情要聯絡她。我問了原因，對方說那是機密。」

「所以妳就把她所有的個資給出去了？妳可以這樣做嗎？」

「不行。」她終於與他對上眼。「我不可以，所以才會這麼擔心。」

「那為什麼要做？」

她重嘆一口氣。「因為那個人的關係，詢問安娜個資的人……曾經和我共事過。」

46
安娜

「梅蘭妮，能不能麻煩妳下樓告訴其他人，我們需要再開一次房客會議？請所有人到交誼廳等我下去。」

「但我想沖個澡。」她渴望地朝毛巾櫃的方向看去。

「我知道，對不起。開會不會開太久，之後妳就會有充分的時間了。」

「是關於崔佛嗎？其實我不確定今晚我們還能多做些什麼。」

「是關於一些不同的問題。」我摸著口袋裡的萬用鑰匙，暗自催促她快點下樓。要是我們再多待片刻，其他客人就會一一上樓回房。我需要梅蘭妮把他們都留在同一個地方，以便展開搜索。

「好吧，既然妳堅持的話。」她勉為其難地走出房間，隨手將門關上。

我等到她消失在樓梯間後，手拿鑰匙，開門進入崔佛的房間。我已經相當確定他不是跟蹤我的人：他自行使用煩寧治療他的創傷後壓力症候群，只能過一天算一天的感覺必定十分煎熬。

崔佛的房間空空如也。地上沒有背包，浴室裡沒有牙刷或牙膏。他曾經在這裡住過的唯一跡象，就是有那麼一點點發皺的床單。我關上門，琢磨著接下來該去哪個房間。梅蘭妮和麥爾坎的房間已大致看過，凱蒂夢遊的意外插曲過後，我也進喬的房間看過。凱蒂的房間？我立刻排除她的嫌疑。如果她爸爸是彼得．柯洛斯，那麼說她是跟蹤我的人還有一丁點可能性，但他不是，所以她也不是。如此一來，便只剩菲歐娜和克莉絲汀了。

菲歐娜的房間離得較近，我便先上那兒去。儘管梅蘭妮與麥爾坎的房間有濕衣物的味道，菲歐娜的房間感覺就舒服多了。她的香水味懸浮在空氣中，她的盥洗用品、化妝品與美髮用品，則整整齊齊擺在梳妝台上。與其他某些人不同的是，她行李袋裡的東西全部拿出來了。空空的背包放在衣櫥內，衣服收在斗櫃抽屜裡。我在衣物間翻找，同時留意著房門，每當聽見管道裡的隆隆聲或是桁梁吱嘎作響，就全身僵住。她的衣服當中沒有藏什麼，但我倒是在最上層抽屜找到她的錢包。我笨手笨腳地翻看她的卡片，名字全都是菲歐娜．賈迪納，其中還包括駕照，上面註明她的生日一九八三年八月十五日（她快三十五歲了），與住址倫敦市溫波爾街十五號。除此之外，她錢包裡唯一值得注意的只有一張預印的小卡片，寫著「對全世界而言你或許是一個人，但對某一個人而言你卻是全世界」。底下有潦草的字跡寫著：愛妳，小菲。M. x

M？想必是我們在檢查油槽時她提到的前男友。我正要將卡片塞回錢包內，又忽然住手。

我腦中閃過一個畫面，是穆罕默德在車上坐在我旁邊，頭往後仰，張著嘴在輕輕打鼾。菲歐娜會是他女朋友嗎？我知道他交往的對象年紀比他大，記得弗瑞迪看到阿穆手機上的一張照片時，還取笑說他在跟一個大媽約會，但我沒聽見提到名字，也懶得問。幹嘛要問呢？他們的私生活是屬於他們自己的。至少當時我這麼告訴自己。直到如今才發覺我對組員們的生活的了解微乎其微。

可是菲歐娜何必找上我？她說她莫名其妙地就被男友甩了。就算那是阿穆，他還活得好好的，菲歐娜怎麼會想讓我「睡去」？除非她覺得是我害她被甩。

我將卡片塞進錢包放回抽屜，隨即將注意力轉向床頭櫃，只見一杯水旁邊多了一支手機擺在那裡。我一把抓起手機，按了底下的按鍵。螢幕雖然亮起卻上了鎖。背景圖片並未提供任何線索。那是某一處的熱帶沙灘，與一片清澈見底的大海。我往上滑，試著猜測她的密碼。

1234。

輸入的密碼不正確。

4321。

密碼不正確。

我再試她生日的前四個數字，忽然聽見走廊有吱嘎聲，當下僵住。我將手機拿在背後，悄悄走到門邊往外窺探，但外面沒人。我吸一口氣讓自己穩定下來，然後重新看著手機，用拇指在螢幕上敲打。

1508。

密碼不正確。

0883

密碼不正確。

該死。我有可能在這裡猜上幾個小時，而我還有克莉絲汀的房間要查看。於是我不情願地將手機放回床頭櫃上，掀起床墊。什麼也沒有。也沒有東西藏在衣櫥裡。假如菲歐娜是跟蹤我的人，她藏匿得很好。

打開克莉絲汀房間門鎖走進去時，我感覺到一股愧疚襲上心頭。她比我媽大不了幾歲，一定很討厭陌生人亂翻她的東西。我十來歲的時候，因為媽媽出門工作，我為了找梳子翻了她的抽屜櫃，結果被她劈頭臭罵了一頓。她回來以後怎麼會知道我翻過她的東西，我不知道，總之她理智完全斷線。

克莉絲汀的房間甚至比菲歐娜的還整齊。所有的平面上都沒放東西，連我上次進來時看見的威士忌酒瓶也不見了。與菲歐娜不同的是，她只拿出一部分行李。有套頭毛衣、長褲和幾條花圍巾掛在衣櫥裡，但背包裡還有幾樣東西：三雙襪子和一個急救包。我伸手要拿急救包時，有另一樣東西吸引了我的目光：是一本書，封面邊緣捲起又破舊，書頁也因年代久遠而泛黃發皺。

《睡眠之書：詩文選集》。

我低頭凝視封面上褪色的鄉間景致時，胃扭絞了起來：一輪巨大黃月從光禿樹梢的黑色枯枝間透視著。

書名包含了「睡」字肯定是巧合吧。克莉絲汀對詩感興趣也合理，畢竟她曾經是小學老師。

除非她並不是。

我打開封面，翻到目錄頁瀏覽內容：

〈第三十九首十四行詩〉——菲利普．西德尼爵士

〈第二十七首十四行詩〉——威廉．莎士比亞

〈金色夢鄉〉——湯瑪斯．戴克

〈搖籃曲〉——威廉．布雷克

〈入睡〉——威廉．華茲華斯

我用拇指翻動書頁，掃視內容，詩一首一首模糊相連，忽然間我猛地住手，因為有個不尋常的東西跳了出來——在乳白的頁面間閃出了一抹黃。

追悼

愛蜜莉與伊娃．蓋波

愛蜜莉．蓋波，盡心盡力的妻子兼母親。於二〇一五年二月十三日辭世，與我們心愛的女兒伊娃．蓋波合葬。知道妳們倆在一起是我唯一的安慰。我美麗的妻女，記憶永存。永遠愛妳們也懷念妳們……

這是一篇訃聞，在報紙上情真意切表達哀思的文章，剪下後貼在其中一首詩的頁面。我繼續往下翻又看到更多：有一篇是追悼一位名叫阿赫妲的年輕女子，一篇是向一位叫「捲毛」的酒館常客訣別，一篇是關於一位瑪莉姨媽的美好回憶，還有一篇是向一個名叫德瑞克·山德茲的男人道別。總共有數十篇這類的訃聞黏貼在書頁間。我來來回回翻著這些剪報，有一種奇怪的斷離感，彷彿被困在夢裡。這不是克莉絲汀深情地回憶某位逝去的親人，而將他們的「追悼」訃聞貼在自己最喜愛的書中，這是一本死亡目錄。

我的手抖得太厲害，書從我手上掉到地上，碰撞到地毯時，有一張紙從書頁間飄飛出來，最後落在我腳邊。那不是從報上剪下來的。雖然大小相同，卻是用手寫在一張灣景飯店提供的免費便條紙上：

追悼

大衛·艾倫·坎伯爾

?-2018年6月5日

懷念大衛·坎伯爾，飯店老闆、友人兼同事。

他曾掙扎求生，隨後便長眠了……

我腳下的地面彷彿突然消失，使我懸在半空中，胃凹陷貼著脊椎，隨時都可能摔落。我抓住床墊邊緣，指尖卻感覺不到那粗糙、有皺褶的材質。我什麼都感覺不到。我胸腔裡的心臟停止不動，肺裡也沒有空氣。

為什麼克莉絲汀自己要為大衛寫「追悼」訃聞，那句話又是什麼意思——他曾掙扎求生？她試過要救他的，不是嗎？

我兩條腿宛如被挖空一般，我勉強從床上撐站起來，拉過背包手伸進去。克莉絲汀還藏了什麼？

遠處傳來的人聲讓我當下定住。

我將書丟回背包裡，連忙衝出房間，顫抖著手轉動鑰匙鎖門。當我轉身要奔向自己的房間時，心臟怦怦狂跳，不料連一步都還沒跨出，克莉絲汀便出現在樓梯口了。

追悼

追悼

懷念心愛的史坦・艾瑞克・哈洛威

世界或許會年年改變，
朋友或許會日日改變，
但我心愛的那個人
永遠不會從記憶中消失。

入睡。

我們渴望著，那將我們抱在懷中輕搖，帶著我們遠離煩憂，幸福無比的黑暗。人生充滿掙扎，但入睡是一條逃避之路。當我們四肢沉重，心靈疲憊，那便是我們回歸的子宮。有時候我們會抗拒，我們會拚命地保持清醒，我們的愧疚，或是錯誤的忠誠，會將我們牢牢困在這個汙濁塵世裡，害怕得不敢邁向下一個人世。

我二十五歲那年第一次幫助某人闔眼。她名叫艾琳・卡瑟柏，八十七歲。她因為中風從原來的安養院被送進醫院，待在加護病房那兩天，沒有一個人來探視。她病歷上寫的近親叫密利森·懷特，是陽光安養院的經理。她的近親是一個和她沒有血緣關係的人？我深受打擊，覺得悲哀至極。艾琳住進醫院時沒有戴婚戒，而即使她有孩子，或甚至於孩子還在世，顯然也都不再是她人生的一部分。我下班回家後，始終忍不住想著她。等她回到安養院，還能有什麼指望？她的身體有一邊癱瘓，她無法自行進食，無法開口說話，而且極有可能永遠無法再走路。讓她這樣拖著半條命，我覺得太殘忍了。如果動物面臨同樣狀況，我們會讓牠安樂死，結束牠的痛苦。

第二天，當我回到醫院上班，我拉起她的手，輕輕將她稀薄的灰髮往後撥，蓋住粉紅脫皮的頭皮，並向她承諾我會幫她。她用迷濛的藍眼看著我，歪斜的嘴猛烈抽動。她想睡著。這點我毫不懷疑。

艾琳·卡瑟柏從有意識悄悄進入昏迷的幸福懷抱，那速度之快有種非常美麗的感覺。她嚥下最後一口氣時，我就在她身邊。我拉著她的手，一如許多年前拉著母親的手，我告訴她放下吧。當她的胸口最後一次起伏，她的手指在我掌中癱軟，我心中充滿飽脹的愛意。

從事護士工作愈久，要幫助人闔眼就愈困難，但我堅持不懈，為了紀念我媽媽，她在生時吃盡苦頭，闔眼後才終於獲得平靜。有一位母親車禍後倖存下來，卻失去她的孩子，我便幫助她與她的寶寶團聚。我幫助過一個受酸液潑灑的被害者從毀容的痛苦中解脫，我還幫助過一個紅鼻子的退休老人，他最忠實的伴侶是一杯艾爾啤酒。

我不是安樂死天使。我有缺點又醜陋，但我有同情心又仁慈。我也很有決心。這是我最值得欽佩的優點。

47 安娜

克莉絲汀沒有步入走廊，而是停留在樓梯間的陰影裡，她的目光從她關著的房門跳到我緊握的手（萬用鑰匙藏在手裡），隨後又跳到我臉上。平常迎人的笑臉不見了，此時她嘴唇抿成一條細線，金絲邊眼鏡後面的眼睛瞇起，眼神冷冰冰。

我無法呼吸，無法說話，無法移動。一股強烈、極端的恐懼抓住了我，儘管大腦尖聲高喊叫我逃跑，我的腳卻釘在地板上不動。

她朝我走來，強自微微一笑，相對於她臉上的緊繃表情顯得不協調。「沒什麼事吧，安娜？妳怎麼好像見到鬼一樣。」

她知道我進了她的房間，看到了她的書。她雖然對著我笑，但在她假裝關心的話語底下有一股冰冷的怒氣。我得回答，我得尖叫或吶喊或有所行動，只是腦中原有的思緒已變成一片空白。

「安娜？」她朝我向前一步，拉近我們之間的距離。我不再知道她是誰了。在我眼中一度是個溫暖、有愛心的女人，如今成了滿腦子睡眠與死亡的怪物。是她在車禍過後不斷騷擾我，送來可怕的訊息要我睡去，並企圖將我誘向死亡。為什麼呢？我想扯開喉嚨當面問她，同時大哭一場。妳為什麼要這麼做？妳為什麼要糾纏我？

「安娜？克莉絲汀？」樓梯間響起一個男性聲音把我嚇一跳。克莉絲汀也旋過身去看看是誰。

喬，一手靠在牆上，神情懶散地看向我。「開會還要等很久嗎？菲歐娜說晚餐準備好了。」

開會？我一時不知道他在說什麼，緊接著才想起來，我請梅蘭妮下樓拖住其他人，好讓我搜索他們的房間。

「晚餐？」克莉絲汀快活地說：「我不知道妳怎麼樣，安娜，但我可是餓壞了。我相信開會可以緩一緩，對吧？」

她態度的轉變太驚人了。她的臉和聲音變得柔和，恢復成原來的她，至少是她假裝的那個她。

「安娜？」喬說：「可以嗎？」

「我……呃……我……」

我尋思著適當的回答之際，他皺起眉頭。

「我……可以，就這樣吧。我可以跟你談一談嗎，很快就好？」

我繞過克莉絲汀，沿著走廊半跑半踉蹌地朝他而去。我靠近後，他眉頭皺得更緊了，目光從我轉移到克莉絲汀，接著又轉回到我身上。

「我先回房拿條圍巾。」克莉絲汀說著從口袋拿出房間鑰匙。「我馬上就下去。」

克莉絲汀開門進房間時，喬起步便要下樓，我卻定在原地。我看見她彎身從地上拾起一小張紙，不禁全身血液凝固。那是大衛的訃聞。我忘記把它夾回書裡了。

「安娜？」正當克莉絲汀倏然轉身，眼神冰冷地瞪著我時，喬出聲說道：「我們到底要不要下樓？」

一來到樓梯底端，我忍不住哭了起來。我憑靠著扶手，手摀著嘴試圖壓制啜泣聲，喬則尷尬地站在我旁邊。

「怎麼了？」他問道：「出了什麼事？」

我瞄向樓梯頂端，深恐克莉絲汀隨時會再次下樓。低低的談話聲從緊閉的交誼廳門後面飄來，餐廳裡則傳出餐具碰撞的聲響。

「安娜？」喬又問一遍。「怎麼了？」

「別在這裡說。」我一把拉開前門，也顧不得套上外套或靴子。

喬跟著我出來，中途還停了一下從衣架抓下他的外套。我兩腿忽然發軟站不直，便緊緊背靠門廊，他則將外套披在我肩上。除了飯店的光線之外，四下漆黑一片。夾帶濃重水氣的烏雲遮蔽了星月的光輝。即使我能開著荒原路華過河，一旦汽油用盡，就會被困在黑暗中。在近似蒙著眼睛的狀況下，我根本無法穿越小島。

「拜託了，安娜，」喬的語氣突然變得粗暴。「妳就告訴我到底怎麼回事吧。」

我搖頭。「你不會相信我的。」

「試試看啊。」

「克莉絲汀一直在跟蹤我。」

「什麼?」他吃驚得身體晃動了一下。

「從倫敦開始,我出了車禍以後。我開始會收到騷擾訊息要我睡去,起初我以為是一個名叫史提夫·雷英的人做的。他兒子弗瑞迪在車禍中死了。」我看了喬長長一眼。「是我開的車。」

「不會吧。」他愣然盯著我看。「妳提過車禍的事,但我不知道有人喪命。我的天哪,安娜。」他按壓我的一隻手臂,但只是很輕很輕地碰觸一下便放下手來。「真的很抱歉,我都不知道。」

他眼中的關懷讓我喉嚨發緊,淚水扎刺我的眼睛,但我將淚水眨去。

「之前妳跟我提過那些人名,」喬說:「史提夫和弗瑞迪。妳在用餐時問我認不認識他們。」

我聽得出他語氣中帶有疑問。他想釐清我為什麼向他問起他們。

「我來拉姆以後,」我回看著他說道:「以為跟蹤就會停止,沒想到窗子上又出現那個訊息——死去,睡去。」

「那是真的?」

「當然是真的。」

「抱歉,只是……有點奇怪。我們誰都不知道妳在說什麼。老實說的話,我認為是大衛的死衝擊太大,才會……」他聳聳肩,沒有把話說完。

「你覺得我是失去理智？」

「也許有一點。我還是不明白妳為什麼覺得和克莉絲汀有關。」

「剛才我在她房裡發現一本書，是一本詩集，關於睡眠的。裡面貼了很多訃聞。」

他搖搖頭。

「一般人刊登在報上的那種。」我解釋道：「懷念心愛的蘿拉姨媽，那一類的。」

「喔。」他點點頭，但從他的表情可以看出他仍然不明白。

「有幾十張啊，喬，好幾十張。而且她還替大衛手寫了一張。我認為書裡的那些人都是她殺的，包括大衛在內。」

「哇。」他用手梳過頭髮，凝望著外頭的雨。他不相信我。他怎會相信呢？有多少六十或七十多歲的女性連續殺人犯上過新聞？但我確實知道把胰島素放在我房裡又拆掉木板的人就是克莉絲汀。我這輩子從來沒有這麼有把握過。

「她有沒有提起過她的孩子或孫子？」我問道：「她有沒有提過叫史提夫、弗瑞迪或彼得的人？」

喬搖頭。「沒跟我提過。」

「最近有親人過世嗎？」

「不，抱歉，別這樣。」他沉默下來，隨後重嘆一口氣。我就是甩不掉他不相信我的感覺。

「妳希望我做什麼，安娜？」

「我希望你去跟她要那本詩集。那是唯一的證據可以證明她是這一切的幕後黑手。」

我在外面等著，前門開了一條縫，我便看著喬腳步沉重地爬上二樓。時間一分一秒過去，菲歐娜從餐廳出來，腰際圍著大衛的圍裙。她穿過大廳時沒看見我，直接便走進交誼廳，而且沒把門完全關上。

我聽見梅蘭妮說：「她在哪？我們已經在這裡等得天荒地老。凱蒂肚子餓了。」接著是菲歐娜低聲回答。

幾秒鐘後，她又走出來回到餐廳。當餐廳門在她身後喀嗒一聲關上，喬的襪子正好出現在樓梯頂端。糾結在我胃裡的硬塊鬆動了，只是一點點，因為當他下樓進入大廳時，我看見他右手抓著那本書。真不敢相信克莉絲汀會把書給他。既然她知道喬已得知真相，應該就不敢再對我出手了。

「你是怎麼說的？」他來到外面輕輕關上門後，我問道。我好不容易忍住才沒有從他手上搶過書來。

「我跟她說我想讀一些詩，問她有沒有什麼建議。她就給了我這個。」他向我遞出詩集。

我接過書。書名和我發現的那本相同，封面上褪色的鄉間景致也一樣——一輪淡黃色的巨大月亮從光禿樹梢的黑色枯枝間透視著——但書頁沒有發黃，封面邊緣也沒有捲起。我翻了幾下，但我之前看到的那本書裡黏貼了許多褪色剪報，這本卻仍能看到所有的詩；幾乎可以說是嶄新的。

「不是這一本。她肯定給了你另一本。我知道這話聽起來很瘋，」我見喬重重嘆氣，便補上幾句：「但我向你發誓，這不是我看到的那本書。這本裡面什麼都沒有。」我拎著封面甩動，沒有東西掉出來。

「安娜，」喬輕聲說道，眼中滿是憂慮。「我……我覺得妳最近壓力太大而且……呃……我不是說妳在撒謊，妳說妳在克莉絲汀的書裡看到一些東西，這我相信，可是……不管妳看到什麼，現在都不在了。」

「你能不能再上樓找她？」我求道：「拜託你，上樓問她能不能讓你看看她其他的書，或者我們可以等她用餐的時候，一起去搜她的房間。我有萬用鑰匙。」

「我不做那種事，安娜。」

「什麼？」

「我不會去搜其他人的房間，那是侵犯隱私。」

「可是她想殺死我啊！她拆了樓梯頂端的木板。」

「那塊木板一直都不牢固，我們搬大衛上樓的時候，妳也這麼跟我說。發生在妳身上的事的確很可怕，但那是意外。」

「她就是希望你這麼想！你不相信我是因為你相信她演出來的那個善良老太太，而且我同意把崔佛關在洗衣間，讓你覺得我是個糟糕的人。喬，我知道你弟弟發生了什麼事，也知道你很心痛，但假如你不幫我，我最後可能也會死掉……」這時喬臉色一沉，剩下的話便卡在我喉嚨裡說不出來了。

「別把威爾扯進來，安娜。」

「你去撞牆，對不對？」我伸手拉起他的手，只見指節仍破皮發紅。「我明白。愧疚的感覺我全都懂呀，喬。但你弟弟發生的事不是你的錯，你必須要知道，你根本沒有任何辦法可以阻止——」

他將手拽開，打開前門。「我做不了，安娜，對不起。我以為我可以幫妳，但我沒辦法。」

48

「喬！」我尾隨他回到飯店裡面，但還沒追上他，菲歐娜便走進大廳。

「噢！妳在這裡啊。」她的目光從披在我肩上那件太大的外套移到我腳上的襪子，隨後挑高眉毛。「晚餐準備好了。妳還是想先開會還是……」她話說到一半時凱蒂從交誼廳出來。

她兩隻腳踝交叉，滿懷希望地望向我。「我們能不能現在就吃晚餐，拜託？」

感覺好不真實，樓上有個想要我死的人躲在房間裡，我們卻在這裡談論吃的。

「安娜。」喬站在樓梯底端，幾乎是吼著我的名字。「大家都餓了，需要吃東西。」

他要不是覺得我情緒不穩，就是以為我完全失去理智。

「當然，」我勉強把話說出來。「我們當然應該吃東西。」

克莉絲汀走進餐廳時，我險些哭出來。她對坐在離門最近的凱蒂露出親切微笑，並在她身旁坐下，對面就是喬。當她將注意力轉向他，微笑始終掛在臉上。

「你有沒有讀哪首詩了？」

我屏住呼吸。拜託了，我一面暗自祈禱，一面將背往後靠，以便越過坐在我們中間的梅蘭妮看過去。拜託了，喬，問她還有沒有另外一本。

「還沒，」喬淡淡地說：「也許等吃完飯吧。」

「我想你會喜歡的。」克莉絲汀的目光重新飛掠到我身上。「妳喜歡詩嗎，安娜？」

我還沒回答，菲歐娜便端著一只裝滿料理的鍋子從廚房走過來。她將鮪魚義大利麵盛到我們的碗裡，然後在餐桌另一端的位子坐下，其間眾人都沉默不語。坐在我對面的麥爾坎始終盯著自己的晚餐，一口一口將食物塞進嘴裡。我則是用叉子攪動碗裡的餐點。

「沒胃口啊，安娜？」克莉絲汀問道：「先說嘍，妳剩下的要給我。」

在眾人的笑聲中，我強忍住淚水。即使我說出關於她的真相，圍坐著這張桌子的人沒有一個會相信我。她矇騙了所有人，而且沒有她的書，我毫無證據。就算再去搜她的房間也無意義，書不會在那裡。既然她知道我已看見，便會將書藏到我永遠找不到的地方——如果她沒把書帶在身上的話。

「先別走，」喬將椅子往後退，手拿著空碗起身時，菲歐娜說道：「我替大家準備了一點餐後點心。」

喬重新坐下後，她便趕緊回廚房去。過了兩三分鐘，她用托盤端著八只冒著蒸氣的馬克杯出現。

「是熱巧克力。」她說：「我們在櫃子深處找到一些蒸發乳。我知道有些人很想吃點甜的，所以希望這能滿足大夥兒的味蕾。」

有人興致缺缺地接過杯子，有人帶著好奇，麥爾坎則心有疑慮地先吹一吹，然後用小指沾一點來嚐嚐。我先小啜一口，接著又一口。雖然沒有胃口，但已經記不得最後一次喝東西是什麼時候的事了。

凱蒂試喝一小口後，揚起眉毛表示讚許。「很好喝耶。」

菲歐娜笑道：「感謝讚美。」

「真的很不錯，菲歐娜。」我說著將整杯喝光，然後拿起整碗沒動的義大利麵站起來。「謝謝妳。」

「妳要做什麼？」她見我往廚房走，便問道。

「清理我的東西。」

「妳只有一隻手能動呀！坐下，讓我們來。」

「沒關係。」我用完好的那側肩膀頂開廚房門，走向洗碗槽，不料往前走時，有個東西從我腳邊竄過去，害我打了個踉蹌。我為了保持平衡以免跌倒，不小心撞到垃圾桶，把它打翻了。

「抱歉，小傢伙。」我蹲下來看著冰箱與牆壁間的空隙，只見貓已往後退靠著燙衣板腳。無論我怎麼哄，牠就是不出來，不過看起來應該沒受傷——只是在生氣——於是我從抽屜抓了一個垃圾袋，開始清理地上的垃圾。我心不在焉地抓起蔬果皮、金屬容器、包裝袋、塑膠容器、馬口鐵罐、一片藥錠的泡殼包裝和一些髒汙的玻璃紙，丟進黑色塑膠袋，接著正要去撿一條發黑的香蕉皮，忽然打住，重新把手伸進垃圾袋拿出藥錠包裝。地西泮。又叫煩寧，也就是崔佛說在他房裡失竊的藥物。

我一面留意著廚房門，一面將剩下的垃圾丟回垃圾桶後，重新看著手裡空空的藥錠包裝。我很確定稍早這並不在垃圾桶裡。我之所以知道是因為我去倒的垃圾，而且當時沒將後門鎖上，心想若是崔佛想趁人不注意溜進來拿吃的或喝的，便能進得來。但這是誰丟的？一整天下來，客人們都在廚房進進出出，自行來拿零食和熱飲。爐子上有三只鍋子：一只是空的，想必是煮義大利麵用的，一只的底部與側邊沾有鮪魚番茄醬，而另一只的底部留有一些變得濃稠的熱巧克力。有個陰暗念頭落定在我大腦深處。為何拿走崔佛的藥又留下藥錠？除非是要用在其他地方。我拿起木匙——上頭的巧克力滴到流理台上——用它攪動鍋底的黏稠物。這是我們頭一次在餐後喝熱巧克力。若非純屬巧合，是我太疑神疑鬼，就是我剛剛喝下的東西裡摻有碾碎的煩寧。

我一一檢視堆放在碗槽邊的待洗餐具。砧板上除了些許番茄的痕跡與濃烈的蒜頭味之外，沒有其他東西，所有刀刃上也都沒有殘留物。貓從藏身處悄悄現身，在我腿邊打轉時，我拿起一把餐具，又很快地放下。我看了碗盤碟子和鍋子，接著眼角瞥見一支方才沒注意到的湯匙，就擱在瀝水架與磁磚防濺板中間。我抓起後幾乎立刻就要放回去，但這時我看見了，湯匙背面有細白粉末。我正用指甲去刮時，門呀然開啟。

「妳這裡都還好吧？」菲歐娜環視廚房一圈，目光很快地從潮濕的牆壁掃到垃圾桶，又掃到我放在流理台上的馬克杯。「我想說來幫幫妳。」

「熱巧克力是誰煮的？」我用顫抖的手指著鍋子問道。

「什麼？」

「那是誰煮的？」

「嗯，我煮義大利麵，克莉絲汀煮熱巧克力。」

「沒什麼事吧，安娜？」我推開門時，她在背後喊道。我走過餐廳，發現客人們都在看著我，因此放慢腳步、不慌不忙，但一進到大廳便立刻衝進廁所。

我猛地推開門，掀起馬桶座，彎低身子，手指深深插入喉嚨。

「安娜？」有人輕敲廁所的門。「安娜，妳還好吧？」

「我沒事，梅蘭妮。」我拉了一團捲筒衛生紙擦臉。我的頭髮、手上，甚至於上衣都有嘔吐物。「我馬上出去。」

「我不是要上廁所。」她喊道：「只是想確認妳沒事。妳好像在吐。」

「我是。」

「不會吧。」她聲音中透著擔憂。「要不要我找人過來？」

「不要。」我打開門往大廳裡瞧。只有我們倆，而且通往餐廳的門關著。

「怎麼了？」梅蘭妮問道：「發生什麼事了？」

「還有誰知道我吐了嗎？」

「沒有。」她搖頭。「妳臉色好蒼白，我以為可能是妳肩膀的關係，所以才跟著過來。」

「所以說沒有人知道我吐的事？」

她再次搖頭。「沒有，我……就像我剛剛說的，我以為是妳……」

「什麼都別說。其他人可能會擔心是細菌感染或食物中毒，我覺得我們現在事情已經夠多了，妳說呢？」

她面露惑色，這也難怪。我希望她保持緘默的真正原因，是因為克莉絲汀以為我會在兩三個小時後昏死過去，但我今晚絕不可能睡覺。只等天一亮我就要離開，而且是一個人。

49 安娜

六月八日星期五暴風雨第七日

現在是半夜一點鐘，飯店裡安靜無聲。我最後聽見樓下走廊的木地板吱嘎作響，與房門低低喀嗒一聲關上，已是一個多小時前了。我的窗簾拉上，門上了鎖，床頭燈亮著，羽絨被拉高裹住肩膀。起初鎖上房門時我心定不下來，便打開行李箱整理私人物品，將我最寶貴的東西改放進一個小托特包。其實我重視的東西不多——只有錢包、護照和一張父母親的裱框照片。我的手機——少了4G與Wi-Fi，它充其量只是個具有手電筒功能的床頭時鐘——正放在斗櫃上充電。托特包裡最後一樣東西就是那根湯匙，用面紙包著。就證據而言，這實在薄弱得可憐，但我能交給警察的也只有這個了。我還能讓他們看什麼——一塊可能是也可能不是自行鬆脫的木板？一個受傷的肩膀？一扇寫了訊息卻已被我抹去的窗戶？要是沒把克莉絲汀的書留在她房裡就好了。我忍不住一再想起她上樓時臉上的表情與她冷酷的眼神。她必然是史提夫．雷英的母親或姊妹，只有這樣才能解釋她的作為。史提夫知道嗎？是他們說好了由她來找我？但為什麼是她？她是個六十七歲的婦人，一個退休小學老師。這不合理。

凌晨兩點。我將過去半個小時在「閱讀」的書放下。我翻了數十頁，卻一個字也沒看進去。窗外，有隻貓頭鷹在黑暗中鳴叫，海浪澎湃回應。過去這個小時以來，房間似乎變小了。我自覺像隻被關在牢籠裡的動物，倘若有人穿進臥室門，我就被困在這裡面。

凌晨三點。這一小時以來我已經呵欠連連，好想喝杯咖啡，但我絕不可能冒險下樓到廚房去。我試著來回踱步以保持清醒，但從房間這一頭走到另一頭幾乎不到六步，而且每踩出一步木板就會咿咿呀呀響。我還試著做仰臥起坐，但耗費體力反而更累，只好停下來。妄想隨著寂靜與黑暗而來。我開始懷疑自己對克莉絲汀會不會是驟下錯誤的結論。我認定書是她的，但如果不是呢？會不會是從崔佛房間拿走他的藥的人故意把書放進她的包包栽贓她，以便混淆視聽？但這就表示背後的黑手是菲歐娜。可以輕易在廚房將煩寧碾碎的人是她，不是克莉絲汀。我真的搞不清楚了。無論如何，我還是要離開這裡。荒原路華的車鑰匙在我的口袋，但不知道還剩多少汽油，如果真有剩的話。出去找崔佛的人都回來以後，我沒想到去檢查一下。萬一非得游泳過河，我辦得到嗎？我取下吊帶，試著屈伸手臂，但覺得想吐只好作罷。

凌晨四點。這時我差點睡著。應該頂多一兩秒鐘，我便猛然驚醒，心跳怦然。我寫了一封信，以防萬一我出事，但卻不知該放在哪裡——床墊底下、行李箱內、牛仔褲口袋？後來重讀一次之後，差點就把它撕了。寫信以「如果你看到這封信了，就表示我已不在人世」起頭，我覺得是在詛咒自己，但我必須記錄發生過的一切。必須由我說出來。我努力地不讓眼睛閉上。我不可以……我不可以……

我驚醒過來，因為坐在椅子上往後彈，手連忙抓住桌子。有那麼一剎那我不知道自己身在何處，但一轉眼看見陽光從窗簾縫間流瀉而入，看見沒人睡的雙人床與地上一只行李箱，這才想起來。該死。我一把抓起手機：清晨五點二十五分。飯店安安靜靜；其他客人想必還在睡。我仍然能悄悄離開，不驚動任何人。我快步走進浴室要上廁所，可是按下電燈開關卻沒有動靜。想必是燈泡壞了。我在黑暗中小解，同時伸出一隻腳讓門開著，然後拉起牛仔褲，摸摸口袋看車鑰匙還在不在。還在。我一手拿著托特包和手機，慢慢地打開房間門鎖開門，悄悄來到外面平台上，跨過少掉的那塊木板。我躡手躡腳奔下樓梯，來到二樓樓梯口時驀地停住。

煙味。明顯而刺鼻的味道撲鼻而來。但不是香菸，是更濃烈許多的煙味。

我本能地瞄向火災警報器，但走廊中央天花板上的紅色小盒並未閃燈。我原以為我套房裡的燈泡燒壞了，但我想錯了：是根本沒電。

當我跑下樓來到大廳，味道愈來愈濃，卻不見冒煙也沒有可怕的火焰劈啪聲。是在交誼廳嗎？難道是灰燼掉在地毯上慢慢燃燒起來？我試著摸一下門。冷的。我轉動門把往裡看。麥爾坎攤成大字形，躺在沙發上打呼。壁爐裡的火已熄滅。

「麥爾坎，」我輕搖他的肩膀。「醒一醒！」

見他沒反應，我便用力推他。「麥爾坎，醒醒啊！我聞到煙味。」

他的眼皮動都沒動一下。

我留下他繼續在沙發上睡，自己冒險走進餐廳，但還沒走到廚房門便定住腳步。濃密的黑煙正從門與門框間的縫隙蜿蜒旋繞而出。我用指尖很快地碰一下門把，不燙，但我害怕。我在影片中看過有人一拉開密閉火災現場的門，就被巨大的火焰復燃威力轟到另一頭去。我得到外面去，透過窗戶看。

不料當我回到大廳想拉開前門，門卻鎖住了，鑰匙也不在櫃檯後面的掛鉤上。我伸手去拿口袋裡的萬用鑰匙，一握住冰冷的金屬立刻打住。這串鑰匙只能開飯店內部的門，前門的鎖完全不一樣。

「麥爾坎！醒醒啊！」我掌摑他的臉頰，一開始只輕輕地，後來見他沒反應便加大力道。桌上有半杯威士忌。我往他臉上潑去，他的眼皮眨了一下，懶洋洋地朝我看一眼又重新闔上眼睛繼續睡。關於熱巧克力我想得沒錯，但不只有我那杯被下藥。

我撥開窗簾去開上下拉窗，只能打開八九公分，我試了另一扇窗，接著又試一扇，但全部都頂多只能打開幾公分。

「失火了！」我跑上樓，對著一間又一間的房門又搥又踢。

我在每個房間外駐足傾聽有無動靜，有無穿鞋穿衣服與驚慌叫喊的聲音。結果什麼也沒聽見。走廊上一片死寂。

「凱蒂！」我重重敲她的門。「快醒醒！」

由於她沒回應，我便用萬用鑰匙開門進去。凱蒂蜷縮在床上，睡得很沉。我搖晃她，喊她的名字，但她一動也不動。進了喬、菲歐娜、梅蘭妮的房間都是同樣情形。他們全部陷入昏迷。可是當我打開克莉絲汀的門，房裡沒人。

我急忙重新下樓，抓起櫃檯後面的滅火器，但進入餐廳走到一半便倏地停下腳步。幾分鐘前從廚房縫隙飄出來的濃密黑煙，如今已洶湧而出，宛如烏雲般懸浮在我頭頂上。我拉起羊毛衫袖子掩住嘴巴，退到大廳，砰地將門關上。我得把所有人弄出去，可是前門鎖住了，廚房又火勢洶洶，無處可逃。我們被困住了。

50

我將手臂抽離吊帶，然後用左手舉起滅火器，右手支撐著重量。我肩膀的每一條神經都在吶喊著叫我放下，但我仍咬牙扛著它進交誼廳。我們唯一的出口就是窗戶。麥爾坎依然躺在沙發上，吸了吸鼻子從仰躺轉為側躺。

我將滅火器放到桌上，伸手抓住窗簾，一拉開赫然出現一張臉瞪著我看，我嚇得就要尖叫起來，聲音卻卡在喉嚨裡。崔佛就站在窗外，夾克的帽子緊緊收束起來包圍住臉，眼鏡上滿是雨水。沙發傳來嘟囔聲，麥爾坎醒了，兩隻手臂高舉過頭，一邊吶叫一邊眨眼。

「別再躺下去睡了！」我一隻腳往後伸不斷踢著沙發。「醒過來，麥爾坎。醒過來！」

崔佛依舊從外面看著我，兩手抓著背包的肩帶，眼神小心翼翼。他的嘴唇在動，但玻璃很厚，我一個字也聽不到。

「走開一點。」我作勢要他離開窗邊。那濕冷嗆鼻的煙味愈來愈濃了，愈來愈響的劈啪聲偶爾還伴隨著陣陣爆裂聲。火勢想必已延燒到餐廳。餐廳與大廳之間有一道防火門，但撐不了太久。我一邊嗆咳一邊扛著滅火器往前走向窗子。

「一……二……」當我將滅火器往後甩，疼痛感從肩膀竄向頸子。「三！」

我不夠壯，丟出去一點力氣也沒有，有一刻我驚恐地以為它會在撞到窗戶前掉落在地，但緊接著——砰——它撞破了玻璃硿咚一聲落在外頭。我從火旁抓起撥火棒，將剩下的碎玻璃砸落。

「失火了！」我對崔佛大喊道：「拜託，拜託你幫我把所有人帶出去！」

崔佛在破碎窗戶另一邊，眼神空洞地看著我。他當然不會幫我。我們那樣對他，他何必呢？他別開目光，望向車道與更遠處的河水，接著他臉上的表情變了。閃現出一絲興奮，也或許是恐懼。無論他在看什麼都沒有專注太久，因為他回頭看著我，聳動肩膀卸下背包並拉開外套拉鍊。他將外套捲成枕頭狀，走向窗子。

「走開。」他說著用刀柄敲掉窗框底部的碎玻璃。「我現在進來。」

麥爾坎還在沙發上掙扎著想坐直起來，我們留下他逕自奔上樓去。我每跨出一步，傷臂就抽痛一下，可是當我打開凱蒂房門幾乎沒有察覺到自己的疼痛，只看見穿著睡褲、健走襪與一件太大的連帽衫，顯得好瘦小、好脆弱的她蜷縮在床上，一隻手壓在臉頰下面。

我抓住她的手腕一拉，她從床單上朝我滑過來，卻沒醒。我回頭看在門口逗留的崔佛。他的神情彷彿有一點風吹草動，就要轉身飛奔下樓。我將凱蒂的手臂繞住我的脖子，試圖將她拉到背上，不料她一再地從一側滑下去。「崔佛，」我高喊：「拜託，幫幫我！」

我的叫喊聲似乎讓他驀地醒轉，這才趕緊上前，將凱蒂從床上撈起抱在懷裡。

「不，等一下。」他正要轉身離開，我說道：「她交給我。你去救菲歐娜。」

「不要。」我還來不及阻止，他便消失在走廊上。

梅蘭妮的房門依然半掩著。凱蒂之外，她是最嬌小也最輕的客人，我要是能揹著誰下樓，非她莫屬。但與凱蒂不同的是，梅蘭妮沒有躺在床墊上，而是坐在床邊，兩手抹著臉一面輕聲呻吟。我走進她房間後，她緩緩轉頭對著我眨眼睛。沒戴眼鏡的她，那雙眼睛在濃密雜亂的眉毛底下顯得小而晶亮。她試著坐直時咳嗽起來，隨後又重重倒回床上。

「我得帶妳出去。」我拉起她的手，讓她的手臂環繞我的脖子，然後挺直膝蓋。她輕到立刻滑下床來，可是兩腳著地時腿卻癱軟無力。

「我看不見。」她口齒不清地說道，我則半拖半抱著她離開房間，她的腳趾幾乎沒碰觸到地毯。「我沒戴眼鏡什麼也看不見。」

「管不了眼鏡了。走吧。拜託。妳試著自己走。」

我汗如雨下，而我們才走到走廊的一半。快到樓梯口時，崔佛正踩著重步上樓，雙臂快速地上下擺動，口鼻處還纏了一塊布。他伸手要接梅蘭妮，但我搖頭。

「你得去幫菲歐娜和喬。我應付得來。」

他猛點一下頭，便從我身邊擠過去。

下樓的階梯好像始終走不到頭，而且每一步都痛不欲生。由於空不出手來抓扶手，我只得用受傷的肩膀去靠牆以保持平衡。梅蘭妮依然站不穩，每當她往前踉蹌，我便高聲尖叫。好不容易終於來到最底層，我幾乎是拖著她穿過交誼廳來到窗邊。此時麥爾坎已坐起身來，頭靠在沙發頂上，閉著眼睛。經過他身旁時我喊了他，他眼睛眨著眨著睜開來。

「梅梅？」他昏昏沉沉地看著妻子，困惑地皺起眉頭。「梅梅？」

崔佛帶著菲歐娜出現在門口，她醒著但昏沉虛弱地趴靠在崔佛的肩膀。他把她放到沙發上，麥爾坎身邊，然後又消失在大廳裡。從窗戶看出去，凱蒂躺在外面的草地上，仍然蜷縮側躺熟睡著。

窗框底部覆著一條毛毯，想必是崔佛放的。我指著毯子說：「梅梅，妳得從那裡爬出去。」

她抓著我抬起腿，搖搖晃晃試著跨過窗台，但她個頭太小。

「等一下。」我讓她靠在牆邊，然後去房間另一頭拉來一張扶手椅。「來。」我伸手讓梅梅握住。「站到椅子上，然後踩上毛毯，然後跳出窗外。窗子另一邊有點高度，妳要小心。」

「好。」她揉揉眼睛，拉住我的手。

「小心。」我在她踩上去前拍拍毛毯，沒感覺到有玻璃。「準備好了嗎？三、二、一。」

她不是跳，而是摔出窗外，赤腳碰到露台地面，兩手啪嗒打在草坪邊緣。她先是躺著不動，隨後抬起頭，拖著身子爬到躺在幾呎外的凱蒂身旁。這時候大廳已經瀰漫著濃濃黑煙，餐廳門周圍火舌四竄。崔佛人呢？他身材高大，又是退伍軍人，只不過喬可不是輕如鴻毛，要搬動他八成十分費力。我不知道該去幫他，還是設法讓麥爾坎和菲歐娜爬出窗外。

「麥爾坎！」我握著他的雙手用力拉。「你得出去。現在馬上。」

當他屁股離開沙發，搖晃不穩地朝我走來，我痛得大聲哀號。肩膀還在關節窩裡未脫出，但實在痛得難以忍受。

「出去！」我將麥爾坎往窗子方向推。「梅梅！幫忙他出去。」

接著，我脫下套頭毛衣摀住口鼻，正試圖進入大廳，便看見崔佛的褐色登山靴出現在樓梯頂端，鬆了口氣的同時幾乎就要癱軟倒地。

51

我們坐在濕草地上，又是喘氣、呻吟又是咳嗽，同一時間我們煤灰色的皮膚被雨水淋成斑斑點點，風也猛烈地吹打在衣服上。如今每個人都清醒了。凱蒂坐在梅蘭妮腿上，臉埋在她頸窩裡。她的輕聲啜泣不時打斷風的呼號與大海低低的澎湃聲。麥爾坎坐在她們旁邊，肩膀緊靠著妻子的肩膀，面朝向飯店。他們倆看起來都蒼白又疲憊，驚嚇到面如死灰。喬仰躺在草地上，默默凝視著灰色天空。

「崔佛？」我轉向與眾人隔著一段距離、坐在自己背包上的那個人。他右手抖得太厲害，舉起水瓶湊向嘴邊時還得用左手扶著。「你還好嗎？」

他繼續喝水，迴避眼神接觸。

「你救了他們的性命。」我往其他客人比了一下。「要不是你，他們都死在床上了。」

崔佛忽然把水瓶丟向飯店，嚇了我一跳，他的臉因為憤怒與沮喪而扭曲變形。水瓶以弧形曲線劃過空中，撞到飯店牆壁反彈後，把露台灑得到處是水。他想到了克莉絲汀。他以消防員的肩揹姿勢把喬扛下樓，丟出窗外，然後協助麥爾坎和菲歐娜也爬出去。我等著接下來換他逃生，不料他非但沒有爬過破窗，反而往回跑進大廳。餐廳門上的漆已經開始起泡沸騰，溫度實在太高，我都覺得臉上的皮膚開始剝落。

「崔佛，不要！」我抓住他的手臂卻被他甩開。

「我得去救她。」

「克莉絲汀要是還在裡面，也已經死了。」

他繼續盯著門看，我覺得他甚至沒意識到我就站在他旁邊，但我的肺已經灼熱發燙，我全身每個細胞都在對著大腦呼喊，要我離開。

「求求你。」我拉扯他的手臂。「你要是進去就會死，我也永遠無法原諒自己。拜託，拜託你，就出去吧。」

他往門跨前一步，手伸向門把。

「崔佛，你如果打開那扇門，我們倆都會死。」

「那妳就逃。」

「不要。」我將他的手臂抓得更牢，隨即因為劇烈咳嗽而將臉埋進他的外套，我每吸進一口濃稠的黑色空氣，肺就像在燃燒一樣。崔佛試圖甩開我，但我緊抓不放，我說話的聲音愈來愈沙啞、無力。「我哪都不去。」

「我得救她。」他又說一遍，並往門再跨一步，拖著我一起。

我死命閉著眼睛，準備迎接烈火煉獄，豈知我沒有被復燃的火焰衝擊倒地，而是在崔佛懷裡被拖回交誼廳。當他將我舉高通過窗口，雨打在我臉上時，我大聲尖叫，不過崔佛沒有把我丟在露台上，自己轉身回去。他和我一起跨過窗戶，幾秒鐘後，我們聽見一個有如炸彈爆炸的巨響，交誼廳隨之陷入火海。

「安娜說得對，」此時梅蘭妮說道：「你救了我們的命。你們兩個都是。」

她親親凱蒂的頭之後起身，瞇著眼睛朝我們走來。快接近崔佛時，她伸出一隻手。

「說謝謝似乎還不夠，」她說話時，崔佛拉起兜帽蓋住頭，兩手夾到腋下，縮起下巴靠在胸前。「是不夠。我欠你一份情。我們夫妻倆都一樣。」

梅蘭妮的手軟趴趴地垂下來，放在身側。我們倆對上眼，她用嘴型說了句「謝謝」，然後走回姪女身旁。崔佛微微地前後搖晃，眼睛閉合。這一切對他來說太過了，他要將我們摒除在外。

我從眼角瞥見麥爾坎蹣跚起身。我打手勢要他待著別動，但他不理我。他低垂著頭，拖著赤腳走過濕草地。

「我不會伸出我的手，」他走到崔佛面前停下，粗聲粗氣地說：「因為你這個人比我好，我不值得你原諒，不過我……我想說對不起。我……我無話可說……我做了那種事沒什麼藉口、沒什麼理由可說，但我非常、非常抱歉。」

崔佛繼續默默地搖晃，麥爾坎於是轉身離開。他強自鎮定地一路走回到梅蘭妮與凱蒂身邊，可是一坐回草地上，便忍不住雙手掩面哭了起來。

崔佛喃喃說了句話，我沒聽清楚，便靠近一些說：「抱歉，我沒聽見你說什麼。」

他冷不防轉過頭來，把我嚇一跳。他那滿是雨水模糊不清的鏡片後面，瞳孔顯得無比巨大，眼珠子迅速地瞟來瞟去，但就是不看我。

「大衛，」他低聲說。

「大衛怎麼了？」

「我看見他死了。」

我一度不明白他在說什麼，但隨即便想起來了。就在大衛心臟病發前的早餐過後，他外出散步。

「你在外面，對不對？」我柔聲說道：「你看到克莉絲汀替他做CPR了。」

他發出低低的呻吟聲，並緊緊閉上眼睛。

「我會確保讓你去尋求幫助的，崔佛。等我們回到本島以後。」

「妳會嗎？」

「你說什麼？」

他很快地瞄我一眼。「妳也會尋求幫助嗎？」

我喉嚨發緊，仰頭凝視天空，眨去扎眼的淚水。現在換我說不出話來了。

當我宣布我要試著開荒原路華前往小島另一邊時，原以為大夥兒會有一番討論，會有個男性堅持跟我一起。然而除了喬無力地搖搖頭之外，誰都沒有反應。大火與煩寧已耗盡他們的鬥志，如今只能坐在那裡呆望著燃燒中的飯店。

我奔離飯店時，潮濕空氣填滿我的肺葉，風將我臉上的頭髮狂掃開來，連帽衣黏住我的皮膚，布鞋踩在露台石板上啪嗒啪嗒響。忽然有個東西從灌木叢裡衝出來，打我前面奔竄而過，我滑了一下差點扭到腳，但我沒有停下來查看貓的狀況，而是繼續快跑穿越車道，腳下的碎石子吱嘎嘎響，我的每一口氣也愈來愈短促。接近荒原路華時我慢了下來，然後彎下腰，咳出可怕的黑色痰塊。好不容易勉強自己重新站直了，右肩又抽痛到讓我幾乎吐出來，但拚死一搏的念頭迫使我撐下去，最後打開了駕駛座側的門。我插入鑰匙、發動引擎駛離時，心不由得往下沉。喬和麥爾坎說得沒錯：車子的油就要見底了，不過只要能渡過河，必要的話我可以一路走到小島的另一頭。

車子緩緩駛下車道時，我看了一眼後照鏡。我離開後的短短幾分鐘內，飯店絕大部分都被火吞噬了。濃濃的黑煙從窗框湧出，原來是玻璃的地方如今火焰狂舞。我開得愈遠，呼吸也變得愈加緩和，當飯店終於消失在視線外，我輕鬆之餘慢慢地吐出一口長氣。是克莉絲汀放的火，關於這點我內心毫無疑問，也是她拿走大門鑰匙，好把我們全部燒死。但她跑哪去了？原先我半以為荒原路華可能已經不在，不過她沒有鑰匙無法發動。那麼是戈登的小屋？她躲在那裡，或是飯店的庭園裡嗎？她是怎麼打算的——看著飯店燒掉，等救援到達時，才從灌木叢踉踉蹌蹌跑出來，哭喊說自己是唯一倖存者？假如她躲藏著，就會看見我們逃出來，也會看見我離開。我是否拋棄了仍處於險境的其他人？想到這裡我不禁一口氣卡在喉嚨。不會的，他們全部聚在一起而且意識清醒，她沒辦法對他們怎麼樣。她會繼續演戲，聲稱自己一大早就出去溜達之類的。這麼一想本該能平靜些，偏偏心口那股不安的感覺仍未消失。自從上車後，我一直覺得有件事讓我耿耿於懷，有件事不太對勁，但就是說不出哪裡不對。

我往後靠向椅背，河漸漸接近了，我又檢查一次油表。沒有動過。我不知在哪篇文章讀過，車子沒油以後還能跑五十到一百六十公里，但不知道是真是假，也不知道車子已經跑多遠了。河水不像昨天那麼可怕，但要過河還是得催油門。我試著前後轉動肩膀，會痛，但不是不能忍受。如果最後被困在水裡，肩膀痛不痛將是我最不需要去想的事情。

快到河邊時，我換到較低一檔，這時才忽然想到是什麼一直在困擾我。方才我拉門把時，駕駛座側的門是開著的。我們渡河失敗後，喬沒有鎖車門。我本能地瞄向後照鏡，克莉絲汀正回瞪著我。

她不發一語地瞪著我看，冰冷的藍眼珠在鏡中閃爍不定。我嚇得全身血液凍結。前有擋風玻璃，後有克莉絲汀，安全帶又牢牢將我固定在座位上，我根本無處可逃，無處可躲。現在就只有我、克莉絲汀和這輛車。這是我唯一有的武器。

「嗨，安娜。真高興看到妳……」克莉絲汀話說到一半便轉為尖叫，因為我向左急轉，車輪在泥濘的路徑上打滑。我的腳始終踩著油門，全身重量壓在方向盤上，硬是讓車子來個一百八十度大回轉。

我在座位上往後轉身，踩著油門讓荒原路華倒退上山坡，遠離河道。克莉絲汀沒繫安全帶，她一手抓著門把，另一手伸進連帽衫的口袋。

「把妳的手從口袋拿出來。」我將油門踩到底，使得我們兩人都緊貼著椅背。

「我不知道妳在……」

「把妳的手從口袋拿出來。」

「我沒有做……」

「是妳。是妳跟蹤我，留訊息給我要我睡去。」

「我不知道妳在說什麼。」

青棕色的田野模糊成一團飛逝而過，天邊隱約可以看見飯店宛如燃燒的烽火。

「妳為什麼要對我窮追不捨？」

「我沒有對誰窮追不捨。」她說道。由於我偏離路徑，讓車奔馳在草地上，經過了小屋，她便在座椅上上下彈跳著。「安娜，拜託妳！」她尖聲高喊。「妳會讓我們倆都沒命的。」

「這不正是妳想要的嗎？妳把飯店燒個精光。」

「不是我。我發誓。我一醒過來……安娜，拜託了。慢一點。」

車子在草地上一蹦一蹦的，車聲隆隆，我從三檔打到四檔。距離崖邊以及與天相連的藍灰色大海，剩五百公尺。心臟在我胸腔內怦怦狂跳，手心也汗濕了，但我腦子非常清楚。

「妳為什麼想殺我，克莉絲汀？因為弗瑞迪嗎？是史提夫要妳來找我的？」

「不是！」她尖聲喊道：「我不知道那是誰。安娜，妳全都想錯了。」

「妳想懲罰我，不是嗎？」

三百公尺。受驚的海鷗一飛衝天，然後隨著氣流迴旋，靜默無聲地鳴叫，因為聲音被引擎的轟隆聲消弭了。

「其他人都死了，我怎敢獨活？妳是這麼想的吧？」

克莉絲汀沒有回答；她找到了她自己的武器，就是她剛剛從口袋掏出來的針筒。

我笑了——是個奇怪、瘋狂的聲音，連我自己都不認得，是憤怒與激動情緒的爆發。我是對的。一切都是她在背後搞鬼。她企圖殺死我，而且除非我死，否則她不會罷手。但我已經不再害怕。我徹底與自己的感覺脫離開來。太陽已緩緩浮上天際，為天空染上一道道紅色、金色與粉紅色的光。好美，是我有生以來見過最美的日出。

「妳想懲罰我，」我說話時，後座的白髮婦人瞇起眼睛直盯著我。「但那一切都是我一個人做的。」

我回頭看著日光在海上躍動，天空有如五彩條紋的絲巾，還有太陽的溫暖橘光。我無法想像再也看不到這景象，也感覺不到吹在臉上的風與沾在唇上的鹽。我無法想像自己死去。

一百公尺。

克莉絲汀抓住副駕駛座的頭靠站起來，針筒拿在右手。她對準我的脖子撲過來。「別害怕，安娜。」

「我不怕。」我說著彎身閃過她，同時猛踩剎車。

52

克莉絲汀

我原以為該做的都做完了，再沒有需要拯救的靈魂，一輩子從事護理照顧工作，為他人終結痛苦、愧疚與悔恨的我，已經可以退休。卻在此時發生了車禍。

被要求離開重症加護病房到急診室支援一下的時候，我就知道情況嚴重；在目前人手短缺的情況下，這樣的要求並不罕見，我很樂於介入。我沒料到的是那場面竟令人如此傷痛。

在醫院工作，難免會碰到認識的病人，但沒有一個護士，沒有一個祖母會想看到自己孫子殘破不堪的身軀被推進急診室。一開始我沒認出穆罕默德，他的臉血淋淋又腫脹得太厲害，可是一看到他的病歷資料，我立刻全身發冷。我從未在工作時哭過，四十六年間從來沒有，但看他這樣我實在無法承受，便跑進廁所痛哭流涕。當廁所門吱嘎一聲，顯示我不再是一個人，我於是擦乾臉頰恢復鎮定，強迫自己對著正在洗手的新進護士露出燦爛笑容。稍後，當卡蘿和阿里來探視穆罕默德，我又恢復專業的形象。我站在床尾，微笑點頭看著女兒拉起她兒子的手大聲哭泣，似乎沒有察覺到他眼中的痛苦。阿里拍拍卡蘿的背，眼睛四下張望，就是不看兒子的斷腿。

不久後，我又得回到加護病房，而就在那裡我從一位能力極強就是有點天真的年輕護士蓓卡·波特口中得知，二床的年輕女子正是害我外孫殘廢又害死另外兩人的駕駛。我對安娜·維里斯滿心同情。手術過後一直沒醒過來的她，並不知道同事的遭遇。我不禁好奇，等她醒來發現真相後會作何感想？痛不欲生吧。心灰意冷、愧疚不已、焦慮難安。她下半輩子都會為此自責。我不能讓另外一個人類受這樣的苦。只可惜我的針才剛刺到她的皮膚，就被她男友打斷，後來便再也找不到機會。

穆罕默德被轉到神經重症病房後，我會盡可能坐在一旁陪他，聽他傾吐心聲。見他如此煎熬著實令人抑鬱，我對自己無力緩解他的痛苦，感到一股無助的憤怒。就在此時，發生了一件意料之外的事。我和孫子聊起車禍的事，問他想不想見見安娜，他說不。他不想見她，他想要她死。

這是個預兆。我一直在思考要怎麼過退休生活，如今我有目標了。我幫助過的其他人若不是昏迷就是暫時失去意識，但安娜．維里斯非常清醒。這是個新挑戰，但我躍躍欲試。我將會是指引她的明燈。

當一個女人停經、放棄染髮，欣然接受原來的髮色與中年發福的身材後，會發生一件神奇的事。此時不再有欽慕或好奇的眼光投向她，花白頭髮與出現皺紋的皮膚使得她融入同齡人群，她便消失了。嗖的一聲！成了隱形的女人。不需要斗篷或超能力。起初我覺得驚慌難堪，倒不是因為懷念愛慕者偷瞄的目光——我從來不是個有迷人魅力的女子；端莊，也許吧；婉轉一點的話，稱得上標致——而是因為好像被貶到另一個階級，一個較不受尊重的階級，排隊時會被插隊，店員對我視若無睹，電話推銷員更是一副紆尊降貴的態度。我仍然是護士，是專業人士，卻只因為年紀大了就被社會推到一邊。穆罕默德出事後，我控制住傷心的情緒，欣然接受我的隱形。我跟蹤安娜，一次也沒被發現。葬禮上，我混在弔唁人群中；法院外，我在光天化日下隱藏在群眾間；超市裡，我挽著購物籃、一臉無害的表情，信步逛著。當我送第三封訊息去給安娜，塞在她車子的雨刷下面時，誰也沒多看一眼這個清晨五點在北倫敦街頭遊蕩的白髮婦人。我以為我的訊息會帶給她慰藉，不需要我幫助她入睡，她會自行決定結束生命以便擺脫愧疚與痛苦。但沒有，她仍繼續苟延殘喘，每次看到她，她都顯得更加消瘦痛苦。這讓我感到心痛，知道我讓她失望了。

我是過了一段時間才發覺安娜已搬出與男友（那個壞事的人）同居的公寓，我必須承認，在發覺到我對她的下落毫無頭緒時，我內心曾閃過一絲驚慌，所幸後來親愛的蓓卡．波特為我提供了安娜近親的資料與她的老家地址，於是我打了電話。

我打去詢問安娜近況時，她母親有些警惕。我沒報上自己的名字。我沒那麼笨。可是當我解釋說我是在醫院照顧過她女兒的護士，只是禮貌性來電問問她在藥物方面有無任何副作用，她的猶疑隨即轉為感謝。聽到她說安娜不只完全康復了，還搬到拉姆島去，在島上唯一的飯店工作，想想我有多吃驚。

拉姆島。我對蘇格蘭向來情有獨鍾，尤其是因為許多年前，我和先夫曾搭長途巴士遊覽湖區以慶祝我們結婚三十週年。六月初，當地方旅行社的人告訴我拉姆有一個健走行程，我立刻迫不及待地從錢包掏出信用卡。但我的天哪，與我同團的同伴還真是一群神經兮兮的傢伙。我一上巴士，從他們緊繃的笑容與僵硬的姿態就看得出他們有多緊張。我坐在一個臉色蒼白、戴眼鏡的男人旁邊，我入座時他立刻緊繃起來，刻意望著窗外，前三個小時的車程當中始終迴避交談。這期間他只動過一次，就是從包包裡拿出一片泡殼包裝的藥，往嘴裡丟了兩錠。是煩寧。我於是知道他有精神健康問題，但並未以此評斷他。我從不做這種事。一直到我拿出一塊自己做的煎餅請他吃，他才開口說話，但只是一句簡短的「不用謝謝」。不過我先前說過了，我非常固執，因此我繼續想方設法地戳他，以便找出突破口。最後直到他看見一隻蒼鷹盤旋在樹林上空，神態為之一變，我才終於找到。是個鳥類專家。不只如此，還是個喜歡從事野外求生活動的人。對一個退伍軍人而言，這並非不尋常的興趣，尤其他還深受他見過的景象所困擾。

也許我太過自信，甚至有些魯莽，但既然能一石二鳥何必只殺一隻？抵達飯店後不久，我從櫃檯借用了備份的萬用鑰匙，取出崔佛背包裡的煩寧。我並不反對用藥，我畢竟是個護士，只不過崔佛吃這藥是為了麻痺自己對昔日經歷的感覺。我知道拿走他的拐杖，能讓他找到一個更快速、更持久的終結痛苦的方法。特別是懸崖就近在咫尺。

我其實挺喜歡崔佛的，偏偏他在大衛去世時伸長了脖子觀看，毀了我們之間的關係。死亡是再私密不過的事情，當我幫助某人入睡，那是很親密的時刻，不能公諸於大眾。我必須替大衛做CPR，至少大夥兒都在室內，我也得做做樣子，但我知道他不希望我把他救回來。他時候到了，即使他的身體不知情，靈魂也知情，但我無視他手腳的痙攣抽搐，用手輕輕蓋住他的嘴，捏住他的鼻孔，為他唱動聽的催眠曲，暗暗祈使他放手睡去。當初父親發現我微笑站在樓梯頂端時，要我為母親唱的正是這首催眠曲。

被我看見他在窗邊後，崔佛便跑走了，這也難怪。

我不確定他看見多少，但他可能會告訴其他人，我不能冒險，因此當他回到飯店，我便趁其他人像綿羊似的東奔西竄之際，將他拉到一旁。我告訴他我無意中聽到他說房裡有東西被偷，而我很確定安娜在說謊。這時他便向我敞開心扉，跟我說他一直在自行服藥治療創傷後壓力症候群，要是沒有煩寧，他會開始出現可怕而痛苦的閃回。他說，我在替大衛急救時他吃了一顆，當時以為我在殺害他。他明顯十分躁動——眼珠飛快地轉來轉去，兩手抖個不停——於是我將我那瓶威士忌送給他，知道他會用酒來麻醉自己的不安。稍後，當他砸毀廚房，大夥兒表決要不要把他監禁在洗衣間時，我投了贊成票。事情的進展實在太順利了。

我第二次利用鑰匙是為了將注滿胰島素的針筒留給安娜。我聽到樓梯上的腳步聲大驚失色，連忙逃進大衛的房間，躲在門後。早知道那只是可愛的凱蒂在夢遊，我也不會驚慌失措。可惜的是，我因為忙著藏身，竟把鑰匙留在安娜的房門上。

在那之後，所有能出的差錯都出了。安娜跌落樓梯後沒有死，我只得訴諸非常手段——過河時佯裝驚恐——以確保沒有人能離開飯店。

縱火完全是我母親的決定。她沒有附在我身上也沒有對我說悄悄話，我精神沒有毛病。不過她進到我夢裡，嘶喊著訴說她失去的家人，我醒後夢裡的記憶持續許久，我最後領悟到她是在向我傳遞訊息。陷入困境的不只有安娜一人呀，克莉絲汀，他們全部都是。妳需要的只是些許碾碎的煩寧粉末、一杯熱飲和一把打火機，到時他們就會闔上眼睛在不知不覺中睡去。

53 安娜

「克莉絲汀，克莉絲汀，妳有聽到嗎？」她臉頰上出現一滴血，布滿皺紋的蒼白皮膚上一點殷紅汙漬。她側躺在車子前方數呎處，一隻手臂朝外伸直彷彿想抓住崖邊，另一隻則捲曲在她身子底下。她的白髮、前頸以及運動衫撕破露出的胸部，都是血。擋風玻璃破裂後的玻璃碎片，在她微張的嘴唇上、閉合的眼皮上與健走靴上閃閃發亮。若不是她放的火，她不會穿上健走靴。

「克莉絲汀？妳能睜開眼睛嗎？」

又一滴血出現在她臉上，隨後一滴接著一滴。我將手掌貼在她的皮膚上，但血也滴到我手上。由於汗水流進我眼裡，我眨眨眼並抹了把臉，不料在手指上的不是汗，是血。方才緊急剎車時，安全帶緊緊勒住我的胸部，但速度不夠快，來不及阻止我的頭撞上方向盤。我往牛仔褲上擦完手後，拉起克莉絲汀的手腕。我手指一接觸到她的肌膚，她眼皮快速眨動並出聲呻吟。

「妳聽得到對不對？」我用力壓她的脈搏，很微弱但還在跳動。

她的右眼皮張開來，眼珠子轉向我。她的聲音宛如呢喃，一下就被風吹散了。

「妳說什麼？」我俯身將耳朵湊在她的唇邊。

「讓我走。讓我睡吧。」

「為什麼是我，克莉絲汀？妳倒是說啊。」

她闔上眼睛，輕輕嘆息。

「妳殺了多少人？」

她沒有回答，但胸口仍持續起伏，脈搏也在我指尖底下抽動著。

「我發現了妳的書，我讀了那些訃聞……那麼多人。都是妳殺的，對不對？」

她的喉底發出一個奇怪的咕嚕聲，半笑半嘆息的聲音。「我是仁慈，我救他們脫離折磨與痛苦。」

「以殺人的方式？」

離她伸直的手約莫一米處，正是她原本打算刺進我脖子的針筒。我爬過草地拾了起來。「這針筒裡是什麼，克莉絲汀？」

她嘴唇在動，我逼不得已又湊上前去。「胰島素。」她顫抖著吸一口氣，眼睛依然閉著。「用它吧，讓我睡著。」

我的大腦高喊著「不要！」手卻將針筒握得更緊。

「動手吧。」她低聲說。

不知是血或唾液在她喉嚨裡咕嚕咕嚕響，她咳嗽起來，每吸一口氣便微微一顫發出呻吟。我留意到上方飯店那兒有動靜。是喬正低頭頂著風、冒著雨慢慢朝我們跑來。

克莉絲汀的眼睛猛地睜開，淚水汪汪的藍眼睛仰望注視著我。「算是為了大衛。」

「妳對他做了什麼？」

「我讓他脫離苦海。」

「妳沒權利做這種決定！」我把針頭戳進她的手，拇指移動到推桿上。「妳沒有權利決定誰活誰死。」

「快啊，安娜。」她微微一笑。「動手啊。」

我搖頭。

「我們倆比妳想的還要相似。」

「我們才不像。」

「我們都殺過人，」她氣若游絲地說：「妳曾經做過，可以再做一次。」

自從在荒原路華後座看到她便不斷壓抑的那股怒氣，此時在我全身流竄，我氣得將針筒拋得遠遠的，對著風吶喊。「我沒有殺人。那是意外。那不是我的錯！」

「安娜，安娜。」喬摟住我的肩膀將我拉靠在他胸前。我不停地扭動抵抗，尖叫著要他放開我，到最後所有的怒氣與憤慨與沮喪逐漸枯竭，我於是疲軟地靠在他身上，仰頭望天。

「那不是我的錯。那不是我的錯。」

喬一語不發，只是緊緊抱著我，直到我不再哭泣全身癱軟，他才將我臉上的頭髮撥開撫順。

「我們離開這裡吧，安娜。小屋的衛星電話果真是崔佛拿走的，他剛剛把電話給了凱蒂，我們已經透過無線通訊求救了。」

54 安娜

八月二日星期四

當我爬上火車站的樓梯來到地面上，被午後陽光曬得猛眨眼時，手機發出嗶嗶聲，有新的WhatsApp訊息。

第一則來自梅蘭妮：

很高興收到妳的訊息，安娜。我很好，麥爾坎比較沒那麼好，因為我提起離婚，不過我還是很擔心凱蒂。她不肯談論飯店發生的事，不管怎麼哄她，她都不願敞開心胸或是和學校的輔導老師談。還在設法替她媽媽找看護，但真的好……慢。希望妳還撐得住。梅x。

直升機將我們載回本島後，所有人都被送往威廉堡的貝福醫院做身體檢查。多數人的主要問題都是煙霧吸入性傷害，但我被告知需要縫合額頭傷口、照X光，還要掃描我的手臂和肩膀。一連幾個小時我都挺了過來，後來見到爸媽出現來帶我回家，卻哭得像個孩子。

第二則WhatsApp訊息來自艾利克斯：

昨晚能見到妳真好。只要妳有需要，我隨時都在。我保證。x

他走進帕丁頓附近那間酒吧時的可怕模樣，讓我震驚不已。褲子鬆垮垮地吊在屁股上，鬍子大概有幾天沒刮了，眼睛下緣還有黑眼圈。當他看見我坐在酒吧角落，隨即停下腳步兩眼直瞪，像看到鬼一樣，然後才匆匆走過來。我一度以為他要給我一個擁抱，不料他驀地停住，然後開始劈哩啪啦、叨叨絮絮地道起歉來，說他真的很對不起，不該在我們還沒分手時去玩Tinder，又在我離開後和我的護士交往，說他是個爛透了的人，才會在我出車禍後對我感到灰心喪志，而且不把那些關於睡覺的訊息當一回事，真是個混帳王八蛋，又說就算我再也不理他，他也不覺得驚訝，可是他很抱歉，他必須讓我知道他有多抱歉，否則他永遠都睡不好覺。他確實悔恨不已，但實在太過頭了，我忍不住笑出聲來。他滿臉驚恐，我不得不叫他坐下來冷靜一下，我則去替他點一杯啤酒。我回來以後，他已經鎮定下來，我也將他剛才說的話細細思考了一番。然後我們徹底地聊開，談到我們的關係是哪裡出了問題，也談到我們基本上不適合彼此的原因。艾利克斯人並不壞，自我又自私，確實是，但心地是好的。大部分時間是。

第三則訊息來自菲歐娜：

我遞辭呈了。我決定去應徵空服員，這是我一直想做的事，而且我想看看全世界（不過暫時也許先排除拉姆）。我回家後，麥可連聯絡都懶得聯絡了，這並不奇怪——我原以為他看到那麼多新聞報導，也許會關心一下——但我對他已經沒感覺。今後繼續往前走，努力向上（希望真的能「向上」）。菲XX

最後一則訊息來自喬。是一張照片，一片水光粼粼的青綠色大海，平靜無波，輕搔著潔白海灘上的沙。在湛藍的天空處，他用指尖潦草地寫道：終於自由。離開拉姆一週後，他傳了一通簡訊給我，說他要去羅德島，以避開媒體的瘋狂關注，讓自己靜一靜。他說他很抱歉，沒有相信我針對克莉絲汀的說詞，心裡真的備受愧疚折磨。於是我打電話給他，我們聊了好幾個小時——關於那場火、關於飯店、關於我的車禍、關於他弟弟的死。說到最後，我們倆都哭了。等他從羅德島回來，我們約好一起喝一杯，暫時當普通朋友。我想我們倆都還沒準備好迎接更扎實的關係。

復健中心的雙開門打開時，我的手機又響了：

妳到了嗎？只是想確認妳還是會來。

我接近時，已經有人坐在穆罕默德床邊，是個比我年長一些、深色長髮紮成馬尾，穿著窄管牛仔褲與露肩上衣的女子。

「安娜，」穆罕默德舉起一隻手說道：「這是愛莉，我女朋友。」

「噢，」我往後退。「對不起，我可以晚點再來……」

「不用，沒關係，」她很快地對我笑一笑，將椅子退開床邊。「我正要走了。我知道阿穆想單獨和妳談。對了，關於妳經歷的一切，真的很遺憾。」

我向她報以微笑。「謝謝。」

她走開後，我剛接到穆罕默德的簡訊時那股焦慮感又回來了。他發現我走向床邊時向我點點頭，但嘴唇緊閉成一條細線。此時他目送著愛莉直到她消失在視線外。

「事故發生後，我有好長一段時間不讓她見我。」

「真的？」

「是啊，我情緒很低落……」他微微搖了搖頭別開目光，望向窗戶與照亮地板的一道陽光。

「你如果不想談這個，我們可以不要談。」

「不，」他重新回頭看著我。「我不會再掩飾我的感覺。我……呃……車禍過後，我叫愛莉別來。我不想讓她看見我這副模樣，我無法忍受她露出憐憫的表情。」他的目光飄移向那雙緊緊包覆在床單底下，又長又直、動也不動的腿。「我花了一段時間才慢慢接受發生的事，以及我無法再做以前常做的事了。老實說，我仍然沒有完全接受，對於我總有一天能重新站起來走路，我仍然抱著希望。」

「有可能嗎？」

「可能性很小。沒有人會給我這種希望，但我的右腿有點感覺。」

「聽起來是有希望。」

「是啊。我的確不像之前感覺那麼黯淡沮喪，這是真的，愛莉重新陪在我身邊很有幫助。她有足夠的決心可以支撐我們兩個人。我那麼長時間都不肯見她，她還是跟我媽保持聯繫，詢問我的最新狀況。後來鬧出外婆的事情……」他嘴唇繃緊瞥向他處。當他重新看著我，眼神變了，顯得憤怒又煩躁。「外婆的消息曝光後，愛莉就不肯再避著我了。她跟我媽說不管我願不願意，她都要來看我……嗯……我很慶幸她這麼做，因為外婆的事遠比車禍的傷害更大。」

「對不起，」他抹去溢出的淚水。「我其實沒有權利生氣，尤其在妳經歷這些事以後。」

「你絕對有權利。」

「她是因為我才找上妳的。」

「她生病了，阿穆。」

「他們可不是這麼說的。他們說她邪惡。」他抓起床頭櫃上的報紙丟到床上。頭版有張克莉絲汀身穿護士服的照片，她低著頭，抬起眼鏡背後的雙眼質問似的看著攝影者。照片上方斗大的標題寫著：安樂死天使死亡人數升高。

「他們說她在職業生涯中利用注射過量的胰島素，殺害了二十幾個人，也許更多。」他一把抓起報紙翻到第三版。「妳看看這個，看看這些臉，這些被她殺死的人。他們甚至要把弗瑞迪和彼得的屍體挖出來，看他們是不是也是她殺的。拜託！」他眼中充滿苦澀的淚水，但被他甩掉了。「媽媽去醫院看她，問她為什麼這麼做。妳知道她怎麼說嗎？」

我搖搖頭。

「她說受折磨的人有權利長眠。她是憑什麼知道他們在受折磨？她殺死的人有一半都在加護病房，要不是暫時沒有意識就是昏迷狀態。她知道個屁！」

有個男人從走廊上經過門口，聽到阿穆的聲音在房間裡迴盪，不由得揚起眉毛。

「抱歉。」他放低聲音。「我不該這麼失控。但我只是……我不能……我不斷反覆地想，就是想不通。我不明白她為什麼要做這種事。」

「報紙上說她爸爸是醫生。」

「還說他會給她媽媽打針，讓她平靜下來，甚至還可能故意殺害她。是啊，我知道。但事情又是怎麼從那裡演變成……」他搖著頭。「他們說她是連續殺人犯啊，拜託，把她跟那個殺了兩百多個人的醫生殺人魔希普曼相提並論。」

「真的很遺憾，阿穆。」

他往後重重靠著床頭，用兩手抹了抹臉。「妳知道嗎？我以前很敬佩她，因為她是那麼地克制，那麼地冷靜不情緒化。」他乾笑一聲。「她來看我的時候，我覺得慶幸，因為我感覺已經很糟了，但我知道只有她不會讓我感覺更糟。」

「你又怎麼會知道真正的她是什麼樣子呢？對你來說，她就是你外婆啊。」

而對我來說，她是個陌生人，是揹著背包、一臉興奮地出現在灣景飯店門口那七個人當中的一個。當時我並不知道他們是誰、他們藏著什麼祕密，或者晚上為什麼睡不著。他們是我們的客人，我依照眼前所見在腦中為他們做標記——夫妻、姪女、年紀較大的婦人、單身男子、單身女子和讓我覺得不自在的人。崔佛是唯一洩露出痛苦情緒的人，他無法假裝「正常」，他毫無掩飾。他的焦慮與苦痛都表露在外，而我們卻拚命地壓抑，讓痛苦之火在內心深處明滅搖曳進而燃燒。

「妳還好嗎？」穆罕默德問道，我吃了一驚才從飯店回神到硬硬的塑膠椅上。「妳看起來有點……不知怎麼說……」

「嗯，我很好。」我擠出笑容說。

尋求幫助的不只有崔佛一人。我回到媽媽和繼父家以後，只去找過心理諮商師寥寥數次，但肩上的重擔已慢慢卸下，昨晚是我長久以來第一次在午夜前入睡，而且熟睡一整夜，沒有作夢也沒有夜驚。

「妳要知道這不是妳的錯。」阿穆比比自己的腿。「這個，或是其他一切，全都不是妳的錯，安娜。我真痛恨自己以前那麼想，真的。」

「你很生氣又痛苦。」

「不，」他搖頭道：「別替我找藉口。我的感覺，我說的話，都是錯的。對不起，真的、真的，很他媽的對不起。」

「沒關係。」我拉起他的手捏了捏。「阿穆，沒關係。都過去了。沒事了。現在重要的是我們，我們要學到教訓，把事情拋到腦後，繼續我們的人生。」

「是嗎？」他也捏捏我的手。「都結束了嗎？」

「是的。」當我微笑看著他，胸中忽然有一種許久許久未曾感覺到的溫暖與輕盈。我想那就叫希望吧。

55 凱蒂

凱蒂．沃德悄悄走過前門走廊，步伐踩得很輕，每當木地板發出一丁點吱嘎或咿呀聲，就會嚇得連忙縮腳。她放學回家後，媽媽狀況很糟。她一整天都頭痛得厲害，還吐得全身都是。雖然好不容易脫下上衣，換上她從暖氣架上撥落的一件乾淨衣服，但因為沒力氣上樓去浴室或是進廚房，以至於皮膚與淺粉紅色的客廳地毯上仍附著著嘔吐物的味道。凱蒂兩小時前回到家後，便清除了嘔吐物、拿藥來餵媽媽、替她洗澡、唸書給她聽，現在她終於在椅子上睡著了。但能有多久呢？

凱蒂加快腳步來到走廊盡頭，從門邊掛鉤上取下書包，然後蹲下拾起郵件。她翻了翻，將垃圾信件丟回門墊上。有三封信：一封是社福單位寄給媽媽的，一封看起來像是銀行對帳單。還有——凱蒂詫異地揚起眉毛——一封是給她的。她在書包與信之間衡量取捨。她有兩個同學要去參加亞飛．飽爾開的派對，她想看看手機，至少可以用Snapchat問問朋友們如何打扮。她也受邀了，但根本不必問說她能不能去。她的目光重新落在信封上。她從未收過信，尤其是用手寫上她姓名與地址的信。太令人好奇了。

她溜進廚房，將書包丟到桌上，然後拆開信封。裡面有一本薄薄的黑色書本和一大張橫線紙。在信的最上面寫著：「寫信給國會議員時，請註明先前的住址，以免議員在處理案件時有所延誤。」凱蒂皺眉。這在搞什麼？不管是什麼，總之是寄錯了。她很快地往下瞄一眼。

編號：A6837CC

姓名：克莉絲汀．莫余

監舍：D-B107

什麼？那些號碼與字母代表什麼，她毫無概念，但她認得這個名字。就是和他們在飯店同住的那個老婦人。她和安娜出去求援時，車子出了問題，她因為沒繫安全帶衝出了擋風玻璃。總之梅梅伯母是這麼說的。梅梅伯母說了一大堆，大部分都是廢話，譬如說她要找個看護，那麼凱蒂就不必每個週末陪媽媽，甚至偶爾還可以跟同學進城去玩玩。

無論如何，凱蒂知道關於克莉絲汀．莫余的真相，因為她上了新聞。每回她開電視給媽媽看，都會看到她上螢幕，一頭毛亂的白髮、戴著眼鏡、小嘴緊抿。「殺人護士」，學校同學都這麼喊她。有些還在玩鬼抓人（卻辯稱他們沒有）的七年級生創出一個新玩法，就是扮「鬼」的人要用原子筆戳死每一個人。每次看他們這麼玩，凱蒂都很生氣。在拉姆島的時候，克莉絲汀對她真的很好，會給她沖熱巧克力，會多拿幾條毯子給她並陪她說話，是真正的交談，而不是像其他某些大人那樣高高在上。她無法想像克莉絲汀會殺人。她老了，老人並不可怕。他們身體虛弱，走路搖搖晃晃，而且有點無聊，動不動就說想當年如何如何的。

她眼睛瞥向信的開頭，讀了起來：

親愛的凱蒂：

希望這封信能順利寄達。我不時都會想到妳和妳的艱難處境，想到妳還那麼年輕，充滿了生命活力與理想與興奮之情，卻得照顧生病的母親，該有多辛苦。我希望讓妳知道，在拉姆島上那段事故頻仍的假期裡，我有多喜歡和妳聊天，我也很慶幸妳留了地址給我，讓我們能在假期結束後保持聯絡。妳是個非常聰明、極有想法又迷人的少女，妳保密的能力更是驚人（從妳沒將妳與崔佛的談話內容洩露給任何人就看得出來）。由此可見妳不只有非常為他人著想的本性，也不會輕易吐露自己的心聲。不知道妳有沒有想過以後可能要從事什麼工作，但我認為妳會是個出色的護士，妳確實擁有護士所需的一切特質。妳八成已經在媒體上聽到許多關於我的可怕報導，但他們都沒有提到一個事實，那就是我的動機是來自於愛，而不是恨。我從來都只是希望為人終結痛苦啊，親愛的凱蒂。我這個年紀的女人和妳那個年紀的女子幾乎毫無共通點，但我們的母親其實都病入膏肓（我的母親是過去式了），這個事實將我們連繫在一起。沒有人想看到自己心愛的母親受苦，我不想，像妳這樣可愛、體貼、關心人的女孩當然也不想。我好想跟妳通個電話，談談妳正在經歷的辛苦掙扎，以及妳也許可以用什麼方式減輕妳母親的痛苦。我想我們這樣的友誼（但願妳不介意一個老太婆把妳當成朋友）能為我們倆都帶來莫大的慰藉。

謹致上最大的祝福與最溫柔的關懷，

克莉絲汀・莫余（太太）筆

P.S. 另外附上一本關於睡眠的詩集。這是一本非常特別的書——我總會隨身多帶一本。

凱蒂愣愣瞪著信看，試圖理解其中含意卻是徒然。這位老太太人很好，的確是，但她不確定自己會想跟她成為朋友，至少不是會抱著電話聊天的那種朋友。再說她幾乎連和自己的朋友都沒時間說上話了。她將信紙揉成一團，連同詩集一起丟進垃圾桶，然後抓起書包，往裡頭翻找一陣直到找著手機，鍵入密碼。當她按下Snapchat圖示，看見朋友傳來的照片，臉色瞬間發亮。照片中的她們互相勾肩搭背，咧嘴笑得開懷，上方還用七彩字體書寫著「我們愛妳」的字樣。當她繼續盯著照片看，臉上的笑容慢慢消失，胃裡頭也凝結出一顆堅硬的石子。她應該要在那裡，跟她們一起，去參加與她同年的每一個人所謂的「年度派對」。她關掉Snapchat，走出廚房。她乾脆上樓回房間，試穿幾套好看的衣服，自拍幾張照片。雖然和出門玩樂不一樣，但她可以假裝。

「凱蒂！」媽媽從客廳喊她。「凱蒂，親愛的，真的很對不起，但我又吐了。」

凱蒂一動也不動地站定，然後轉身，走回廚房，從垃圾桶撈出克莉絲汀的信和詩集。

「媽，我幫妳拿藥好嗎？」她邊將信與書塞進口袋邊喊道：「可以幫助妳入睡。」

致謝

萬分感謝Phoebe Morgan在我的編輯Helen Huthwaite請育嬰假時接手，並表現得可圈可點；除了本書的結構與行文編輯，她也在每個階段給予我支持，耐心地回答我丟給她的每個問題與質疑。妳真是太棒了，Phoebe。同時也要感謝Avon團隊的其他人，謝謝你們廢寢忘食地製作、販售、行銷與宣傳我的書，尤其是Henry Steadman、Sabah Khan、Elke Desanghere、Dominic Rigby、Anna Derkacz、Molly Walker-Sharp、Rachel Faulkner-Willcocks、Oliver Malcolm與Kate Elton。

倘若沒有我的超級經紀人Madeleine Milburn與其優秀團隊：Giles Milburn、Hayley Steed與Alice Sutherland-Hawes的支持，我不可能完成這項任務。謝謝你們向國際傳遞消息，盡可能讓更多人可以讀到我的小說。也要謝謝我的國外出版商能相信我和我的書。

此外，我還要感謝在為本書查詢資料時為我提供寶貴建議的每一個人：Sharon與Steve Birch為我解答法醫部門的作業流程；Stuart Gibbon提供他在警察辦案程序方面的專業；我必找的藥劑師Andrew Parsons；Trudi Clarke是拉姆島上的巡山員，總是非常有耐心地回答我提出的每一個問題；Sam Carrington為我解說監獄裡的日常生活；Angela Clarke分享了她肩膀脫臼並自行復位（好痛！）的經驗；Torie Collinge、Hazel Amanda與Sarah Chequer則提供了她們的護理知識。如果遺漏了某個人，謹此致上萬分歉意。

然而令人甚是難過的，是我要感謝的人當中不能不提到我的好友Heidi Moore。Heidi是我求學時期最好的朋友之一，三十到四十歲那十年，我們有一大半時間都膩在一起喝酒、聊天、旅行、玩樂。她有著令人無法抵擋的性格魅力——體貼、活力充沛、風趣、慷慨、聰明、傻氣又有愛心，她是最挺我的人，尤其在寫作上。在外人眼中，她看似得天獨厚——交遊廣闊、人生成功、生活幸福、經濟無虞——殊不知她大半輩子都在與邊緣型人格障礙奮戰，而且只有最親近的友人才知道她獨處時要面對什麼樣的惡魔糾纏。在我動筆寫這本書約莫兩個月後，Heidi結束了自己的生命。若以傷心欲絕來形容我當時（甚至於現在）的心情，還是太輕描淡寫。我深思許久，不知將這本小說——一本關於死亡與自殺的書——獻給我摯愛的友人是否恰當，但事實上失去她帶給我的傷痛早已深鎖在字裡行間。我向Heidi的家人解釋我為何想將書獻給她，我又是如何希望她能隨著每本書冊繼續活下去，他們也向我表達祝福之意。

我想妳，Heidi。我會永遠想妳。

這是艱辛的一年，而且是在許多方面，因此家人朋友的愛與支持更加令人感激。大大感謝我的爸媽Reg與Jenny Taylor，我的手足David與Rebecca Taylor。還要感謝Sami Eaton以及Frazer與Oliver、Sophie與Rose Taylor、Loubag Foley、Ana Hall（我這次沒寫錯了，Ana！）、James Loach、Angela Hall、Steve與Guin Hall與曾奶奶Joyce Hall。我要給Chris和Seth最大的擁抱，你們是我的全世界，沒有你們倆，這一切全然沒有意義。謝謝我的友人Rowan Coleman、Julie Cohen、Kate Harrison、Tamsyn Murray與Miranda Dickinson，以至理名言，往往還外加琴酒，為

我打氣。多謝Bristol SWANS、Knowle書酒俱樂部（尤其是Joe Rotheram）、Ellerslie女子中學、調皮搗蛋的「犯罪」群組（是誰你們自己知道）、Story A Fortnight學友們、17 Rothbury Terrace的浪蕩子、Brighton幫與我昔日自由搏擊的夥伴Laura Barclay與Amanda Haslett。

最後要大大感謝的是諸位讀者。無論你是從未看過我的書卻覺得這本看起來有意思，或是你買了我出版的每一本書——都謝謝你！這是我夢寐以求的工作，希望將來還能寫上許久許久。

欲知我的近況可追蹤我的社群媒體：

FB：http://www.facebook.com/CallyTaylorAuthor

推特：http://www.twitter.com/CallyTaylor

IG：http://www.instagram.com/CLTaylorAuthor

若想每一季收到我所有作品的最新訊息，亦可免費加入C.L. Taylor Book Club。只要上http://www.callytaylor.co.uk/CLTaylorBookClub.html登記，便可免費獲得《*The Lodger*》。

Storytella 177

無眠之夜
Sleep

無眠之夜 / 凱莉.泰勒作 ; 顏湘如譯. -- 初版. -- 臺北市 : 春天出版國際文化有限公司, 2023.10
面； 公分. -- (Storytella ; 177)
譯自 : Sleep
ISBN 978-957-741-764-0(平裝)

873.57 112016495

ISBN 978-957-741-764-0
Printed in Taiwan

作 者 凱莉・泰勒
譯 者 顏湘如
總編輯 莊宜勳
主 編 鍾靈

出版者 春天出版國際文化有限公司
地 址 台北市大安區忠孝東路四段303號4樓之1
電 話 02-7733-4070
傳 眞 02-7733-4069
E－mail bookspring@bookspring.com.tw
網 址 http://www.bookspring.com.tw
部落格 http://blog.pixnet.net/bookspring
郵政帳號 19705538
戶 名 春天出版國際文化有限公司
法律顧問 蕭顯忠律師事務所
出版日期 二〇二三年十月初版

定 價 399元

總經銷 楨德圖書事業有限公司
地 址 新北市新店區中興路二段196號8樓
電 話 02-8919-3186
傳 眞 02-8914-5524
香港總代理 一代匯集
地 址 九龍旺角塘尾道64號 龍駒企業大廈10 B&D室
電 話 852-2783-8102
傳 眞 852-2396-0050